DREAMBOOKS

DREAMBOOKS

DREAMBOOKS

검황도제

임무성 신무협 장편소설
ORIENTAL FANTASYSTORY & ADVENTURE
8

劍星刀帝

dream books
드림북스

검황도제(劍皇刀帝) 8

초판 1쇄 인쇄 / 2014년 10월 31일
초판 1쇄 발행 / 2014년 11월 7일

지은이 / 임무성

발행인 / 오영배
책임편집 / 편집부
펴낸 곳 / (주)삼양출판사 · 드림북스

주소 / 서울특별시 강북구 솔샘로67길 92
대표 전화 / 02-980-2112 팩스 / 02-983-0660
편집부 전화 / 02-980-2116 팩스 / 02-983-8201
블로그 / blog.naver.com/dreambookss

등록번호 / 제9-00046호
등록일자 / 1999년 3월 11일

ⓒ 임무성, 2014

값 8,000원

(주)삼양출판사 · 드림북스의 서면 허락 없이는 어떠한
형태나 수단으로도 이 책의 내용을 이용하지 못합니다.

ISBN 978-89-542-4744-3 (04810) / 978-89-542-4437-4 (세트)

* 지은이와 협의하에 인지는 생략합니다.
* 잘못된 책은 구입한 곳에서 바꾸어 드립니다.

이 도서의 국립중앙도서관 출판시도서목록(CIP)은 서지정보유통지원시스템홈페이지
(http://seoji.nl.go.kr)와 국가자료공동목록시스템(http://www.nl.go.kr/kolisnet)에서
이용하실 수 있습니다. (CIP제어번호: 2014030892)

검황도제
임무성 신무협 장편소설
ORIENTAL FANTASYSTORY & ADVENTURE
8

dream books
드림북스

검황도제

목차

제1장 피에 잠긴 왕부 | 007
제2장 마혼일좌(魔魂一座) 묵좌령(墨佐領) | 033
제3장 끝없는 마교 분열 | 069
제4장 합비에 나타난 악초림 | 093
제5장 동방천추, 본색을 드러내다 | 129
제6장 뜻밖의 재회 | 155
제7장 붉은 하늘, 그리고 대마령 | 187
제8장 휘륜, 대마령과 마주치다 | 217
제9장 뜻밖의 거래 | 243
제10장 대마령, 대마령에게서 도망치다 | 275

제1장
피에 잠긴 왕부

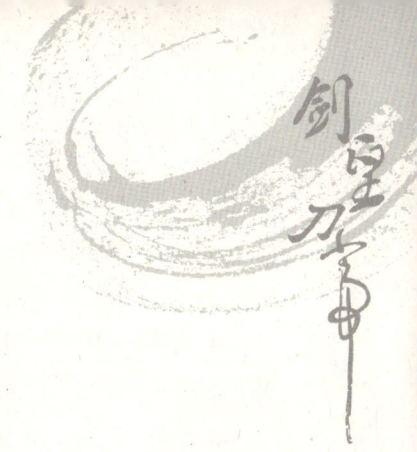

　천명회의 공동회주인 화난영과 단무기는 휘륜의 생환이 무엇보다 반가웠다. 하지만 당대의 검황인 휘륜과 긴 대화를 나눠도 진전은 없고 원점에서 맴돌고 있었다.

　천명회는 총단이 발각되어 마교의 급습을 받았고 존립자체가 힘들어질 최악의 위기에 직면했었다. 당시 회주가 기지를 발휘해 주력을 탈출시킨 덕분에 천명회는 간신히 명맥을 이어갈 수 있게 됐다. 그 사건 이후 천명회는 구태여 총단을 정하지 않기로 했다.

　천명회 지도부는 여러 비밀거점을 옮겨 다니며 적들의 감시망에 포착되지 않도록 각별히 신경 쓰고 있었다. 한 장소에서 사흘 이상을 머물지 않고 혹 머물 경우에도 여러 곳으로 전력을 분산해 몰살당하는 최악의 사태를 방지했다. 이런 천명회의 이중, 삼중의 안전장치로 인해 같은 편이라 할 수 있는 정도련조차 천명회 지도부의 현 위치를 제대로 파악하지 못했다. 사정은 휘륜도 마찬가지여서 두 명의 천명회주와 회동하기까지 달포나 걸렸다.

휘륜도 알고 있는 상회의 본거지에서 세 사람은 대면했다. 꽤 유명한 곳이고 규모도 커 합비에서 모르는 사람이 없었다. 이곳이 천명회의 합비 지부라는 사실은 매우 뜻밖이었다. 마교가 지배하는 세상에서 천명회가 명맥을 유지하며 암약해 온 이유를 휘륜도 조금은 알 것 같았다.

공동회주 혜검(慧劍) 화난영(華蘭英)과 마종(魔宗) 단무기(端武器)는 천명회의 역량을 냉정하게 파악하고 있었으며 무리한 계획을 수립하지 않았다. 성과에 집착해 동도들을 죽음의 구렁텅이로 몰아넣기보다는 더딜지라도 조금씩 나아가는 길을 택했다. 마교 척결을 평생의 과업으로 삼고 조급함을 경계하며 다소 느긋한 행보를 선택한 것이다.

두 사람은 이전에 보았을 때와 다르게 표정들이 한결 편안해 보였다. 화난영이 본격적으로 합류하면서 조직이 탄탄해지고 치밀해진 탓도 컸다. 세 사람은 한차례 대화를 나눈 뒤였다. 화난영과 단무기의 표정은 심각해져 있었다. 휘륜이 증지산에 얽힌 대마령의 실체에 대해 언급한 뒤였기 때문이다.

"그럼 태사 같은 두려운 상대가 둘이나 더 있다는 말씀이신가요?"

화난영의 질문에 휘륜은 고개를 끄덕였다.

"대마령이 셋인 건 확실합니다. 허나 말씀드렸다시피 대마신체는 둘뿐이고 완전체 역시 둘입니다."

"나머지 하나는 어찌 되죠? 자연적으로 소멸하나요?"

"아닙니다. 대마신체가 없으니 적당한 몸을 찾아 옮겨 다니겠지요. 완전체에 비해 다소 위력이 떨어지겠지만 여전히 위협적인 상대입니다."

휘륜의 생환 소식을 접한 사람들은 증지산을 상대할 사람은 그뿐이라 여겼다.

정도련이나 천명회뿐만 아니라 천선부와 검계 쪽도 마교의 잔당들을 척결하는 일에만 몰두할 뿐 증지산은 젖혀두고 있는 실정이었다. 증지산을 암살하는 일은 현실적으로 불가능하단 결론이 내려진지 오래였다.

증지산 하나도 두려운데 그와 버금가는 적이 둘이나 더 있다 하니 화난영과 단무기는 실의에 빠졌다.

"증지산 말고 나머지는 아직 실체를 파악하지 못했습니다. 그 때문에 두 분을 뵙길 청했습니다. 대마령들은 현재 실체가 드러나 있는 증지산 주위로 모일 가능성이 매우 높습니다."

휘륜이 제 의중을 다 드러내지 않았는데도 불구하고 영

피에 잠긴 왕부 11

특한 화난영은 그가 무슨 생각을 품었는지 단번에 추측했다.

"혹 태사 주변을 직접 감시할 생각이신가요?"

"그렇습니다."

화난영은 우려했다.

"굳이 그런 위험을 감수할 필요가 있을까요?"

"증지산의 주목을 끌지만 않으면 괜찮을 겁니다. 그래서 말인데…… 증지산 측근들에 대한 상세한 정보가 필요합니다."

단무기는 화난영을 바라봤다. 비교적 이른 시기에 증지산의 곁을 떠나온 자신에 비해 그나마 화난영이 최근까지 머물러 있었기 때문이다. 그렇지만 화난영도 증지산의 측근에 대해 전부 아는 건 아니었다. 심지어 현재 구마존이 거느리고 있는 핵심 전력조차 다 파악하지 못하고 있는 실정이었다. 그런 속사정을 화난영은 숨김없이 털어놓았다.

예상과 다른 답변에 휘륜도 적잖게 실망했다. 그때 단무기가 휘륜의 고민을 풀어줄 묘책을 제안한다.

"저번에 포로로 잡은 단혼마존 혁관월을 이용해 보는 게 어떻겠습니까?"

휘륜은 의외라는 표정을 감추지 않았다.

"그가 아직 살아 있소?"

"물론입니다. 살아 있을 뿐만 아니라 근래 전향할 뜻을 내비치고 있어 안 그래도 그것 때문에 고민입니다."

"허. 시기를 속단할 순 없지만 완전체가 된 증지산의 영향을 받았을지 모르오. 그게 아니더라도 마성에 길들여져 있던 사람의 전향을 신뢰할 수 있소? 우선 목숨이나마 부지하고자 당신들을 속이고 있을지 모르오."

마종 단무기도 그 점을 생각하지 않은 건 아니었다. 매초향과 다르게 마종은 혁관월에 대해 부정적인 선입견을 갖고 있었다. 그런 단무기의 경계심마저 흔들어 놓았을 정도로 혁관월은 특별한 구석이 있었다.

"저도 처음에 그리 여겼습니다. 가까이 두고 살펴본 결과 그는 매우 특별한 사람이었습니다."

"무엇이 그리 특별했습니까?"

"그는 다른 마존을 비롯한 동기들과 달리 무도 본연의 길을 더듬어 수행을 해왔습니다."

"좀 더 자세한 얘기를 듣고 싶군요."

"지금은 중원에서 맥이 끊겨 사라지고 없지만 과거 태행산에 모여 수련하던 은자맥을 아시는지요?"

"태행산 일대에 난립했다던 도교의 일맥이 아닙니까?"

"맞습니다. 그들의 수행법은 혹독하기로 유명해 소수로 근근이 맥을 이어가다 결국 끊어지고 말았습니다. 마교엔 교도들이 거들떠보지 않지만 중원의 숱한 무공들과 비서들이 즐비했습니다. 책 읽기를 즐겨하던 관월이 마침 은자맥의 비전을 접하고 호기심이 생겨 수련을 했더군요. 깨자마자 목욕재계를 하고 하루에 열 마디 이상을 하지 않으며 활을 쏘며 잡념을 하나씩 제거해 깨끗한 심상을 회복하는 일을 반복해 왔습니다. 그러다보니 마공을 익혀도 마성에 젖지 않고 스스로 절제하고 조절할 수 있을 정도가 됐다 합니다."

"가능한 일이긴 하나…… 마성은 의지만으로 억제하기 쉽지 않거늘. 믿기 힘들구려."

"저도 처음에 그리 생각했습니다. 저희들처럼 마성을 제거하고자 내단전 수련을 한 것도 아니면서 마성을 억제할 수 있다고 하니 믿기 힘들었습니다. 하지만 지켜본 결과 관월은 마성이 아예 없지는 않으나 거기 휘둘리지도, 집착하지도 않으며 적절한 수위를 유지하고 조절하는 것을 보고 신뢰하게 되었습니다."

단무기의 말을 통해 그가 그동안 혁관월의 상태를 점검하고자 숱한 시험을 했음을 휘륜은 짐작할 수 있었다. 뼈아픈 배신을 경험한 이후라 똑같은 실수를 반복하지 않기 위해 어지간해선 마음을 열지 않게 된 단무기가 이 정도로 확언하는 걸 보면 일단 그가 한 말이 사실임에는 틀림없었다.

그때 태공악이 휘륜의 뇌리에 떠올랐다.

'하긴 그도 인간의 의지만으로 대마령의 유혹과 위협을

수십 년 넘게 저항하고 거부했었다. 천하에 가장 약한 것도 인간의 마음이지만 가장 강력한 것 역시 마음의 힘이다. 죽음을 도외시한 용기와 결단은 그 무엇으로도 깨거나 변질시키지 못한다. 나 역시 원영신을 이루기 위해 그와 같은 경험을 한 적이 있었다.'

휘륜이 혁관월을 만나겠다고 하자 마종이 그를 데려오겠다며 잠시 자리를 비웠다.

휘륜과 화난영이 환담을 나누고 있는데 석실 안으로 세 사람이 들어왔다.

마종 단무기의 뒤를 매초향과 혁관월이 따르고 있었다. 마음에 도사리고 있던 번민이 사라졌기 때문인지 혁관월은 처음 봤을 때와 다르게 얼굴빛부터가 달랐다. 환히 빛이 난다고 해야 할 정도로 평온해 보였다. 그건 매초향도 마찬가지였다. 사제의 배신에 괴로워하던 이전의 모습은 오간데 없고 활기차고 당찬 본래의 모습을 되찾은 것 같았다.

잠깐이지만 매초향과 혁관월이 서로를 바라보는 눈길이 예사롭지 않다는 걸 휘륜은 알아봤다. 자리에 앉은 혁관월은 영문도 모른 채 우선 휘륜에게 인사부터 했다.

휘륜이 정황 설명도 없이 다짜고짜 구마존에 대해 물었는데도 혁관월은 별 주저함 없이 자신이 아는 바를 모조리 털어놓았다.

"아홉 명의 마존 중 무공으로는 천살과 혈영이 앞섭니

다. 특히 천살의 경우 천생의 재질이 단 대사형을 오히려 능가한다는 칭찬을 태사께 숱하게 들었을 정도입니다. 각 마존에 대해 특별히 알아두셔야 할 부분은……."

혁관월은 단무기를 대사형이라고 부르며 존경을 표했다. 사형제의 정을 느껴보지 못한 혁관월에게 천명회에서의 짧은 생활은 여태까지의 제 삶을 돌아보게 만든 계기가 되었다. 그리고 새로운 결심을 하게 만들었다.

마존으로 불리며 높임을 받았지만 마교에서의 삶은 고통의 연속이었다. 마음 깊은 곳에 도사리고 있는 장부로서의 떳떳한 삶에 대한 동경은 현실의 처지를 비관하게 만들었고 늘 번민을 안겼다.

마교는 그에게 감옥이나 다름없었다. 하루를 살더라도 인간답게 살고 싶다는 생각을 숱하게 했지만 결국 용기를 못 내고 좌절했었다. 그런 그가 타의에 의해 강제로 새로운 환경을 맞이하게 되었으니 혁관월은 이를 두고 오히려 천운이 따랐다고 여겼다.

무엇보다 생애 처음으로 인간의 정에 눈뜨게 해준 매초향을 다시 만나 그녀에게 사제로, 또한 한 사람의 인간으로, 무엇보다 중요한 남자로 인정받는다는 사실은 혁관월이 이전에는 전혀 몰랐던 새로운 세계에 눈뜨게 해줬다. 인간답게 산다는 의미가 무언지, 그 기쁨과 보람을 요즘은 조금씩 알아가고 있었다.

혁관월은 증지산 측근들의 특징에 대해 비교적 상세하게 설명했다. 그 내용은 단무기나 화난영등도 숙지하면 좋을 만한 양질의 정보였다.

"……태사는 대범한척 굴지만 실은 의심이 많은 사람입니다. 출입이 자유롭고 구속이 적은 듯 보여도 마존들은 반드시 태사께, 그 아랫사람들은 마존들에게 보고해야 합니다. 지난해부터 더 의심이 심해져 말직의 하급 교도들까지 불시에 점검할 때가 잦습니다."

"만약 교도로 위장해 잠입한다면?"

혁관월은 고개를 절레절레 저었다. 생각해볼 것도 없다는 듯 즉각적인 반응이었다.

"검황께서 무공의 고강함이 천인의 경지에 올라 잠입은 쉬울지언정 태사의 눈을 속이긴 힘이 듭니다. 그를 한 번은 대면하여야 할 터인데 외부인인 걸 단번에 들키고 말 것입니다. 차라리 신분이 확실한 교도들 중 하나로 변장하는 편이 목적을 이루는데 용이할 것입니다."

그 방법을 휘륜도 생각하지 않은 건 아니었다.

"그렇지 않아도 잠입하고 나서 그럴 요량이오."

"태사를 암살할 목적이 아닌 듯싶사온데…… 괜찮으시다면 제게 구체적인 복안을 들려 줄 수 있으신지요?"

휘륜은 잠시 혁관월을 바라봤다. 이토록 적극적으로 협조하는 사람에게 진실을 감추는 건 몹쓸 짓 같았다. 휘륜은 솔직해지기로 했다. 그러자니 대마령에 대한 얘기가 빠질 수가 없었다.

휘륜의 말을 듣는 내내 혁관월의 표정은 수시로 바뀌었다. 설명을 다 듣고 난 혁관월은 길게 한 숨을 토했다.

"그래서 그랬군요. 태사가 어느 때부터인가 낯설게 여겨졌는데 그 때문이었군요."

"그 하나를 제거하는 일이면 망설일 것이 없소. 각지에 분산돼 있는 중원의 전력이 증지산이 거느린 전력 못지않고 나 또한 증지산을 대적하는 일에 두려움을 느끼지 않소."

"현재 실체가 드러나 있는 태사의 곁으로 나머지 두 대마령도 결국 모일 거란 말씀이시지요?"

"맞소."

석실에 들어온 이후로 자리에 앉아 가만 듣고만 있던 매초향이 처음으로 대화에 참견했다.

"차라리 그들 간에 결판이 나서 하나만 남을 때까지 기다리는 편이 낫지 않나요? 어차피 그들이 힘을 합하지 않고 대적하는 것이 확실하다면 그편이 가장 현명한 처신 같습니다만……."

화난영과 단무기도 고개를 끄덕이며 매초향의 의견에 동조했다. 휘륜도 같은 생각이었다.

"지당합니다. 저들의 실체가 모두 드러나고 이왕이면 셋 중 하나만 남을 때까지 가만 웅크리고 있는 게 최선이지요."

"그런데 왜 굳이 위험을 무릅쓰고 증지산의 동태를 살피려는 것인지요?"

"불행하게도 대마령 중 하나는 내 존재가 자신들에게 위협이 되고 천적이 될 수 있다는 사실을 알고 있소. 만약 내가 살아서 세상에 다시 나온 걸 알게 된다면 우선순위가 증지산에서 나로 바뀌게 되오. 또한 이 사실을 다른 대마령들에게도 알려 연합할 가능성도 배제할 수 없소. 그 때문에 나는 위험한줄 알면서도 그 길을 택할 수밖에 없습니다."

혁관월은 잠시 고민했다. 이 계획은 애당초 자신의 도움이 없이는 성사될 수 없었다. 증지산은 예민한 사람이다. 그것이 본래 그 사람의 천성이든 대마령 때문이든 그건 별로 중요한 게 아니다. 그는 자기 주변이 어수선한 걸 싫어했다. 자신이 모르는 사람이 얼쩡거리는 건 더더군다나 용납하지 않았다. 자신이 돕는다면 증지산의 의심을 사지 않고 휘륜이 원하는 목적을 달성하게 만들 수 있었다. 문제는 그러자면 생애 최초로 얻은 행복과 평안을 팽개쳐야 한다는 사실이었다.

혁관월은 몇 번이나 제게 묻고 또 물었다. 지금 잠시 누리는 행복감을 잃어도 좋으냐고.

고민을 거듭하던 혁관월이 결심을 굳혔는지 어렵게 입을 열었다.

"제가 돕겠습니다. 태사의 의심을 받지 않고 잠입하려면 저와 동행하는 길이 가장 안전합니다. 제 측근 중 하나로 역용한다면 의심받지 않을 것입니다."

혁관월의 제안은 가장 확실한 방법이었다. 그러나 혁관월이 변심할 경우 범의 아가리에 머리를 집어넣은 것만큼이나 어리석은 선택이 될 수도 있었다. 단무기나 매초향이 혁관월을 신뢰한다 해서 휘륜도 반드시 그래야 하는 건 아니었다.

매초향은 혁관월을 안타까운 시선으로 바라보며 물었다.

"다시는 마교로 돌아가고 싶지 않다고 하지 않았니?"

"물론…… 지금도 그 생각엔 변함없습니다. 제가 도울 길이 그 방법밖에 없다면 돕고 싶을 뿐입니다."

이제 결정은 휘륜의 몫으로 남겨졌다. 혁관월을 어디까지 믿을 수 있느냐가 관건이었다.

* * *

합비에 주둔중인 마교무사들 사이에 은밀하게 퍼지고 있는 출처불명의 소문이 하나 있었다. '교주들 중 일부 또는 전부가 가짜다.' 누가 퍼트리기 시작한 소문인지 불명확했다. 한 가지 확실한 건 이 소문을 접해보지 않은 마교도들이 하나도 없다는 사실이었다.

교주들 행세를 해오던 사람들은 측근들이 봐도 완벽하다 싶을 정도로 허점이 없었다. 적어도 교주 행세를 하고 있는 사람들은 자신들이 들키지 않으리라 확신했다. 그런데 그게 아니었다.

 세상에 완벽한 일은 없고 완벽해 보여도 빈틈은 있기 마련이었다. 교주의 측근들은 오랜 세월 지근거리에서 수행해 온 사람들이었다. 그러다보니 남들이 모르는 그 사람만의 습관이나 언행, 성향까지 파악하고 있었다. 그런 사람들의 눈을 속이는 건 어렵다고 판단해 미리 최측근 핵심 인사들마저 모조리 교체했던 것이다. 문제는 교주 면전에 출입하는 전원을 교체하진 못했다는 점이었다.

 어느 날 평소와 다른 점을 발견했다고 해서 곧바로 의심을 하지는 않는다. 그런데 평소와 다른 행태가 반복적으로 계속된다면 상황은 달라진다.

 뭔가 이상하다는 생각을 처음한 사람이 친분이 있는 지인들과 가진 술자리에서 수상한 부분을 언급했고 그 얘기는 곧장 마교도들 사이에 순식간에 퍼져나갔다. 문제는 이 소문이 잦아들기는커녕 마교도들 사이에 불 번지듯 확산되고 있다는 사실이었다.

 합비 중심가에 성업 중인 성도객점은 사천성 성도에서 이주해 온 유명한 대숙수가 창업했다. 성도객점은 사천지역의 요리를 내세워 십 년 만에 합비에서 세 손가락 안에 들어가는 객점으로 성장했다. 성도객점의 삼 층 구석진 자리에 세 명의 마교무사들이 주변을 신경 쓰며 소리 낮춰 대화를 나누고 있었다.

"처음엔 나도 허황한 소문이라고 여겼는데 돌아가는 사정을 보아하니 그게 아닌 것 같다."

"이대로 덮어둘 문제가 아니지 않습니까?"

마교도들만 입을 수 있는 붉은색 장포를 걸쳤는데 이교주 휘하임을 표시하는 백호의 문양을 가슴에 새기고 있었다. 한 명은 마교의 열한 개 직급 중 다섯 번째에 해당하는 총명(總明)이었고 나머지 둘은 그 아래 직급인 명정(明正)이었다. 총명은 각 지역의 책임자인 마전주와 동일한 직위였다. 총명들 중에서도 상위에 해당하는 상사백은 마교 전체 서열 이백팔십구 위에 올라 있는 인물이었다.

상사백은 수하의 얼굴을 바라보며 긴 한숨을 내쉬었다.

"문제는 교주의 진위여부를 과연 누가 밝혀내느냐는 거지."

"다른 교주님들이라도 나서서……."

상사백은 고개를 저었다.

"이교주님뿐만 아니라 소문대로 합비에 자리 잡은 교주들 전부가 가짜라면?"

지금껏 입 다물고 찻잔만 만지작거리고 있던 무사가 처음으로 입을 열었다.

"대주님, 그런데 이교주가 가짜인 건 확실합니까?"

상사백은 절망적인 얼굴로 고개를 끄덕였다.

"아마도…… 사실인 것 같다."

"어찌 확신하십니까?"

"천위상이 그러더군. 교주는 가짜가 확실하다고."

"천위상이라면 교주님의 처소 시녀들을 관리하고 있는 자가 아닙니까? 가짜라고 확신하는 근거가 뭐랍니까?"

"이교주님은 해남도에 있을 당시부터 비밀리에 한 가지 무공을 연마하고 계셨다. 대교주를 넘어서기 위해 비밀리에 연성하던 무공이지. 교주님의 최측근들 몇 명만 알고 있었다. 그 무공을 연성하자면 반드시 여자가 필요한데 근래 교주님은 단 한 번도 여자를 침소로 부르지 않았다고 하더군. 그간 천위상이 그 일을 담당하고 있었는데 이상하게 여기던 차에 이번 소문을 접하고 교주님께 슬쩍 여쭤봤다더군."

상사백의 얘기에 빠져든 두 수하무사들은 침을 꿀꺽 삼키며 집중했다.

"그런데 교주님은 그런 연공 따위는 아예 한 적이 없는 사람처럼 굴었다더군."

"아예 그 일을 모르는군요."

"너희들도 알다시피 그런 종류의 연공은 규칙적으로 해야 하고 시기를 놓치거나 중단하면 그간의 공이 허사가 된다. 아예 여자를 부르지 않는 교주를 보고 천위상은 가짜가 분명하다고 확신했다더군."

"어쩌실 겁니까?"

상사백은 말문이 턱 막혔다. 수십 번 고민하고 머리를 쥐어짜 봤지만 현재로선 뾰족한 수가 없었다.

"대체 누구일까요? 소문대로 만약 교주들이 모두 가짜로 교체되었다면 과연 그만한 능력을 갖춘 조직이 어디겠습니까? 대교주 측에서도 이 정도의 일을 전격적으로 해치울 순 없습니다. 있다면 태사 정도일텐데…… 그분이 교주들을 처단했다한들 지금처럼 비밀에 붙일 이유는 없지 않습니까?"

상사백도 같은 생각이었다.

"태사의 소행은 아니다. 대교주는 더더군다나 아니고."

"그럼 대체 누가……."

"중원에 이만한 능력을 갖춘 비밀세력이 새로 출현했다고 봐야겠지."

"혹시 밀종과 천명회가 힘을 합했을까요?"

"그들이 연합해도 이 정도의 능력을 보유했을 리가 없다. 그랬다면 지금껏 어둠 속에 숨어 암약하지 않았겠지. 오늘 밤에 은밀하게 회합을 하기로 했다. 교주들 측근 상급자들도 의심이 가서 일단 총명급 중 신분이 확실해 보이는 사람들만 소집했다. 만약…… 오늘 밤 회합이 상부에 발각될 경우를 대비해 너희들에게 미리 당부할 일이 있다."

두 무사는 대주가 어떤 명령을 내릴지 몰라 긴장했다.

"발각되면 그 자리에 모인 사람들 중 살아날 자가 아무도 없을 것이다. 내가 갑자기 사라지면 너희는 그 길로 바로 대교주에게 가서 합비의 일을 모조리 알려라. 나뿐만 아니라 오늘 회합에 참석하기로 한 사람들 전부가 심복들에게 동일한 지시를 하달했을 것이다."

"대주님 차라리 속하들과 함께 합비를 탈출하는 편이 낫지 않겠습니까?"

"아무도 눈치채지 못하게 교주들을 교체한 사람들이다. 흉수들의 능력을 감안하면 무모한 계획이야."

주문한 식사가 도착하자 세 사람은 대화를 중단했다. 점소이가 물러나고 식사를 하는 중에도 세 사람은 더 이상 대화를 나누지 않았다. 상사백은 어쩌다 자신들이 이 지경까지 몰리게 되었는지 한탄스러운 마음을 금할 길이 없었다.

천명회 합비지부에서 돌아온 휘륜은 하급마교도들 사이에 은밀하게 퍼지고 있는 소문에 대한 보고를 들었다. 급박한 상황인 건 이쪽도 마찬가지였다.

사전에 알았다 해서 미리 봉합할 수 있는 사안은 아니었지만 소문이 마교도들 사이에 파다하게 퍼질 때까지 단속하지 못한 건 확실히 간과할 수 없는 중대한 실책이었다.

왕부의 심처에 긴급하게 모인 휘륜과 측근들은 이 문제

를 어찌 처리할지를 놓고 고심 중이었다.

이십팔 대 검황이자 휘륜에게는 사조가 되는 구상화는 마교도 전원을 척살하자는 의견에 반대했다. 그러자 월인(月刃) 냉자성(冷自醒)이 벌떡 자리에서 일어섰다.

"검황께 하나만 묻겠습니다."

구상화는 냉자성이 자신을 바라보고 있음에도 빙긋 웃으며 말했다.

"어느 검황을 이르는 것이오."

"이십팔 대 검황께 질문 드립니다. 마교의 마공을 수련한 이가 무고한 양민을 살해하며 죄책감을 느낄 것 같습니까, 아닐 것 같습니까?"

"그야……."

"마공을 익힌 사람이 갖게 되는 마성은 질병입니다. 그들은 범인들과 어울려 살아갈 수 없는 병자들입니다. 사람을 괴롭게 하는 해충을 박멸하며 죄의식을 느끼진 않으시겠지요? 하급 마교도라고 세상에 덜 해로운 게 아닙니다. 이들이 비록 지금은 더 강력한 힘에 통제받고 있어서 이 정도지 만약 세상에 흩어놓으면 피해는 예측이 불가능할 정도입니다. 이런 자들을 살려서 어쩌려는 것인지 묻고 싶습니다."

다들 냉자성의 의견에 동조하는 분위기였다.

월인 냉자성은 검계의 북파 서열 이 위에 올라 있는 사람이었다. 휘야겸과 어렸을 때부터 호형호제해 온 의제였다.

북파의 검주를 선출할 당시 냉자성은 휘야겸과 더불어 가장 강력한 후보자 중 하나였다. 그는 의형인 휘야겸을 존경했고 그가 마땅히 검주가 되어야 한다고 생각했다.

검계 칠성 중 하나인 냉가는 휘가 다음으로 북파의 검주를 많이 배출했다. 일족의 성원을 한 몸에 받고 있는 입장이었지만 냉자성은 과감하게 검주 후보에서 자진사퇴했고 의형인 휘야겸을 적극 추대했다.

평소 전면에 잘 나서지 않고 뒷전에 물러나 묵묵히 지원하는 걸 즐겨하는 냉자성이 이처럼 단호하게 제 의견을 주장하는 경우는 흔치 않았다. 검계 북파의 검주인 휘야겸이 의제 냉자성의 의견에 힘을 실었다.

"저 또한 아우의 의견과 같습니다. 무도에 정진하는 진정한 무사라면 약자에 대한 자비심을 마땅히 가져야 하지만 마교도는 예외입니다. 마교도에게 자비를 베푸는 건 세상을 해롭게 하는 일입니다. 이들 하나, 하나가 세상에 퍼져나가면 만인을 해롭게 할 악인이 됩니다. 그런 참사를 짐작하면서 이들을 풀어준다면 장차 세상은 우리를 향해 원망하고 손가락질 할 겁니다. 애당초 마교를 뿌리 뽑기로 작정한 마당에 자비를 베푼다는 건 온당치 않은 일입니다."

대개 비슷한 생각을 하는 것 같았다.

휘륜은 누구보다 마검 태공악의 의견이 궁금했다. 태공악은 그 스스로가 마교의 마공을 배운 마교도였다. 그럼에도 불구하고 마성의 지배에서 벗어났다. 과연 그는 현 상황을 어찌 판단하고 있을지 그래서 더욱 휘륜은 궁금했다.

"마검께서는 어찌 생각하십니까?"

태공악은 마치 휘륜의 질문을 기다리고 있던 사람처럼 주저 없이 입을 열었다.

"안타까운 일이지만…… 죽이는 게 최선입니다. 과거 노부가 금마옥에 갇히지 않았다면 내 손으로 싹 다 죽일 작정을 했었습니다. 사실 여기 계시는 분들이 알고 있는 것보다 마성의 폐해는 더 무섭습니다. 나 또한 예전에 양심의 가책 따위를 느껴본 적이 없습니다. 저들에게 인성을 기대하는 건 어리석은 일입니다. 자신에게 무엇이 유리한가, 이득인가, 흥미 있는가, 편한가, 따위로 즉흥적으로 판단할 뿐 인간으로 해야 할 일, 하지 말아야 할 일에 대한 기준조차 없습니다. 짐승도 제 몸에 새겨진 상처로 고통스러워하고 형편이 불리하면 물러나기도 합니다. 짐승이라 여기십시오. 마교의 마공은 중원의 것과 근본적으로 궤를 달리합니다. 장담하건데 여러분도 마교의 마공을 연공하면 한 해가 가기 전에 마성의 지배를 받을 것이고 그간 당연하다고 여겼던 일들을 깡그리 잊어버리고 말겁니다. 전혀 다른 사람이 됩니다. 저들 중에는 저와 혈족인 사람들도 많습니다. 그런데도 이리 매정하게 단언하는 건 그것이 진실이기 때문입니다."

태공악은 마교도들 전원을 척살하여야 한다고 너무도 담담하게 주장했다. 다른 사람도 아닌 태공악의 말이었기에 다른 누구의 말보다 큰 확신을 모든 사람에게 심어주었다.

결정은 휘륜의 몫이었다.

반대가 심한 일을 강행하는 경우라면 부담이 됐겠지만 거의 일치를 보이고 있어 휘륜은 홀가분하게 지시를 내릴 수 있었다.

"원래는 합비의 마교도들을 앞세워 다른 마교도들과 상잔시켜 전력을 약화시킬 작정이었습니다. 지금 여기서 풀려난 마교도들은 대교주나 증지산에게 가서 합류할 것입니다. 우리가 자비심을 베풀어도 다시 적으로 만날 자들입니다. 여러 어르신들의 생각처럼 저 역시 이들을 처단하는 것이 옳다고 봅니다. 마교도 전원을 척살하도록 하겠습니다. 왕부 외곽은 밀종에서 신속하게 차단해 주십시오. 이 밤이 다 가기 전에…… 전원 척살할 수 있도록 서둘러 주십시오. 특히 명감 이상의 간부직 중 살아 도망가는 자가 하나도 없도록 각별히 유의해 주시길 당부 드립니다."

회의가 끝나고 사람들이 모두 빠져나간 자리에 휘륜과 태공악만 남았다.

휘륜은 그에게 물어볼 것이 있어 남게 했다. 휘륜은 곧장 혁관월의 얘기를 꺼냈다. 휘륜의 얘기를 귀담아 듣던 태공악은 고개를 갸웃거렸다.

"매우 드문 경우로군."

"역시 흔하지 않은 일인가보군요."

"나 역시 금마옥에 가서야 마성을 이겨낼 수 있었네. 자네 사조를 만나기 이전에 마교로 가서 모두를 죽이겠다고 마음먹었을 당시에도 마성의 영향에서 자유로울 수 없었지. 마성은 악몽 같은 것이지. 내 의지로 단속하고 제어하는 것이 애당초 불가능 한 이유가 그것이 언제 어느 때 갑자기 나를 장악할지 모르기 때문이야."

휘륜은 마성이 그토록 무서운 것인지 아직까지 잘 실감이 가지 않았다. 그런데 한 가지 확실한 건 있었다.

"검황총에 들어가기 전에 증지산을 만난 적이 있습니다. 후에 안 사실이지만 대마령에게 자신을 내어주지 않기 위해 필사적으로 싸우고 있었습니다. 의지가 남다른 그조차 결국 마성을 이겨내지 못했습니다."

"혁관월이라고 했나? 나도 한번 보고 싶군. 그런데 그 친구가 뭘 연성해서 마성을 억제했다고 했지?"

"태행산 은자맥의 비전을 수련했다고 하더군요."

"호, 그래? 하긴 해남도의 서고엔 중원에서 흘러들어 온 도맥의 여러 비전들이 흔하긴 했지. 아무도 거들떠보지 않아서 먼지를 뒤집어쓰고 있었을 터인데 용케 그걸 습득했나 보군. 그렇다고 너무 신뢰해선 안 되네. 마성의 뿌리를 뽑는 일은 거의 불가능하고 마공연성을 하는 이상 언제 다시 도질지 모르는 일이니깐. 그 친구는 평생 조심하면서 스스로를 다스리며 살아야 할 게야."

태공악과 대화를 나누며 휘륜은 심중의 갈등을 정리할 수 있었다. 혁관월의 도움을 받아 증지산에게 접근하려던 계획은 우선 보류하기로 했다. 가장 안전하고 확실한 선택만 해야 했다. 기회가 많은 게 아니었다. 단 한 번의 실책도 용납할 수 없었다.

밀종과 검계 북파의 고수들은 야음을 틈타 은밀하고 착실하게 표적들을 제거해 나갔다. 상대적으로 인원이 많은 밀종의 고수들은 왕부의 외곽을 포위하고 안으로 접어들면서 마교도들을 척살했고 검계의 검사들은 왕부의 중심에서 바깥으로 이동하며 살수를 썼다.

동이 트는 시각, 수탉의 요란한 울음이 고요한 적막에 잠겨 있던 왕부를 흔들어 깨웠다. 그제야 왕부 곳곳에 흐르고 있는 피가 보였고 여기저기 널브러져 있는 시체들이 눈에 띄었다. 밤새 진행된 살행은 왕부 무사들의 이목마저 속일 정도로 은밀했다.

합비 왕부 소속의 무장들이 군졸들을 통솔하여 시체들을 모아 수레에 실어 왕성 밖으로 내보냈다. 거적으로 덮인 수레들이 자그마치 수백 대가 줄지어 왕부 밖으로 나갔다.

하루 종일 군졸들이 수레를 끌고 대로를 가로질렀으니 합비의 양민들도 지난밤에 참사가 있었음을 짐작 못할 리가 없었다.

왕부에 터를 잡고 있던 마교가 줄초상을 당했다는 소식은 고작 다섯 시진도 안 돼 합비 전역에 파다하게 퍼져나갔다.

왕부에 출입하는 사람들을 통해 좀 더 구체적인 소문이 저잣거리로 흘러나갔다. 그 내용은 놀랍게도 밀종 단독의 거사라는 것이었다.

마교의 지배에서 해방된 합비는 생동감이 넘쳤다. 심지어 이런저런 모양으로 마교와 관계하며 기생하던 상인들조차 잔치를 벌였다. 참으로 오랜만에 거리에 아이들이 뛰어노는 모습이 보였으며 양가의 규수들도 시진으로 발걸음을 했다.

마교가 합비를 장악하기 이전의 모습을 고작 하루가 지나기 전에 회복하고 있다는 사실이 사람들은 그저 믿기지 않을 따름이었다. 사람이 모여도 긴장감이 감돌던 분위기는 씻은 듯 사라졌고 저마다 눈치 보지 않고 실체조차 잘 모르는 밀종을 찬양하기 바빴다.

제2장
마혼일좌(魔魂一座) 묵좌령(墨佐領)

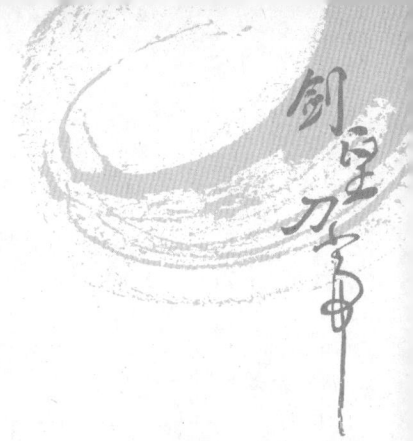

 뇌풍검왕 동방초재는 기쁨을 억누르지 못하고 연신 너털웃음을 흘렸다. 술자리에 초대받은 인사들도 사심 없이 동방초재를 축하해줬다. 가장 상석에 자리 잡은 옥불과 나머지 검왕들도 잔을 들며 동방세가의 건승을 기원했다.

 정도련의 핵심 인사들을 동방초재가 모두 초대해 간소하나마 술자리를 마련한 이유는 동방세가의 현임가주인 풍운룡 동방천추가 너무도 건강한 모습으로 복귀했기 때문이다.

 풍운룡이 모습을 감추고 나서 광증으로 요양 갔다는 소문이 돌기도 했다. 동방세가에서 확인을 해줄 리 만무하니 소문은 남 얘기 좋아하는 사람들의 술안주로 가끔 등장하곤 했다. 다시는 못 볼 줄 알았던 풍운룡이 헌앙한 모습으로 다시 출현했으니 사람들은 그간의 소문들이 거짓이었다고 생각하게 됐다.

"그래 그동안 무슨 일로 이리 오래 자리를 비웠던 겁니까?"

사람들이 모두 궁금해 하는 사안이었지만 차마 묻지 못했던 질문을 서릉세가주인 서릉남백이 마침 꺼내자 좌중의 시선이 일제히 동방천추의 얼굴로 모아졌다. 동방천추는 입가에 부드러운 미소를 짓고는 태연하게 대답했다.

"가주의 대임을 맡긴 했으나 역량이 부족함을 절감하던 차에 마치 운명인 듯 어떤 영감에 이끌려 폐관수련을 하게 됐습니다. 한 달 기한으로 작정한 일이 이리 길어질 줄은 저도 미처 짐작 못했습니다."

소림사 방장인 천수대사가 눈을 빛내며 물었다.

"혹 결례가 안 된다면 어떤 무공인지 여쭤 봐도 되는지요?"

비록 이 중에 나이가 가장 연소하다해도 엄연히 동방세가의 가주인지라 아무도 그에게 함부로 대하는 이는 없었다. 그렇지만 좌중의 인사들 눈빛이 결코 호감일색은 아니었다.

정도련이 마교의 핍박 아래 생사의 기로에 서 있는 동안 세가의 가주라는 사람이 태평하게 폐관수련이나 하고 있었다는 사실에서부터 심사가 뒤틀린 탓이었다.

　동방초재도 왜 손자가 구태여 하지 않아도 될 말을 꺼내 사람들의 심기를 불편하게 만드는지 의문이었다.

　정작 당사자인 동방천추는 그런 좌중의 분위기를 전혀 읽지 못하는 천치라도 되는 사람처럼 너무도 태연하게 천수대사의 질문에 대답했다.

　"할아버님의 절기인 초혼뇌풍검법(招魂雷風劍法)을 대성하고 나아가서 다소 부족한 부분을 채워 좀 더 완성도 높은 절학으로 발전시켰습니다."

　다들 어이없어하는 반응들이었다.

　동방초재도 평생을 그 한 가지 검법에만 매진해 왔음에도 자기 입으로 대성했다고 말하지 못할 터인데 스스로 대성했다고 장담할뿐더러 상승의 검학으로 완성했다고 하니 기가 찰 따름이었다.

　당황한 동방초재가 너털웃음을 흘리며 손자의 실언을 무마하려고 했다.

　"허허허. 이 녀석이 간혹 실없는 농담을 할 때가 있습니다. 넓으신 아량으로 이해해 주십시오."

　"아닙니다, 할아버님. 제 말에는 한 치의 거짓도 포함되어 있지 않습니다. 검황이 전수한 초혼뇌풍검법은 대성할 경우 일검으로 삼십육 개의 벼락을 동시에 치게 하는 위력을 지녔습니다. 다수를 척살하기엔 이만한 검법도 드물겠지만…… 강기란 나뉘면 나뉠수록 위력이 감소하는 법. 그래서 소손은 삼십육 강을 하나로 모으는 최후 초식을 하나 더 추가했습니다. 일검번천(一劍飜天)이라 이름 지었습니다."

동방천추가 제 말을 번복하기는커녕 오히려 호언하고 나서자 동방초재는 속이 타서 전음으로 나무랐다.

『너 대체 무슨 생각으로 허언을 일삼는 것이냐? 비록 이들에게 섭섭한 마음이 클지언정 경솔한 언행으로 무슨 득을 보겠다는 것이냐? 당장 실언이었음을 고하고 사죄하지 못할까!』

"할아버님 정직하게 사실을 말하는데 어찌 나무라시는지 모르겠습니다. 저는 있는 그대로 말했을 따름입니다. 만약 제 말에 거짓이 있다면 자결하겠습니다."

극단적인 동방천추의 발언은 좌중을 얼어붙게 만들었다.

좌중의 인물들 중 그가 한 말을 사실로 받아들이는 사람은 단 하나도 없었다. 대신 그가 과거 풍야제 동방현리가 스스로 자결한 일로 지금까지 앙심을 품고 좌중의 인사들을 농락하고 있다고 여길 따름이었다.

그가 비록 일문의 수장이라 해도 이 자리에서 함부로 경거망동해도 된다는 의미는 아니었다. 정도련의 련주인 옥불이 더 이상 두고 볼 수 없어 상황을 수습하고자 나섰다.

"자, 자. 그게 무어 그리 중요하겠습니까? 대성을 이루셨다면 축하해드리면 될 일이 아니겠습니까? 오랜만의 주석이니 다들 너그럽게 대해주셨으면 좋겠습니다. 통령께서는 어찌 생각하십니까?"

옥불은 자기 혼자만의 힘으로는 냉랭해진 분위기를 풀기 어렵다고 여겼는지 얼른 통령인 무극검왕까지 끌어들였다. 그 뜻을 모르지 않는 무극검왕이 옥불의 말을 받았다.

"그렇지요. 오늘은 어디까지나 동방가주의 귀환을 축하하는 자리이니만큼 다른 사사로운 문제는 거론하지 않았으면 좋겠습니다. 자, 다들 한잔씩들 드십시다."

두 사람의 노력 덕분인지 싸늘해졌던 분위기가 풀리긴 했지만 동방천추를 바라보는 눈길엔 저마다 괘씸해하는 감정이 다분했다.

돌연 자리에서 몸을 일으킨 동방천추는 빙긋 웃으며 술잔을 높이 들었다.

"사람은 저마다 가진 그릇의 크기가 정해져 있사온데 범인은 감당치 못할 큰 인물을 보거나 사건을 대하면 우선 부정하고 봅니다. 제가 오늘 작심하고 여러분들의 좁은 안목을 넓혀드리겠습니다. 아무쪼록 사람 위에 사람 있고 하늘 밖에 또 하늘이 있다는 진실을 부정하지 마셨으면 합니다."

동방초재는 심장이 덜컹 내려앉는 기분을 느꼈다. 이제는 자신의 힘으로도 수습할 수 없는 지경에까지 이르고야 말았다. 동방초재는 얼음구덩이에 빠진 사람처럼 전신을 경련했다.

'겉모습만 보고 내가 이놈의 광증이 나은 줄 착각했구나.'

동방천추의 폭탄발언은 좌중을 분노케 했다. 성미가 화급한 개방의 방주가 가장 먼저 호통을 쳤다.

"어허 이런 고약한 천둥벌거숭이 같으니라고!"

만통개의 호통에 이어 헌원세가주 역시 비난에 동참했다.

"어디서 그따위 망언을 일삼는 게요! 당장 사죄하시오!"

그것이 시작이었다. 여기저기서 봇물 터지듯 한꺼번에 동방천추를 나무라는 소리들이 쏟아졌다. 방금 전까지 어떻게든 분위기를 부드럽게 만들어보려고 애썼던 옥불마저 눈살을 찌푸리고 말았다. 바로 그때였다.

스스스스스!

동방천추의 손에 들려 있던 술잔이 가루가 되어 흩어졌다. 그리고 여기저기 놓여 있던 술병에서 주전이 쭉 솟아오르더니 동방천추의 손 안으로 빨려 들어가는 것이었다. 거기서 끝난 게 아니었다.

한 곳에 모인 술 방울들은 끊어지지 않고 뭉쳐 형태를 이루더니 급기야 커다란 검의 모양이 되었고 동방천추는 보란 듯이 수중의 검을 던졌다. 동방천추의 손을 떠난 검은 형태를 그대로 유지한 채 허공을 빠르게 오가며 검광을 사방에 흩뿌렸다. 좌중의 인물들의 입에서 더 이상 동방천추를 비난하는 소리가 흘러나오지 않는다.

 그저 입을 딱 벌리고 믿기 힘든 기사를 바라볼 뿐이었다. 이 자리에 있는 그 누구도 이와 같은 광경을 구경조차 해본 적이 없었다. 주전을 모으고 그걸로 검의 형태를 만든 것까지는 가능한 일이었다. 좌중의 인물들 중에서도 몇 사람은 비슷하게 흉내 낼 순 있었다. 문제는 그걸로 이기어검술을 펼치는 건 가능하지도 않을뿐더러 상상조차 해본 적이 없었다. 자유자재로 허공을 오가는 검이 처음과 마찬가지로 형태를 유지하는 것만도 믿기 힘든 일인데 거기서 검광이 일렁이고 있으니 사람들이 경악하는 것도 무리는 아니었다.

 좌중의 반응에 의기양양해진 동방천추는 손을 슬쩍 흔들었다. 그러자 언제 그랬던가 싶게 술 방울들은 나눠져 각각의 병 속으로 쏙 들어가는 것이었다.

 "하하하. 제가 잠시 잔재주를 부려 봤으니 너무 나무라지 마셨으면 합니다. 아직도 제가 허언을 일삼는 소인배라 책망할 분이 계신지 모르겠습니다. 제가 왜 이 자리에서 작은 성취를 뽐내는지 의아해 하시는 분이 계시겠지요. 정파는 고금에 드문 위기 상황에 직면해 있습니다. 정파의 의기는 땅에 떨어진지 오래며 숨어서 간신히 명맥만 유지하는 지경에 처해 있습니다. 언제까지 남의 손을 빌려 이 위기를 타개하길 바라겠습니까. 동방세가의 가주로서가 아니라 정파의 맥을 이은 무사로서 청합니다. 여러 가문과 방파의 수하와 제자, 식솔들 중에 재질이 뛰어나고 기골이 탁월한 자들을 가려 몇 명을 선발하도록 해주십시오. 제가 일일이 살펴보고 마음에 드는 사람들을 고를 것입니다. 이후 제가 그들을 직접 가르치고 훈련시켜서 마교를 이 땅에서 몰아낼 때까지 선봉 역할을 자임하겠습니다. 그것만이 그간 본가가 정파에 끼친 누를 조금이나마 해소할 수 있는 길이라 여겨…… 다소 무리한 방법으로 불초소생의 결의와 능력을 입증하였사오니 넓은 아량을 베풀어 주시길 바랍니다."

단번에 좌중의 분위기는 변했다.

확실히 동방천추를 바라보는 시선이 이전 같지는 않았다. 무엇보다 충격적인 무위를 본 뒤라 무게감 자체가 달라 보였다. 동방천추는 자신이 한 말처럼 하늘 밖에 또 하늘이 있음을 증명해 보였다. 이 자리에 있는 그 누구도 의심할 바 없는 절대의 능력을 선보인 것이다. 좌중의 인사들 중 무공으로 최고라 할 수 있는 옥불조차 심중의 충격을 수습하지 못하고 있을 정도니 다른 사람들이야 오죽하겠는가.

정파 전력 상승이라는 부분에서 보자면 두 손을 들고 환영할 일이지만 막상 동방세가의 가주가 그런 힘을 가졌다고 생각하니 께름칙하게 여기는 사람도 여럿이었다.

방금 전까지 생지옥을 경험했던 동방초재는 낙원에 이른 듯 가슴이 부풀어 올랐다. 한편으로는 얼마 전까지 광증에 고생하던 손자가 어찌 저런 능력을 발휘하는지 의아하기도 했다.

 동방천추가 옥불을 똑바로 바라보며 정중하게 말했다.
 "련주님, 제 제안에 대한 고견을 듣고 싶습니다."

 옥불의 내심은 지금 편치만은 않았다. 동방천추가 그 짧은 기간 동안 경천동지할 능력을 보유하게 된 것이 확실히 상식 밖이었기 때문이다. 그렇지만 그의 결의만은 높이 사고 싶었다. 옥불은 솔직하게 말했다.

 "환영할 만한 제안이오. 련주로서 가능한 한 모든 협조와 지원을 아끼지 않겠소."
 "그리 말씀해 주시니 감사할 따름입니다."
 "자, 그럼 우리 그 얘기를 좀 더 구체적으로 논의해 보도록 하십시다."

 동방천추는 좌중을 향해 고개를 까닥해 보인 뒤에 자리에 앉았다.

　　　　　*　　*　　*

 합비에서 마교도들을 척살한 뒤 휘륜은 악양과 낙양의 동태를 동시에 눈여겨보았다.

밀종의 고수들 여럿이 낙양과 악양에 거주하며 상황을 보고해 오고 있었는데 그들의 정보는 대규모 병력 이동에 한정돼 있었다. 증지산이 직접 움직인다거나 소규모 정예 병력의 이동은 그들도 감지하지 못했다. 어쨌든 아직까진 별다른 이동이 보고되지 않고 있었다.

문제는 휘륜 그 자신에게 있었다. 현재 상태라면 그는 합비를 떠나지 못하고 묶여 있을 공산이 컸다. 그렇다고 합비를 떠나기엔 마음이 놓이지 않았다. 결국 휘륜은 검계와 밀종의 전력을 합비의 왕부가 아닌 도처에 은닉하도록 유도했다. 휘륜이 복귀하기 직전까지 저들이 그랬던 것처럼 다시 종적을 감추고 싸우는 길을 택하기로 한 것이다. 천명회나 정도련과 마찬가지 방식인 셈이었다. 이편이 휘륜에게는 가장 좋았다. 무엇보다 증지산을 제외한 나머지 대마령의 신원이 확보되기까지 얼마나 오랜 세월이 걸릴지 모른다는 점이 중요하게 작용했다. 그때까지 휘륜은 어디에도 얽매이지 않고 자유로울 필요가 있었다. 자신을 드러내지 않고 숨어 있어야 유리한 것은 대마령들 뿐만 아니라 휘륜도 마찬가지였다.

휘륜은 지인들과 작별을 고하고 합비를 떠났다. 다른 사람들과의 이별은 담담하게 대했던 휘륜도 설리에게만은 그러지 못했다. 설리는 설리대로 장도에 오르는 휘륜에게 부담을 지우지 않으려고 애쓰는 모습이 역력했다. 설리의 노력 덕분에 두 사람은 웃으면서 작별할 수 있었다.

합비가 한눈에 보이는 언덕 위에서 휘륜은 멈췄다. 휘륜의 눈에 그득하게 차오르는 합비의 모습은 평온해 보였다. 다시 돌아오기 위해 잠시 떠나는 길이지만 휘륜의 마음은 편치 않았다. 휘륜은 합비를 바라보며 한사람씩 얼굴을 떠올렸다. 그리고 마음속으로 반드시 대업을 완수하고 살아서 재회하리라고 다짐했다.

마침내 악양에 도착한 휘륜은 밀종의 고수들을 먼저 접촉해 현재 상황을 보고받았다. 증지산이 해남도를 떠나 최초로 나왔을 때도 악양에 총단을 삼았고 재차 출도했을 때 역시 악양을 총단으로 결정했다. 이전에 지어놓은 시설들 때문이기도 했지만 실은 이곳 악양은 증지산이 처음 중원 땅을 밟았을 때 가장 긴 시간 머문 곳으로 알려져 있었다. 단지 그 이유때문인지 아니면 다른 기억할 만한 추억이라도 쌓았는지 알 길은 없었다. 어쨌든 증지산은 이곳 악양에 꽤 깊은 인상을 받았고 그 때문에 총단을 여기로 정했다.

휘륜이 밀종의 고수를 만나 악양 현지의 분위기를 파악하고 있던 그 시간, 증지산과 그 주변에서도 심상치 않은 변화의 조짐이 일어나고 있었다.

구마존은 증지산의 야심작들이었다. 지금껏 마교를 대표해오던 교주들을 대체하여 증지산의 기대를 일정 부분 충족시켜주었다. 증지산이 검계를 빠져나온 후 그간 여러 인재들을 배출해냈지만 그중 단연코 최강이라 할 만했다.

구마존뿐만 아니라 구마존과 비슷한 시기에 관문을 통과한 동기들 모두 이전의 증지산 제자들과 구별되는 점이 있었다. 마성을 억제하고 제거하기 위해 내단전 수련이라는 극단적인 방법까지 동원했던 증지산이 최초로 정반대의 방법으로 길러낸 성과물이었다.

욕망을 억제하지 않고 마음껏 발산하고 분출하면서 살아온 자들은 그 때문에 괴물이 되었다. 하늘 아래 오직 증지산의 통제만 받을 뿐 다른 모든 것으로부터 자유로웠다. 그 때문에 구마존의 가장 큰 욕망은 증지산의 그늘 아래서 벗어나는 것이었다.

구마존의 대형격인 천살이 총단에 있는 나머지 다섯 명의 마존들을 한자리에 불러 모았다. 그들은 서로를 의지하지도 않고 신뢰하지도 않는다.

그들은 마교 교주들처럼 엄격한 서열이 정해져 있는 것이 아니었다. 구마존은 동일한 지위였고 다른 사람의 지시와 명령을 따라야 할 이유도 없었다. 그럼에도 불구하고 앞서는 자와 뒤처지는 자로 구분되고 그런 힘에 의한 서열이 은연중에 생겨났다.

천살과 혈영이 무공으로는 단연 최강이었다. 둘 중 누가 더 강한지는 확인되지 않았지만 천살은 혈영에 비해 좀 더

사교적이었다. 그 때문에 현재 천살을 지지하고 따르는 마존들이 가장 많은 실정이었다.

구마존 중 수완 좋고 영특한 걸로 따지면 옥면을 능가할 사람이 없었다. 그는 또한 구마존 중 외모가 가장 출중했다. 마존 중 유일한 여자인 소수마존이 옥면을 지지하게 된 데엔 이성으로서의 매력이 작용했다고 볼 수 있었다.

혈영은 완벽하게 중립을 유지하고 있었다. 말이 좋아 중립이지 엄밀히 말해 혼자 고립되어 있다는 것이 더 정확한 말이었다. 옥면은 천살이 은연중 다른 마존들 위에 군림하려고 하자 반발했고 그런 옥면을 소수마존이 지지하고 나섰다. 단혼마존은 천살과 옥면 둘 모두를 싫어했지만 천살의 강압적이고 오만한 태도 때문에 옥면을 지지하고 있는 실정이었다. 혈영과 옥면, 소수와 단혼을 제외한 나머지 마존들은 천살이 두드러지는 현 상황을 굳이 마다하지 않고 수용한 상태였다.

태산 방면으로 작전을 나갔던 세 명의 마존은 아직까지 실종상태였다. 그들 세 사람을 제외한 마존들이 천살의 소집에 응해 한 자리에 모인 것은 매우 이례적이었다. 저번에 천명회 회주인 마종 단무기를 처단하고자 함께 출정한 이후로 단 한 번도 천살과 옥면은 얼굴을 대면하지 않았다.

부른다고 해서 쪼르르 달려올 사람이 아닌데 발걸음을 한 까닭은 옥면마존도 천살의 의중을 어느 정도 짐작하기 때문이었다. 의자에 꼿꼿한 자세로 앉아 마존들을 훑어보는 천살과 달리 다른 마존들은 거실 곳곳에 자유롭게 앉거나 서 있었다. 오직 한 사람, 옥면만이 천살 맞은 편 자리에 착석해 있었다.

"무엇 때문에 모두 모이라고 한 건지나 빨리 얘기해 봐."

천살이 입을 꾹 다물고 뜸을 들이자 옥면이 재촉하고 나섰다. 백만 명 중에 하나 있을까 말까한 완벽한 미남자인 옥면은 남자들조차 감탄하게 만들 정도였다. 화공이 평생 동안 정성을 들여 그린다 해도 이처럼 완벽한 미남자의 얼굴을 만들어내긴 어려울 것이라고 모두가 인정했다.

그와 반대로 천살은 고독한 한 마리 회색 이리를 연상시키는 분위기를 가지고 있었다. 추한 얼굴은 아니지만 어둡고 암울하며 무거운 눈빛은 보는 이를 질식시킬 정도였다. 천살은 옆을 보며 고개를 까닥거렸다.

많은 빈 의자를 버려두고 바닥에 절반쯤 누워 있던 한 사람이 천살의 눈짓에 몸을 일으켜 세웠다. 의자를 끌어와 귀찮은 듯 느릿하게 의자에 앉은 사람은 다름 아닌 백안마존(白眼魔尊) 기요극(奇要劇)이었다. 천살마존을 극렬하게 추종하는 유일한 인물이라 할 수 있었다. 기요극은 외호처럼 두 눈이 흰자위로만 가득 차 있어 섬뜩한 인상을 풍겼다. 시선이 어딜 향하고 있는지 알 수 없어 보는 사람을 언짢게 하는 부분도 적잖았다.

기요극은 천살마존 대신 나서서 모임을 주선한 목적을 털어놓았다.

"실종된 세 사람과 수하들의 마지막 흔적이 태산에서 끊어졌다는 보고가 있었다. 치열한 전투가 벌어진 흔적만 있을 뿐 거기엔 아무런 단서조차 남아 있지 않았다. 태산에 마지막까지 있었던 사람 중에 아직 돌아온 이는 하나도 없다. 결국 모두 죽었다고 봐야 하겠지."

옥면마존(玉面魔尊) 굴현(屈炫)은 기요극의 결론이 합당하다고 여기면서도 다른 한편으로는 부정하는 마음이 앞섰다.

"세 사람이 과연 거기서 누굴 만났기에 목숨조차 보존하지 못했을까? 강호에 그런 무서운 사람이 있었나?"

"그리고 이른 새벽에 하나의 전서구가 도착했다. 그 내용은 태산 충격에 못지않은 소식을 담고 있었다. 합비에 모여 독자노선을 걷던 교주들과 수하들이 모조리, 모조리 몰살당했다."

태산 얘기에도 시큰둥하던 다른 마존들도 그 말에는 일제히 관심을 보였다. 다소 흥미를 보이긴 했지만 충격을 받은 사람은 없는 것 같았다. 옥면은 궁금했다.

"놀랍군. 아직도 중원에 그만한 전력을 보유한 곳이 있었단 말이지?"

"밀종의 소행이라 적혀 있지만 그 보고를 곧이곧대로 믿으면 곤란하겠지."

"잠깐, 그럼 현재 생존해 있는 교주는 단 둘 뿐인가?"

"별 탈 없이 지내고 있는 교주는 낙양의 대교주와 삼교주뿐이로군. 아, 그리고 행적이 묘연해진 계집년이 하나 더 있어."

"어차피 언젠가는 성가시게 할 존재였는데 깔끔하게 해결됐다니 나쁘지 않군. 그것 때문에 모두를 소집했을 리는 없고 이제 그만 본론으로 넘어가지."

백안마존의 고개가 확실히 알아볼 수 있을 정도로 천살마존에게로 향했다. 다음 얘기는 직접 하라는 의미의 몸짓이었다. 천살은 자신에게 집중된 마존들의 의문을 해소시켜 주었다.

"태사의 호출을 받고 다녀오는 길이다. 갔더니 낯선 사람들과 함께 있더군. 태사가 머무는 태승전은 방대한 규모에 비해 모든 게 비밀에 붙여져 있었지. 이곳 총단에서 유일하게 우리 이목이 닿지 않는 곳이다. 검계의 반역자들이 태사 곁에 집결해 있다는 소식은 너희들도 알고 있겠지. 소문만 무성했을 뿐, 한 번도 그들을 접할 기회가 없었다. 태사와 함께 있던 사람들이 아마도 그들 중 일부였던 거 같다."

"그들은 어땠나? 너를 경계하거나 적대감을 드러내지 않던가?"

"호감의 눈빛은 아니더군. 나는 태사 앞에서 중대한 사실을 깨달았다. 태사는 만족을 모르는 사람이다. 그는 지금껏 그래왔듯 앞으로도 끊임없이 새로운 장난감을 만들어 낼 것이다. 더 강하고 완벽한 살인기계들을. 내 눈으로 직접 확인한 사실이다. 벌써 우리를 대체할 가능성이 농후한 후보군을 완성한 것 같더군."

옥면은 짚이는 바가 있었다.

"이번에는 검계 반역자들을 앞세울 참인가."

마존들 중 유일한 여자인 소수마존(素手魔尊) 묘서린(苗瑞璘)이 코웃음 치며 냉랭하게 말했다.

"태사도 어쩔 수 없는 사람이었어. 결국 자기 핏줄이 아니면 믿을 수 없다는 뜻이겠지."

마존들의 대개는 천살이 가져온 소식을 비교적 담담하게 받아들이고 있었다. 어느 정도 예상했기 때문이기도 하지만 이들은 애초에 태사에 대한 존경심이 없었다. 오직 상대적으로 약자이기 때문에 강자에게 갖는 두려움의 감정이 태반이었다. 별 기대가 없으니 실망감도 적은 것이다.

천살은 옥면을 똑바로 보며 말했다.

"태사가 그러더군. 더 이상 우리를 구속하지 않겠다고. 원한다면 언제든 떠나도 좋다고 하더라."

"푸하하하하하."

옥면마존의 맑은 웃음은 그 뒤로도 한참이나 이어졌다.

처음으로 혈영마존이 입을 열었다.

"그다운 발상이야. 아주 멋지군."

입구에서 가장 가까운 벽에 등을 기대고 팔짱을 끼고 있던 혈영마존(血影魔尊) 적운생(赤運生)은 구마존 중에 천살이 유일하게 상대하기 꺼려하는 인물이었다. 한 번도 패한 적이 없으며 출관 당시의 성적은 그가 오히려 천살보다 앞섰었다. 그와 친해지고 싶어 한 동기들이 숱하게 많았지만 누구에게도 곁을 주지 않았고 철저하게 혼자 있기를 고집해 왔다.

그의 목표는 오직 하나, 태사를 제 손으로 죽이는 것뿐이었다. 어렸을 때부터 입버릇처럼 말해왔기에 동기들치고 그의 인생목표가 무언지 모르는 이는 단 하나도 없었다. 증지산 역시 그 사실을 알고 있었지만 그걸 꼬투리 잡아 불이익을 주거나 차별한 적이 없었다. 다른 아이들과 다르게 적운생은 증지산의 손에 부모를 잃었다. 증지산은 부모를 해친 원수였다. 복수심에 불타오르는 적운생에게 증지산은 날개까지 달아주었고 그 사실이 적운생을 더 초라하고 비참하게 만들었다.

소수마존이 다른 마존들의 의향을 물었다.

"어떻게 할 거야?"

다들 별다른 말이 없었다. 그렇게 태사의 그늘을 벗어나 세상으로 나가고자 바라왔지만 급작스럽게 자유가 주어지자 뭘 해야 할지 막막해졌던 것이다. 무엇보다 마존들은 태사의 진의가 궁금했다.

"축출인지 방임의 의미인지 모르겠지만 이리 된 마당에 여기 붙어 있을 이유는 없다고 보는데."

옥면과 천살의 관점이 오랜만에 일치를 보였다. 함께 할 것인지, 아니면 여기서 나가는 즉시 독자노선을 택할 것인지에 대한 결정은 너무도 손쉬웠다. 마존들은 함께 해야 한다는 점에서 확고했다. 그것은 선택의 문제일 수 없었다. 생존을 위한 기본전제나 마찬가지였다.

"구마존이 아홉 사람에서 여섯으로 준 마당에 각자 따로 살길을 찾아 떠난다면 과연 누가 우리를 따를 것인가? 우리는 뭉쳐 있어야 하고 대외에 그 사실을 적극적으로 알릴 필요가 있다. 그래야 마혼대의 일부나마 동참시킬 가능성이 생긴다."

백안은 옥면의 견해에 우선 동의하면서 제 견해도 밝혔다.

"옥면의 말이 맞아. 우리는 뭉쳐야 한다. 누가 중심이 되느냐는 그리 중요한 게 아니다. 태사가 지금까지 보여준 성향으로 보아 우리가 여길 떠난다 해서 직접 손을 쓸 사람은 아니다. 그간 교주들이나 심지어 천명회 같은 반역 조직마저 태사는 적대하지 않았다. 그는 자신의 작품을 감상하고 서로 경쟁시키고 분란을 조장하는 걸 즐길 뿐 승부의 결과엔 관여하지 않는다. 태사의 그늘을 벗어나는 건 더 많은 걸 가지고 누릴 기회도 되지만 반대로 보호막이 걷혔다는 걸 뜻하기도 한다. 나머지 교주들과 천명회의 반역자들, 그리고 중원의 잔존세력들까지 모조리 우리를 물어뜯으려고 달려들 것이다. 그 싸움에서 이기고 살아남아야 한다. 그러자면 여길 나갈 때 최소한의 전력을 갖추고 거느린 편이 유리하겠지."

논의를 이어가며 마존들은 느낄 수 있었다. 평소에 그토록 의견이 나뉘고 서로 다투던 사람들이 한 번도 불평하지 않고 적극적으로 수렴하는 이유는 그들 역시 두렵기 때문이었다. 중론을 모아 마존들은 본격적으로 실행에 옮겼다. 마존들이 가장 공을 들인 부분은 마혼대의 여러 계열들 중 가장 강력한 상위의 분대들을 끌어들이는 일이었다. 마혼대에 평판이 좋은 편인 혈영을 앞세워 천살과 옥면이 함께 움직이기로 했다.

* * *

가운데에 사람 키 정도의 술통이 하나 놓여 있고 그 주변에 어지럽게 널린 작은 술통들이 뒹굴고 있었다. 탁자 여섯 개를 한데 모으고 그 위에 의자들을 겹겹이 쌓아 위태롭게 꼭대기에 앉아 있는 사람은 여인처럼 아름다운 얼굴을 하고 있었다.

목에 대롱대롱 매달려 있는 흑립에 절반쯤 가려진 탐스러운 흑발은 중간에 끈으로 질끈 동여매어 놓았다. 흑의는 절반쯤 풀어헤쳐져 가슴 한쪽이 다 드러나 있다. 주변은 소란스러웠다. 술통의 술은 빠르게 바닥을 보이고 있었다.

 수십 명쯤 돼 보이는 무사들은 자유롭게 흩어져 술을 마시며 떠들고 있었는데 아무도 다른 사람의 행동을 제지하지 않고 참견하지도 않았다.

 여긴 마교의 악양 총단 내에 있는 주루였다. 하루 종일 문을 닫지 않고 영업하는지라 마교도들의 발길이 끊어지지 않는 곳이었다. 원래 이름도 없는 곳이었는데 천살마존이 환상루라고 이름 붙인 뒤로 그럴듯한 현판 하나가 내걸렸다.

 환상루는 총 팔 층으로 돼 있는 규모가 큰 주루였다. 외부의 주루와 마찬가지로 갖출 건 다 갖추고 있었지만 딱 하나 여자만 없었다.

 환상루에서는 하루에도 여러 명이 시체가 되어 나간다. 술에 취한 주객들끼리 언쟁하고 싸우는 경우는 다른 주루에서도 흔히 볼 수 있는 광경이었지만 환상루는 그보다 좀 더 과격했다.

 다툼이 생기면 반드시 죽는 사람이 나오고서야 끝이 났다. 싸워도 어지간한 경우가 아니면 주변에서 나서지 않고 구경만 했고 심지어 흥을 돋운답시고 편을 갈라 응원하는 진풍경도 펼쳐졌다.

하지만 단 한 곳, 환상루 육 층만은 일반 마교도들을 구경할 수 없는 공포의 금역이었다.

환상루 육 층은 마혼대의 살객들만 출입하는 곳이었고 마혼대 소속이 아닌 사람이 들어갔다가는 반각도 못 버티고 시체가 되어 창밖으로 버려지는 무시무시한 곳이었다.

마침 육 층에 칠 척쯤 되는 장대한 체구의 인물이 흑립을 벗어서 한 손에 들며 등장했다. 그의 시선은 정 가운데에 탁자를 모아 놓고 의자를 겹겹이 쌓아 올린 채로 술을 마시고 있는 아름다운 무사에게 고정돼 있었다.

"저놈이 언제부터 저러고 있었느냐?"

함께 수행해온 자들 옆에 공손한 자세로 서 있던 점소이가 떠듬떠듬 입을 열었다.

"두 시진이 넘은 것 같습니다."

"죽엽청 한통만 가져오너라."

"늘 드시던 중간크기로 올릴까요?"

"그래라."

"안주는 알아서 챙겨 오겠습니다."

점소이가 물러나자 일행들은 한쪽에 자리를 잡고 앉았다. 환상루의 각층은 탁자 이백오십 개씩이 배치될 만큼 매우 넓었다. 천명이 한꺼번에 자리를 잡고 술을 마실 수 있는 넓이었다.

여기저기 나눠져 앉은 사람들은 백거산과 눈이 마주칠 때마다 눈인사를 해왔다. 마교의 정식 복장은 적의장포였지만 이들 마혼대만은 흑의를 입었다.

마혼대는 수백 개의 분대로 구성돼 있었고 각 분대는 열 명 안팎의 소수로 조직돼 있었다. 마혼대 소속 무사들 간에 서열은 없지만 분대간 서열이 존재했다. 정확하게 말하자면 분대주들 간 서열이 있었다.

증지산은 마혼대를 편성하며 귀찮은 나머지 뛰어난 아이들에게 숫자 일에서부터 백까지 새겨진 목패를 던져줬다. 그러고는 그것이 그들 사이의 서열이라고 말했다. 무언지도 모른 채 쥐어든 목패로 자신의 지위가 결정되었다는 사실에 불만이 많을 수밖에 없었다.

이후 해남도에서부터 목패의 주인은 수시로 바뀌었다. 힘이 없어 빼앗기기도 했지만 승부를 가려보지도 않고 양도하기도 했다. 그렇게 해남도를 떠날 때쯤에 이르자 어느 정도 각각의 목패 주인이 가려졌다. 증지산은 그들 백 명을 한 자리에 모아 나머지 인원들 중 최대 열 명을 선출해 자기만의 조직을 결성하라고 지시했다. 마혼대의 탄생은 그렇게 결정되었다. 이후 서열 백 위 안에 포함되지 않은 사람들끼리 분대를 결성했고 그 수는 지금도 계속 늘어나고 있었다.

백거산은 서열 사 위였다. 수백 개의 마혼대 분대 중 네

번째라는 건 대단한 일이었다. 야심이 작지 않은 백거산은 거기에 만족할 수 없었다. 그런데도 해남도를 떠난 이후 지금까지 더 위로 올라갈 생각조차 못하고 있는 건 자신 위에 버티고 있는 상위자들이 그만큼 뛰어나기 때문이었다.

백거산은 자리에서 일어나 가운데로 걸어갔다. 탁자와 의자를 쌓아올려 위태롭게 술을 마시는 청년에게 이르자 주변에 있던 무사들 중 하나가 가까이 접근했다.

"오셨습니까?"

거산은 턱짓으로 기괴한 행동을 하고 있는 청년을 가리켰다.

"무슨 일 있었냐? 쟤 또 왜 저래?"

"이번에는 웬일로 좀 오래간다 싶더니 또 차였나 보더군요."

"이번엔 또 무엇 때문에 그리 된 건데? 한심하기 짝이 없군."

"아시잖습니까. 좋아하는 여자 앞에만 서면 숙맥이 된다는 걸."

"미친놈. 세상에 널리고 널린 게 여자인데 고작 그만한 일로 괴로워하다니. 명성이 아깝다."

거산은 고함지르듯 크게 말했다.

"야, 청승 그만 떨고 그만 내려와라."

청년은 소리 지른 거산 쪽을 힐끗 쳐다보곤 여자처럼 배

시시 웃었다.

"거산 왔느냐? 친구야 어서 와라."

"좌령, 그만 내려와. 너와 긴히 할 얘기가 있다."

묵좌령은 거산의 다그침에도 꿈쩍도 하지 않았다. 대신 수하에게 빈 술병을 던졌을 뿐이었다. 술병을 받아 든 수하는 술통에 술을 가득 담아 다시 던져 주었다. 묵좌령은 받아 든 술병을 입에 물고 거꾸로 세웠다. 절반은 얼굴을 타고 밖으로 쏟아지고 절반은 입 안으로 들어갔다. 한 번도 쉬지 않고 적지 않은 양의 술을 마신 후에야 길게 한숨을 내쉬었다.

"후아. 이놈의 술은 마셔도, 마셔도 취하질 않는구나. 차라리 피를 마시면 이 갈증이 좀 가시려나."

밑에 있던 백거산은 짜증 섞인 어조로 다시 한 번 쏘아붙였다.

"헛소리 그만하고 얘기 좀 하자니깐."

게슴츠레한 눈빛으로 거산을 내려다보던 좌령의 입에서 싸늘한 한마디가 흘러나왔다.

"거산, 너 자꾸 귀찮게 하면 내 손에 죽는다."

거산은 자신도 모르게 움찔 떨고 말았다. 사실 평소 같으면 이런 날 묵좌령을 자극하지 않는 거산이었다. 그저 내버려두다 보면 금방 다시 본래의 모습으로 돌아오곤 했다. 그런데 오늘은 그럴 수 없는 다급한 사정이 있었다. 거산은 찜찜했지만 마음을 다잡고 다시 한 번 재촉했다.

"정말 중요한 얘기가 있다."

"중요한 얘기? 해봐라. 귀는 다 뚫려 있으니깐."

"적운생에 관련된 얘기다."

좌령의 태도가 달라졌다. 입가로 가져가던 술병을 내려뜨리고 거산을 바라보는데 그 눈은 더 이상 흔들리고 있지 않았다. 적운생이라면 혈영마존의 이름이었다. 그 이름을 들은 순간 묵좌령은 확실히 다른 사람이 돼 있었다.

의자 위에서 뛰어내린 묵좌령을 이끌고 거산은 사람들이 아무도 없는 구석 자리로 갔다. 자리를 잡고 앉으니 술상이 탁자 위에 차려진다. 점소이가 인사하며 물러난 뒤에야 묵좌령의 입이 열렸다.

"운생의 일이라니?"

"매우 중요한 일이다. 운생이 네 도움을 간절히 바라고 있다."

"운생은 지금 어디 있지? 무슨 일이기에 천하의 혈영마존이 다른 사람의 도움을 필요로 한단 말인가?"

"자세한 얘기는 직접 들어라. 사전에 미리 말해둘 소식이 하나 더 있는데 위백송과 희산산이 충성 맹세를 했다더군."

묵좌령의 눈썹이 꿈틀 물결쳤다.

"누구에게? 혹시…… 천살인가?"

천살마존과 자주 어울려 다녔던 두 사람이기에 당연히

가질 수 있는 생각이었다. 거산은 고개를 저었다. 약간 한심하다는 시선으로 묵좌령을 바라봤다.

"너 귀 닫고 산지 얼마나 되었냐? 마혼전에 언제 들어가 봤어?"

"오래 되었지."

"그랬으니 마혼대 서열 일 위인 널 젖혀두고 그들을 먼저 만난 게로군. 그럼 보나 마나 요즘 교내 사정이 어찌 돌아가는지 전혀 모르겠군."

"거산, 세상엔 그보다 흥미롭고 자극적인 일이 훨씬 많다."

"쳇, 하여간 어쩌다 너 같은 놈이 마혼대 서열 일 위에 올랐는지 정말 알다가도 모르겠다. 우선 운생을 만나 봐라. 그러면 모든 의문이 해소될 테니. 참고로 나는 운생과 함께 하기로 했다. 그리 알고 있어라."

묵좌령은 다른 일이라면 관심도 안 기울였겠지만 적운생이 관련돼 있다면 다르다.

묵좌령에게는 친분이 두터운 사람이 여럿 있었다. 그렇지만 운생에게는 묵좌령 한 사람 뿐이었다. 둘은 중지산 아래에서 무공을 연마하던 어린 시절부터 단짝이었다.

천살마존 등초량과 혈영마존 적운생은 동기들 중에서도 늘 선두였다. 두 사람의 질주를 앞지를 사람은 아무도 없었다. 모든 동기들의 부러움과 시샘을 한 몸에 받던 적운생을 유일하게 사심 없이 대해주고 품어주었던 벗이 묵좌령이었다.

묵좌령이 아홉 명을 선발하는 최종심사에서 탈락한 사건은 지금까지도 수수께끼였다. 동기들이 알고 있는 묵좌령의 실력은 천살과 혈영을 제외한 다른 어떤 동기보다도 뛰어났기 때문이다.

묵좌령이 적운생에 대한 생각에 잠겨 있는데 앞에 앉은 거산이 자리에서 벌떡 일어서는 것이었다. 그의 얼굴엔 경악이 가득했다. 거산이 바라보는 곳으로 몸을 돌려 시선을 향한 묵좌령도 다소 놀란 눈치였다. 아래층과 위층으로 이어진 계단 입구 쪽에 한 사람이 나타나 있었는데 그는 다름 아닌 혈영마존 적운생이었다.

거산이 이처럼 놀라는 것도 무리는 아니었다. 한때 자신들과 함께 무공을 수련했던 사이였지만 구마존이라 불리는 현재는 다른 세계의 사람이라 해도 과언이 아니었다. 마존들은 이곳 환상루를 출입하지 않는다. 이곳 이름을 지어준 천살마존도 최상층인 팔 층에 잠시 들렀다 갔을 따름이었다.

입구에서 내부를 쭉 훑어보던 적운생은 금방 묵좌령을 발견해냈다. 그는 평소와 다르게 입가에 온화한 미소를 지은 채 묵좌령을 향해 걸어오고 있었다. 거산은 한쪽으로 물러나 가볍게 목례로 적운생을 맞았다.

"이 누추한 곳까지 어찌 직접 발걸음을 하셨습니까?"

방금 전까지 그의 이름을 허물없이 불러대던 거산이었지만 막상 그 앞에서는 깍듯하게 예를 갖췄다. 운생은 거산의 어깨를 한 번 쳐주고는 묵좌령 앞에 앉았다. 혈영마존이 주루에, 그것도 귀빈전용인 팔 층이 아닌 육 층에 모습을 보이자 여기저기 흩어져 있던 마혼대 무사들은 동요했다.

다들 하던 말을 중단하고 적운생을 바라보고 있었다. 덩치에 어울리지 않게 눈치가 빠른 편인 거산이 육 층의 마혼대 무사들을 향해 손짓으로 나가라고 지시했다. 다들 편치 않은 얼굴이었지만 아무도 입 밖으로 불만을 흘리지 못했다. 순식간에 싹 빠져나간 육 층에는 오직 세 사람만 남게 되었다. 적운생이 유일한 친구인 묵좌령의 눈을 따뜻한 시선으로 바라보며 입을 열었다.

"얼마 만에 보는 거지?"

묵좌령은 아직도 별로 믿기지 않는지 얼떨떨한 표정이었다.

"네가 수시로 폐관하는 덕분에 못 본지 꽤 된 것 같은데."

"나 때문이었구나. 네가 찾아오면 안 되냐?"

"몇 번 허탕을 치고 나니 그 뒤로는 잘 안 가게 되더군."

"그동안 잘 못 지낸 얼굴인데. 많이 망가졌어."

"푸하하하. 나야 뭐 늘 똑같지."

거산은 한쪽에 불편하게 서서 두 사람의 대화에 귀를 쫑긋 세우고 있었다. 그런 그를 둘은 신경도 쓰지 않고 대화에만 열중했다.

"그런데 무슨 일이지? 이곳까지 걸음한 걸 보면 심상치 않은 일인 듯싶은데."

"네 얼굴 보려고 왔어야 정상이지만 오늘은 확실히 특별한 용무가 있다."

적운생의 표정이 어두운 걸 묵좌령은 놓치지 않았다.

"태사가 구마존의 독립을 허락했다. 우리는 준비가 끝나는 대로 여길 떠날 참이다."

그 짧은 한마디 속에 얼마나 복잡한 사정이 담겨 있는지 묵좌령은 단번에 파악했다.

"결국⋯⋯ 그렇게 되었군. 반갑기도 하겠지만 부담도 되겠어."

"물론, 그렇지. 이제부터는 우리들의 힘만으로 모든 역경을 헤쳐 나가야 하니깐."

"오래전부터 태사의 그늘을 벗어나고 싶어 했잖아. 막상 그런 상황이 오니 두렵냐?"

"약간은."

두 사람은 굳이 서로에게 심중을 감추거나 꾸밀 필요가 없는 사이였다. 묵좌령은 단도직입적으로 물었다.

"내가 뭘 해주면 되지?"

적운생은 그렇게 물어봐주는 묵좌령이 고마웠다.

"마혼대의 상위분대를 최대한 많이 포섭하고 싶다. 당장은 여기 있을 때보다는 여건이나 상황이 좋지 않을 테고 또한 신경 쓰고 상대해야 할 적들도 많아서 언제든 위험에 빠질 수도 있다."

"냉정하게 말하마. 나는 너를 지지하고 따를 준비가 돼 있다. 하지만 다른 사람들은 저마다 생각이 다를 거야. 마혼대의 얼마 정도가 과연 마존들을 따라 독립할지 지금으로서는 아무것도 장담 못한다. 사람들은 안전한 길을 선호하고 승자가 돼 혜택을 누리고 싶어 한다. 너희와 함께 하는 길이 최후의 승리를 보장해준다는 확신이 없는 한 기대만큼 따라나서지 않을 거다. 이 일은 내게 맡겨라. 대주들을 한 자리에 모아서 공론에 붙여보마. 최대한 많은 이들이 함께 할 수 있도록 애써보마."

적운생은 그저 친구가 고마울 뿐 달리 할 말이 없었다. 옆에 있던 거산이 그때 참견하고 나섰다.

"좌령, 사정이 매우 안 좋게 흘러가고 있다. 저쪽에서 선수를 쳤어. 현재 꽤 많은 대주들이 동참의사를 밝히거나 흔들리고 있는 실정이다."

묵좌령은 고개를 갸웃거렸다.

"저쪽이라니? 어딜 말하는 거지?"

"태사의 새로운 제자들이다."

묵좌령은 처음 듣는 얘기에 눈이 동그래졌다.

"태사의 새로운 제자?"

명색이 마흔대의 수좌로 취급되고 있는 묵좌령이었지만 기실 세상이 어찌 돌아가는지 따위엔 관심이 없었다. 정도련과의 몇 차례 전면전 때 활약한 이후로 큰 싸움이 없었기에 흥미를 잃은 묵좌령은 여자 꽁무니만 쫓아 다녔다.

"태사는 새로운 인재를 찾아 가르치고 배출하는 일을 중단하지 않았다. 그렇지만 새로운 출관자가 등장하기엔 너무 이르지 않은가? 우리가 출관할 당시에 수련중인 아이들이라고 해봐야 아직 십대 초, 중반일 텐데. 출관하려면 최소 십여 년은 더 걸릴 텐데."

백거산은 딱 잘라 말했다.

"그 아이들이 아니다."

"그럼?"

"물론 그 아이들 중 일부도 출관했는지 어땠는지 모르지만 태사가 이번에 전면에 내세운 제자들은 전원 검계 출신들이다."

묵좌령은 얼굴을 찌푸렸다. 백거산은 거기다 더 놀라운 소식을 덧붙였다.

"우리가 출관할 당시에 아홉 명을 태사가 직접 뽑아 특별한 수련을 거친 것과 마찬가지로 이번에는 단 세 명만이 그런 영예를 누렸다."

"뭐 다 좋다. 그런데 그 어린 아이들에게 고개를 숙이고 충성을 맹세하는 대주들이 있다고? 납득이 안 가는군."

"어리지도 않다. 그들은 노인들이고 검계 서열 일 위부터 삼 위까지의 인물이지."

묵좌령은 거산의 말에 충격을 받았다. 도저히 믿고 싶지 않은 말이었다.

"검주까지 증지산의 제자가 되었다고? 미쳤군."

그 자신이 증지산의 제자였고 현재는 마교에 속해 있지만 막상 검계의 검주가 같은 길을 걷는다고 하니 놀랍기도 하고 거부감마저 들었다.

"네 말대로 세상이 미쳐 돌아가고 있는지도 모르지. 좌령, 지금 상황이 최악이다. 네가 술과 계집에 빠져 허우적대고 있는 동안 마혼대 대주들 중 꽤 많은 수가 저들 편으로 넘어갔다. 그 수는 점차 늘어나고 있고 이제 와 네가 나선다 해도 과연 얼마나 네 뜻에 동조해줄지 미지수야."

"그럼 아까 위백송과 희산산이 충성을 맹세했다는 대상이 검주 늙은이냐?"

"그래."

이제야 묵좌령은 경각심을 갖기 시작했다.

"마혼십좌 중 그들 말고 또 넘어간 사람은?"

"현재까진 그들 둘뿐이다."

"불행 중 다행이로군."

"서열 이 위와 삼 위가 한꺼번에 충성 맹세를 했다. 그건 시작일 뿐이야. 막으려면 네가 속히 움직여야 한다."

"좋다. 거산, 마흔십좌를 포함한 마흔대 대주들 전원을 소집하라. 오지 않는 사람은 반역자로 간주하고 내 손으로 직접 처단한다고 전하라."

거산은 빙긋 웃었다. 이제야 안심하는 눈치였다. 나서지 않으면 모를까, 그가 본격적으로 나선 이상 상황이 이 이상 더 악화되는 건 막아줄 것이라고 철석같이 믿었다.

제3장
끝없는 마교 분열

 이름은 악불이, 나이는 스물아홉이며 십(十)이라 새겨진 목패를 소지하고 있다. 그것이 휘륜이 알고 있는 전부였다.

 시체를 앞에 두고 한참을 기다리고 있으니 밀종의 고수들이 돌아왔다. 하필 휘륜의 손에 죽은 이는 마혼대의 대주, 그것도 서열 십 위에 올라 있는 유명한 사람이었다. 휘륜이 마땅한 대상을 찾자 밀종의 첩자들이 목록을 내밀었고 그중 제일 첫 줄에 악불이의 이름이 적혀 있었다.

 그 목록은 밀종의 첩자들이 파악한 마교 내 인물들의 명부였다. 그런데 악불이에 대한 신상정보가 턱없이 부족했다. 휘륜은 그에 대한 정보를 최대한 많이 알아와 줄 것을 밀종의 고수들에게 주문했고 그들은 하루 동안 도움이 될 만한 정보를 긁어왔다. 다소 부족함을 느꼈지만 그렇다고 새로운 사람을 물색하기보다는 일단 부딪혀 보기로 했다. 악불이의 모습으로 역용을 한 휘륜은 곧장 총단으로 발길을 향했다.

첫 난관에 부딪혔다. 어찌 보면 별일 아니지만 휘륜에게는 꽤 심각한 일일 수 있었다. 마혼대의 조직 체계나 서열, 중요 인물 정도는 어느 정도 숙지한 상태지만 그 외 상세한 내부 사정까지 파악하지 못했다. 눈치껏 임기응변을 발휘하는 수밖에 없었다. 그렇지만 지금 눈앞에 닥친 상황은 휘륜이 미리 예상해본 바가 없어 난처했다.

여자. 그것도 스물쯤 되었을까 싶은 어여쁜 여자가 실오라기 하나 안 걸친 채 침상에 누워 있었다. 수하라는 놈이 선물이랍시고 던져놓고 간 여자였다. 하필이면 택한 놈이 호색한일줄 어찌 알았으랴. 휘륜은 여자의 수혈을 짚어 잠재우고 밖으로 나왔다.

'증지산이 머무는 궁으로 간다.'

막 밖으로 나오니 조금 전 의미심장한 미소를 지으며 여자를 던져두고 나갔던 수하 놈이 사색이 된 얼굴로 뛰어오는 것이 보였다.

"대주, 대주님. 큰일 났습니다."

"무슨 일이냐?"

"일좌께서 소집령을 발령하셨습니다. 전 마혼대주들은 한 사람도 어김없이 참석하라는 지시입니다. 만약 참석하지 않으면 반역으로 간주하고 척살령을 발동한다고……."

"장소는?"

"그야 당연히 마혼전 대회의실이겠지요."

"흠흠. 그렇지 참."

휘륜은 건물 밖으로 나온 순간부터 머리가 어지러워졌다. 증지산이 건설한 마교총단은 휘륜의 짐작을 훨씬 더 상회할 정도로 규모가 어마어마했다. 거주하는 인원에 비하면 비정상적으로 건물이 많고 부지도 넓었다.

합비의 왕부는 여기에 비하니 작은 장원이라 해도 좋을 정도였다. 대충 어림짐작으로 아무 곳이나 헤집고 다니다가는 날이 새도록 목적지를 찾을 수 없을지도 모르는 일이었다.

일단 가장 높은 건물 지붕으로 올라갔다. 사람들의 움직임을 파악하기 위해서였다. 최소 몇백 명이 한 장소로 이동하는 중이라면 어느 정도 흐름을 발견할 수 있으리란 짐작은 용케 들어맞은 것 같았다. 유독 한 전각으로 사람들의 발길이 끊어지지 않고 이어지고 있었다.

마혼전 대회의실엔 삼백여 명가량의 인물들이 빼곡하게 자리를 잡고 앉아 있었다. 상석 쪽에 열 개의 원탁이 구분돼 있고 그 아래에 원탁 방향 쪽으로 수백 개의 의자가 고정돼 있었다. 휘륜은 자신이 변장한 인물이 마혼십좌임을 알고 눈치껏 따로 상석에 마련돼 있는 원탁 쪽으로 걸어갔다. 마침 미리 도착한 사람 중에 하나가 휘륜을 향해 손을 들어 보이며 반갑게 맞이하는 것이었다.

"일좌의 엄명이 부담되긴 했나 보군. 이 시간이면 시전 주루에 나가 계집이나 끼고 있을 시간이거늘. 내일은 해가 서쪽에서 뜨겠구나."

휘륜은 상대가 누군지, 자신과의 관계가 어찌 되는지, 평소 어떤 식으로 대해왔는지 전혀 아는 바가 없으니 능청스럽게 자신을 반기는 인물 옆에 가서 앉았다. 착석하자마자 주변을 둘러보았다. 원탁엔 아직 자신을 포함해 세 명 밖에 오지 않았다.

회의장이라기보다는 대전에 가까운 공간은 냉랭한 분위기가 감돌았다. 주변사람들끼리 대화를 나눠도 작은 소리로 속닥거리는 정도였다.

"아직 결정을 미뤄두고 있었지?"

휘륜은 자신을 빤히 보며 묻는 인물에게 이번에도 꿀먹은 벙어리 흉내를 낼 순 없었다.

"뭘 말인가?"

"혹시 일좌가 소집령을 왜 발동했는지 전혀 모르고 왔나?"

"무슨 일 있나?"

"이런, 팔자 늘어진 친구 같으니라고."

확실히 두 사람은 친분이 꽤 두터운 게 분명했다. 아니면 마혼대 십좌 간의 관계가 모두 이처럼 친밀한 것일지도. 어찌 됐든 여기서 곤란한 상황에 처할 일은 없을 듯싶었다. 다행스러운 일이었다.

상대는 다소 삐딱하게 말했다.

"마혼대가 누구의 개가 되느냐의 결정이지. 옛 의리를 지킨다는 구실과 명분으로 구마존, 아니 이제 육마존이 돼 버린 자들을 지지하고 따를 것인가 아니면 달콤하고 영화로운 삶이 보장되는 신진 세력의 사냥개 노릇을 할 것인가. 자네는 어느 쪽이지? 이젠 시간이 많지 않아 속히 결정 내려야 할 거야. 오늘 이 자리는 말일세. 자네처럼 늦게나마 사태파악을 한 마존들이 마련한 자리이지. 그들은 마혼대가 없으면 맨몸으로 거친 세상과 부닥쳐야 할 판이거든."

"자네는 결정했나보군."

"결정은 진작했지. 아마 자네 빼곤 거의 다 했을 거야."

"들어볼 수 있나?"

"이제 와 숨길 것도 없지. 나는 오래 살아남는 길을 택하기로 했네. 앞날을 미리 점칠 수 없는 난세에는 센 놈 옆에 붙어 있는 것이 장수하는 길이지. 마존들이 출도할 때만해도 당장 교주들을 누르고 천하를 거머쥘 것처럼 기세를 타는가 싶었네만 그것도 아니었고 영원히 견고할 것처럼 거침없던 합비의 교주들도 하룻밤에 시체가 되는 세상일세. 이럴 때는 그저 눈치껏 유리한 국면을 따라 이리저리 몸을 뒤집고 옮겨 다니면 되는 걸세. 교주도 아니고 마존들도 아니고 새롭게 등장하는 그들 역시 아니네. 태사를 따라다니는 것이 정답일세. 태사가 밀어주고 내세우는 자들을 따르는 편이 목숨 보존하는 길이란 말이지."

휘륜 옆에 앉은 사람의 말이 끝남과 동시에 여러 사람이 차례로 대전 안으로 들어왔다. 상석에 빈자리 하나 없이 가득 찰 때를 기다렸다가 마흔대 일좌인 묵좌령이 일성을 발했다.

"여러 동지들, 오랜만이다. 우리가 이처럼 한 자리에 모인 일은 아마도 해남도를 떠난 후 처음이지 싶다. 내가 오늘 왜 여러분을 불렀는지 다들 짐작하고 있을 터이니 사설은 생략하겠다. 우리는, 우리 마흔대의 형제들이 나뉘어 서로를 향해 칼끝을 겨누는 불행한 사태만은 막아야 한다고 생각했다. 다들 알다시피 우리와 함께 동고동락했던 형제들이기도 한 마존들이 더 이상 태사의 보살핌을 받지 못하게 됐다. 그들은 우리 형제들의 도움을 절실히 원하고 있다. 수하가 아닌 형제의 도리로 같은 길을 걸어가 주길 바라고 있다. 나는 그러겠다고 약속했다. 생각해 볼 필요도 없었다. 우리는 한 몸이나 다름없고 예전부터 운명을 함께하기로 했기 때문이다."

단 한 사람도 떠드는 사람 없이 입 다물고 경청하고 있었지만 저마다의 표정은 제각기 달랐다. 깊이 생각에 잠겨있는 이가 있는가하면 다소 불편해 보이는 사람도 적잖았다.

"오늘 이 자리에서 어떤 결정을 내리든 비난하지 않겠다. 하지만 한 가지는 확실하다. 차후 다른 곳에서 만난다면 함께하지 않는 사람들은 서로를 향해 칼을 겨누게 되고 반드시 둘 중 하나는 죽어야 한다. 이것이 냉엄한 현실이다."

대전 안의 가라앉아 있던 분위기가 술렁이기 시작했다.

"그들이 누군가! 태생부터 마교를 적으로 삼았던 자들이다. 속으로 우리를 얼마나 경멸할 것이고 하찮게 여기겠는가. 그런 자들의 주구가 되어 영화를 누려본들 과연 지금과 같은 자유로움과 당당함이 있겠는가. 명심하라. 우리는 태사를 대적하려는 것이 아니다. 그분은 지금까지 그래왔듯 중립을 지킬 것이다. 이것은 약속이다. 우리가 형제들끼리 서로 경쟁하며 현재의 자리에 이른 것처럼 태사는 새로운 사람들을 내세워 우리의 능력과 의지를 시험하려 하고 있다. 이기고 싶으면, 끝까지 살아남기 원하는 사람이라면, 천하를 거머쥐고 영광을 함께 하고 싶다면 마존들을 따르라. 나 역시 마존들을 따라 천하로 나갈 것이다."

마혼대의 일좌는 지금껏 단 한 번도 바뀐 적이 없었고 그 자리가 위태로웠던 적도 없었다. 마혼대 내부의 소문에 의하면 그는 마존 몇 명을 제외하곤 상대할 자가 없다고 하지 않았던가. 정도련과의 전면전 당시 가장 혁혁한 공을 세운 사람은 마존들이 아닌 마혼대 일좌였다. 음울하고 혼탁하게 가라앉아 있던 눈빛은 오간데 없이 사라지고, 악랄하고 잔인하며 신비로운 모습으로 탈바꿈한 묵좌령은 공포 그 자체였다. 그런 강렬한 인상이 깊이 각인돼 있는 마혼대 대주들의 동요는 꽤 큰 것이었다. 몇 사람이 자리에서 일어나 소리를 질렀다.

"나 또한 일좌를 따르겠소."

"일좌가 가는 길이 승리의 길임을 믿소."

"근본도 모르는 자들과 함께 하고 싶은 마음은 없소."

"함께 갑시다. 천하를 우리 손에 거머쥐어 봅시다."

대전의 분위기는 묵좌령이 의도한 것 이상으로 급격하게 쏠렸다. 마혼대의 십좌 중 대다수 사람들은 예상 밖의 뜨거운 호응에 당황했다. 불안감에 시선이 흔들리고 있던 사람들 중 하나가 자리에서 일어나 흥분해 소리치는 좌중을 진정시켰다.

그는 자신을 향해 의문의 시선을 보내고 있는 묵좌령에게 형식적이나마 목례를 해보였는데 결코 상좌를 향한 존경의 의미는 아니었다. 무엇보다 그의 입가엔 비웃음이 매달려 있어 누가보아도 그가 일좌를 인정하지 않는다는 걸 알 수 있었다.

"책임지지 못할 말을 함부로 뱉는군. 마혼대 전체의 운명이 걸린 일이다. 저들도 우리가 그랬던 것처럼 스스로 선택할 권리가 있다. 일좌의 권위로 저들을 선동하고 겁박하려 하지 마라."

묵좌령의 날렵하게 뻗은 검미가 꿈틀거렸다.

"위백송, 자신 있나?"

뜬금없는 질문에 위백송은 어안이 벙벙했다.

"뭐가 말이냐?"

"내 손에서 살아남을 자신이 있느냐?"

"지, 지금 날 협박하는 것이냐?"

"아, 그렇다고 벌써 겁낼 건 없다. 아직은 네 뜨거운 심장을 꺼내고 싶은 마음은 없으니깐. 명심해라, 위백송. 네가 충성을 맹세한 그 사람들이 널 항상 지켜주지 못한다는 사실을. 약속하지. 우리가 서로 갈 길이 다른 것이 확인되면 넌 가장 먼저 내 손에 제거될 것이다."

위백송의 등줄기에 식은땀이 줄줄 흘러 내렸다. 내색하지 않으려 해도 평생 자신을 억눌러 왔던 두려움을 떨칠 수 없었던 것이다.

묵좌령만 없었다면 위백송은 마혼대의 일좌라는 영예를 차지할 수 있었다. 그랬다면 자신의 삶은 지금과는 달라졌을 것이라고 숱하게 상상하지 않았던가.

묵좌령은 마음만 먹으면 얼마든지 구마존 중 하나가 될 수 있었던 사람이었다. 그런 그가 구마존의 자리를 마다하고 마혼대의 일좌에 안주한 건 순전히 자신 때문이라는 사실을 위백송은 너무도 잘 알고 있었다. 누구도 원치 않았던 악연이 두 사람 사이에 얽혀 있는 한 이 두려움은 무덤 속까지 따라오게 틀림없었다.

그렇게 살 순 없었다. 이 지옥 같은 삶을 어떻게든 바꿔놓고 싶었다. 위백송은 스스로의 힘으로 묵좌령을 극복할 수 없었다. 몇 번의 시도는 처참하게 부서졌고 그럴 때마다 자신의 비참함은 커져갔다. 마혼대의 이 좌인 위백송이었지만 실상 자신의 지위와 위치는 십좌인 악불이보다도 못한 것이었다.

자신을 노려보고 있는 묵좌령의 눈에 서려 있는 살기를 누구보다 분명하게 느끼고 있는 위백송은 속으로는 두려웠지만 내색하지 않으려고 죽을힘을 다했다.

"누가 더 오래 살진 두고 봐야 아는 일. 네가 구마존을 따르는 순간부터 우리 관계는 역전될 것이 자명하지. 내기해도 좋다. 태사의 지원이 없는 구마존은 끈 떨어진 연이나 다름없다."

말을 이어가면서 점차 확신을 갖게 된 위백송은 묵좌령이 아닌 좌중의 마혼대주들을 바라보며 큰소리로 외쳤다.

"마존들이 뭘 해줄 수 있는가. 마존들이 우리를 위해 무얼 보장하고 약속해 줄 수 있느냐는 말이다. 현실을 직시해라. 태사께선 더 이상 구마존을 입에 올리지 않으신다. 그들의 역량이 기대에 못 미쳤기 때문이다. 아직 천하엔 우리들 힘만으로 감당하기 벅찬 강적들이 즐비하다. 태사가 계시기 때문에 우리가 안전한 것이다. 다들 착각해선 안 된다. 이 안전한 울타리를 벗어나는 순간부터 우리는 평야를 떠도는 들개 꼴을 면치 못할 것이다. 단 한 순간도 편안한 날이 없을 것이다. 나와 십좌의 대부분은 새로운 동반자와 함께 하기로 했다. 태사께서 또다시 새로운 사람을 앞세우고 높이신다면 또 그분을 따를 것이다. 우리 모두 좀 더 솔직해져 보자. 우리에게 중요한 게 명예인가? 의리인가? 우리에게 과연 그런 게 있긴 있었나? 천하는 태사의 뜻에 따라 멸망하기도 하고 재건되기도 하는 것이니 그분의 의중이 무엇인지 살피는 게 더 현실적인 문제지 않나. 이미 경험하지 않았나? 이미 숱하게 겪어보고서도 아직도 모르겠는가? 눈으로 보고 직접 체험해본 그대들이 어리석은 선택을 하리라 믿지 않는다. 일좌의 거짓 선동에 혹해서 자신의 하나뿐인 생명을 가볍게 여기지 않길 바란다."

위백송의 외침은 좌중을 혼란에 빠트렸다. 마혼대주들은 십좌들 사이에 의견 일치를 본 줄 알았다. 이제 보니 그게 아니었다. 게다가 위백송의 말이 사실이라면 십좌 중 대부분은 마존을 따르기는커녕 대적할 각오마저 한 듯하니 충격이 이만저만 큰 게 아니었다.

묵좌령은 위백송이 설마 이렇게 공개적으로 반발할 줄은 몰랐는지라 다소 의외라는 표정이었다. 어느새 십좌들은 단 한 사람을 빼곤 모두 일어서 있었는데 거산을 제외한 전원이 위백송의 뒤쪽으로 가서 서는 것이었다. 상황은 명백했다.

자기 뒤에 십좌들 중 여섯 사람이 늘어서자 거기에 용기를 얻은 위백송이 묵좌령을 보며 득의에 찬 표정으로 말했다.

"묵좌령, 지금 네가 보는 것이 현실이다. 아직도 꿈꾸고 있다면 얼른 깨라고 말해주고 싶군. 저들 역시 마찬가지다. 잠시 갈등은 하겠지만 결국 어느 쪽에 서는 것이 이득인지 아는 사람들이니 이쯤에서 헛된 기대를 접는 편이 현명하겠지. 지금이라도 마음을 바꾸겠다면 십좌의 말석쯤 마련해줄 용의는 있다."

돌아가는 상황을 예의주시하고 있던 휘륜은 한 가지 의문을 떨쳐내지 못했다. 지금 휘륜에게 마교 내부의 알력이나 권력 다툼이 중요한 관심사는 아니었다. 증지산이 사라지면 어차피 모래성처럼 허물어질 것들이었다.

휘륜의 주목을 끈 것은 마교 총단 어딘가에 웅크리고 있는 증지산이 지금 어떤 상태이며 무슨 생각을 품고 있느냐였다.

'특이한 일이군. 대마령이 장악한 증지산이 예전과 별다를 것 없는 악취미를 즐기는데 집중하고 있을 줄은 몰랐군.'

휘륜이 예전 해남도에 가서 만나 본 증지산은 주변 사람들을 여러 극한 상황 속에 몰아넣은 채 반응을 즐기는 악취미가 있었다. 지금도 별반 다르지 않은 것 같았다. 그것이 휘륜은 의아할 따름이었다.

'대마령은 숙주의 인성과 습관을 그대로 답습하는 것인가? 아니면 일정 부분 차용할 뿐인가? 대마령이 숙주의 인성과 살아온 여정에 영향을 받는다는 건 알았지만 이 정도였을 줄이야.'

어느 쪽이든 현 상황 자체가 휘륜의 예상과는 판이하게 다른 건 분명했다.

일촉즉발의 긴장감은 극적으로 해소되었다. 강요해서 성사될 일이 아니란 걸 깨달은 묵좌령이 한 발 물러섰기에 가능했던 일이었다. 선택은 마혼대주들 개개인의 선택에 맡기기로 한 것이다. 묵좌령은 내심 절반정도의 동참을 기대했었다. 그랬던 기대감이 대전을 떠나면서 상당부분 감소했다는 것은 지금 총단 분위기 자체가 마존들에게 결코 유리하지 않다는 걸 방증하는 것이었다.

총단의 경비는 생각 외로 그리 삼엄하지 않았다. 경비가 있다 해도 그다지 신경 쓸 수준은 못되지만 이 정도로 허술하다는 건 의문을 품을 만한 일이었다. 어찌 됐든 그 덕분에 휘륜은 무인지경이나 다름없이 총단 곳곳을 휘젓고 다닐 수 있었다.

'저기가 증지산이 머무는 전각이로군. 그런데 이거 난처한 일인데.'

조사해 본 바에 의하면 증지산은 해남도에서 나온 순간부터 지금까지 그 혼자 머문 적이 없었다. 예전에도 물론 숱한 사람들이 주변에 있었지만 이 정도로 인의 장막이 쳐져 있진 않았다. 지금 증지산이 머무는 전각에는 검계의 남파 고수들만 머물고 있었으며 심지어 시녀와 숙수까지도 자체 해결하는 실정이었다. 증지산의 특별한 부름이 없는 한 외부인이 그를 접견할 기회를 갖는 건 아예 불가능했다.

어둠과 동화돼 전각을 살피던 휘륜은 더 이상 접근하지

않고 우선 돌아가 차차 시간을 두고 가장 안전하고 확실한 방법을 연구해 보기로 결정했다. 무리하게 잠입을 시도했다가 증지산의 예민한 촉수에 걸리기라도 하는 날엔 계획 자체가 무산될 수 있었기 때문이다.

'저 안에 머무는 사람을 택해 자연스럽게 접근하는 방식이 아니면 곤란하겠어.'

증지산 곁으로 접근하기 위해 마땅한 적임자를 물색하는 일에만 사흘이 걸렸다. 검계 남파의 생존자들은 증지산이 머물고 있는 건물과 주변 몇 개의 전각군에 나눠 머물고 있었는데 이들은 마교도들과 어울리는 걸 지극히 꺼려했다. 뿐만 아니라 그 일대를 벗어나거나 바깥출입조차 삼가는 편이어서 휘륜이 정보를 얻기가 쉽지 않았다.

화천위는 검계 남파의 인물로 올해 나이 서른셋이다.

모난 구석이 없는 성품으로 동료들의 신망이 두터우며 윗사람들에게도 인정받는 착실하고 성실한 검사였다. 그런 그에게 딱 한 가지 안 좋은 습관이 있었다. 화천위는 도박을 좋아한다. 좋아하는 정도가 좀 심해서 병적이라 할 만했다.

수중에 돈이 생기면 그때부터 머릿속에는 도박판이 그려진다. 무슨 수를 써서라도 도박을 해야만 직성이 풀리곤 했다. 검계에 있을 땐 이 정도로 심각하진 않았다. 가끔 친구들과 어울려 주사위 놀이를 즐기곤 했지만 지금처럼 병적일 정도로 중독은 아니었다.

화천위는 마작이나 검패 등에는 흥미를 못 느꼈다. 그가 즐기는 도박은 오직 하나, 주사위였다. 순식간에 승패가 결정 난다는 점에서 더 짜릿했다.

시간이 날 때마다 총단을 빠져나와 도박장에서 서너 시진 놀다 가는 것이 화천위의 유일한 낙이었다. 딴 적은 드물고 대개 빈손으로 돌아가는 경우가 많았는데 지금껏 잃은 액수만 따져도 물경 은자 만 냥은 넘는다.

화천위는 자신이 그다지 재수가 좋은 편이 아니라고 여기며 한탄해 왔는데 오늘은 재신이 제게 임했는지 거는 족족 따고 있었다. 한 손에는 술병을 잡고 다른 한 손은 여자를 안고 연신 호탕한 웃음을 흘리고 있었다.

천하가 난세로 몸살을 앓고, 목숨 잃은 사람들이 부지기수며, 지금 현재도 숱한 곳에서 굶어 죽어가는 사람들이 널렸지만 그럼에도 도박장에는 사람들이 들끓었다. 특히 주사위 놀이를 하는 비율이 월등하게 높았는데 검패나 마작등 다른 도박을 하다 돈을 잃은 사람들까지 섞여서 마지막 운을 시험하는 경우가 많아서였다.

주사위 놀이도 여러 종류가 있었다. 두 개의 주사위를 굴려 합의 수가 높거나 낮은 걸로 승패를 따지는 것에서부터 주사위 두 개 또는 세 개의 합을 맞추는 것도 있었다. 후자의 경우 확률은 낮지만 참여 인원에 제한이 없어 판돈이 커진다는 장점을 빼놓을 수 없다. 화천위는 여러 종류의 주사위 놀이를 가리지 않고 즐기는 편이었다.

연거푸 몇 판을 딴 화천위 앞에 판돈이 수북 쌓이자 주변에서 구경하는 사람들까지 생겨나기 시작했다. 화천위는 신나게 떠들며 거들먹거렸다. 오늘 이 순간만은 세상에 부러울 것 없는 천하제일의 행운아였다.

시간이 지나며 끊어지지 않을 것 같던 기세도 한풀 꺾이자 화천위는 염두를 굴렸다. 여기서 더 미련을 갖고 미적거린다면 빈털터리가 되는 건 순식간이었다. 독하게 마음먹고 자리에서 일어난 화천위의 눈동자는 마지막 순간까지 주사위 통에서 떨어질 줄 몰랐다. 떨어지지 않는 발걸음을 간신히 떼어 환전대로 이동한 화천위는 스스로가 대견스럽기까지 했다.

바꾼 전표 다발을 품속에 넣고 툭툭 쳐보는 화천위의 얼굴에는 연신 흐뭇한 미소가 떠날 줄 몰랐다.

생애 처음으로 생각도 못한 거금을 도박으로 따게 된 화천위는 곧장 밖으로 나와 주루로 발길을 돌렸다. 그런 그를 도박장에서부터 은밀하게 미행하는 사람이 있었다.

악양 역시 다른 도시와 마찬가지로 폐가와 빈집이 흔했는데, 그 때문에 밤늦은 시간에는 거리가 한산할뿐더러 불빛이 없는 곳은 음산했다.

화천위가 막 골목 어귀를 꺾었을 때였다. 큰 걸음으로 성큼성큼 걸어가던 화천위가 별안간 픽 고꾸라졌다. 그리고 그 큰 덩치를 들쳐 업고 귀신처럼 어둠 속으로 사라지는 사람의 그림자가 보였다.

눈을 뜬 화천위는 눈알을 굴리며 자신이 지금 어떤 처지에 놓였는지를 파악하느라 분주했다. 목 아래로는 점혈되어 꼼짝도 할 수 없다는 걸 알게 된 화천위는 공포감에 사로잡혔다. 한 번도 이런 위급한 상황을 겪어보지 않았기에 지금 이 순간이 마치 꿈처럼 여겨질 정도였다. 현재 자신은 마교의 공식 복장인 붉은색 무복을 걸치고 있었다.

'마교도인줄 알면서 납치했다면 흉수는 무슨 짓을 할지 모를 위험한 놈이다. 더군다나 나는 점혈 당하는 순간까지도 아무런 기척도 느끼지 못했다. 상대는 적어도 나보다는 무공이 고강한 사람이다. 명년 오늘이 내 제삿날이 될지도 모르겠구나.'

화천위는 생애 처음 느껴보는 죽음의 공포에 심장이 오그라들었다.

횃불이 주변을 일렁이자 눈앞으로 흉수의 그림자가 어른거렸다. 고개를 들 순 있었지만 화천위는 흉수가 누군지 굳이 확인하려 들지 않았다. 오히려 이런 경우는 흉수의 얼굴을 모르는 편이 그나마 살아남을 가능성이 있다는 걸 알기 때문이었다. 마른침을 꿀꺽 삼킨 화천위는 떨리는 음성으로 간신히 자신의 첫마디를 뗐다.

"내게 원하는 게 뭔지 모르겠지만 최대한 협조하겠소. 그러니……."

"목숨만은 살려달라고?"

예상과 달리 흉수의 음성은 담담하고 부드러웠다. 자신이 현재 이런 상황이 아니었다면 호감을 느꼈을 정도로 귀를 즐겁게 하는 음성이었다. 화천위는 상대의 음성을 듣고 한 가닥 희망을 품게 되었다.

"저는 지금껏 누구에게 특별히 원한을 산 일이 없습니다. 제가 왜 이런 곤경에 처했는지 모르겠습니다. 제게 원하는 게 뭡니까?"

"이름 화천위, 나이 삼십삼 세. 검계 남파 쾌검당 소속으로 무공은 천지인 삼품 중 최하품인 인자급. 맞나?"

"마, 맞습니다."

"지금부터 내가 묻는 말에 지체하지 않고 즉시 대답한다면 살 수 있다. 만약 거짓말이라 판단되면 네 목숨은 보장해 줄 수 없다."

"무엇이든, 무엇이든 물어보십시오. 제가 아는 것이라면 성심성의껏 대답하겠습니다."

화천위를 납치한 사람은 다름 아닌 휘륜이었다. 지금

휘륜은 벽에 기대앉은 채 쓰러져 있는 화천위를 내려다보고 있었다. 화천위는 휘륜이 변장하려고 했던 후보 중 하나였다. 악양에 머물고 있는 밀종의 첩자들이 마교도들 중 신상을 파악하고 있는 사람들의 목록을 휘륜에게 넘겼는데 그 안에 화천위가 포함돼 있었다.

"태사가 구마존에게 맡겼던 마교 지휘권을 다른 사람들에게 넘긴 걸로 알고 있다. 그들이 누구지?"

화천위는 마치 이 질문이 나올 걸 예상하고 있던 사람처럼 머뭇거림 없이 즉각 대답했다.

"그분들은 저희 검계의 남파를 이끌던 분들이십니다. 원래 태사님이 본계의 남파 검주셨다는 사실은 알고 계신가요? 과거에 태사님이 검주였을 당시부터 깊은 관계였던 분들이라 세 분을 내세우신 것 같습니다. 저도 자세한 사정은 잘 모르지만 한 가지 분명한 사실은 그 세 분이야말로 남파의 최강 실력자들이십니다."

"세 명?"

"네, 세 분입니다."

"그중에 검주도 포함돼 있나?"

"물론입니다."

"마교의 주구로 전락한 검계를 너는 어찌 생각하나?"

"그, 그건……."

"자랑스러운가?"

"그, 그럴 리가 있겠습니까."

"태사가 내세운 사람들은 남파 서열 일 위부터 삼 위까지겠군."

화천위는 정신이 오락가락하는 와중에도 자신을 납치한 자가 어느 방면의 고수인지를 예상해봤다. 그러다 문득 든 생각을 입 밖에 흘렸다.

"저 혹시 북파 분이십니까?"

"나는 검계 출신이 아니다. 최근에 태사를 본 적이 있나?"

"없습니다. 그분이 머무시는 곳은 저 같은 말단 하급 무사가 드나들 수 없는 곳인지라……."

휘륜이 생각하기에도 화천위가 접근할 수 있는 정보에는 분명 한계가 있었다. 밀종의 첩자들 능력으로 핵심 인물을 파악하는 건 어려웠을 것이다. 그들이 파악하고 목록에 기재해 놓은 사람들 중 고위급 인물이라고 해봐야 마혼대주 몇 명이 고작이었다.

휘륜은 화천위와 주변 관계에 대해서 중점적으로 파악했다. 더 이상 나올 것이 없다고 판단한 휘륜은 화천위의 처리를 위해 잠시 고민했다.

마공을 연마한 마교도였다면 별 망설임 없이 처단했겠지만 화천위는 검계의 검사였고 지금껏 마공을 수련한 적이 없다고 했다. 휘륜이 보기에도 마공을 수련한 흔적은 보이지 않았다. 검계 남파의 검주 이하 지도부가 증지산을 따른다는 이유만으로 제자들까지 동일하게 취급할 순 없었다. 게다가 화천위는 자신이 할 수 있는 한 최선을 다해 협조했다. 그럼 약속대로 그를 살려주는 것이 타당했다. 문제는 화천위를 이대로 놓아줄 순 없다는 사실이었다. 결국 휘륜은 화천위의 신변을 밀종의 첩자들에게 넘겼다.

휘륜이 마교 총단으로 돌아왔을 땐 화천위의 모습으로 바뀌어 있었다. 최소한 겉모습만은 원래의 화천위와 다른 점을 찾기란 거의 불가능한 일이었다. 특별한 실수만 하지 않는다면 다른 사람의 주의를 끌 일은 없을 것이다. 휘륜은 검계 남파의 제자들이 머물고 있는 곳에 자연스럽게 섞여 들어갔다.

제4장
합비에 나타난 악초림

 휘륜이 증지산의 동태를 파악하기 위해 화천위로 변장한지 이틀이 흘렀다. 원래부터 화천위가 그다지 주목받는 사람도 아니었고 사형제들과 허물없이 친교를 나누는 사이도 아니어서 특별히 곤란하거나 귀찮은 상황은 발생하지 않았다.

 남파 제자들의 하루 일과는 무료하기 짝이 없었다. 특별히 주어진 임무가 있는 것도 아니고 엄격하게 통제받는 느낌도 그다지 들지 않았다. 그들은 검계에 있을 때와 별반 다를 것 없이 자유롭게 수련에 매진하고 있었다.

 지도부가 제자들을 방치하고 있다는 느낌을 받은 휘륜은 제 짐작이 사실임을 곧 확인할 수 있었다. 남파의 상급자들은 정체되어 있는 자신들의 무공을 더 강력하게 발전시키기 위한 길을 택했고 그 길을 열심히 따라가고 있는 중이었다.

증지산이 열어준 길은 마성을 일깨우고 능력을 증폭시키는 이단의 방법이었다. 평생 수련을 통해 향상시킨 능력보다 짧은 기간에 성취한 능력이 훨씬 더 막강하다는 점에 매료된 사람들은 마공의 폐해를 알면서도 그 길을 마다하지 않았다.

남파 상위자들이 예외 없이 특이한 마공을 수련하고 있다는 사실을 확인한 휘륜은 그들의 어리석은 선택이 장차 어떤 결과를 초래할지 짐작하기에 착잡함을 금치 못했다.

증지산의 동태를 파악하고자 잠입했는데 정작 휘륜은 사흘이 지나도록 증지산의 그림자조차 발견하지 못했다. 자산이 미처 파악하지 못한 비밀장소가 있나 싶어서 더 대담하게 침투했지만 그런 장소 따윈 존재하지 않았다.

검계 칠성인 휘(徽), 냉(冷), 좌(左), 율(律), 증(曾), 현(玄), 화씨(華氏) 중 증, 현, 화씨가 남파를 구성하고 있었다. 남파 역대 검주들을 가장 많이 배출한 일족은 증씨가 아니라 현씨였다. 증지산을 이어 당대의 검주를 맡고 있는 인물 역시 현씨 일족이었다.

은하신검(銀河神劍) 현중양(玄仲陽)은 역대 검주들 중 북파와 화합하기 위해 가장 많은 노력을 기울인 사람이었다.

만약 여식이 그처럼 비극적으로 삶을 마감하지 않았다면 검계 역사상 최초로 남파와 북파간의 일치와 화합을 달성한 위대한 검주로 기억되고 추앙받았을 것이다. 그 한 번의 어긋남이 현중양의 의지와 삶을 극단적으로 바꿔 놓았다. 지금껏 자신이 걸어가고 있는 이 길이 옳은가에 대한 회의감이 숱하게 들긴 했지만 그때마다 고집스럽게 밀어붙인 건 마음속에 도사리고 있는, 수십 년이 지난 지금까지도 해소하지 못하고 있는 원한 때문이었다.

한 사람에 대한 미움이 커져 북파 전체에 대한 증오로 바뀌기까지 그다지 많은 시간이 필요하지 않았다. 삼선의 계율을 따라 마교가 세상을 어지럽히고 넘보는 걸 경계하기 위해 존재했던 검계가 이제는 마교 안에 들어와 그들과 같은 길을 가고 있다는 사실이 검주로서 허망하고 수치스럽기도 했지만 이내 그 생각은 사라지고 당장 목전에 닥친 적을 찾아내고 처단하는데 열중했다.

은하신검 현중양을 위시해 지금 세 사람이 머리를 맞대고 골몰하고 있었다. 뜨거웠던 차는 식은 지 오래였고 그들의 대화는 잠시 중단돼 있었다. 증지산을 찾겠다고 온 전각을 다 뒤지고 다니던 휘륜은 여기까지 들어오게 되었다. 기척을 감추고 접근한 휘륜은 다시 시작된 대화를 듣다가 흠칫했다.

"근래 태사의 분위기가 이상해졌어. 영 딴 사람을 대하는 것 같아."

현중양만 그리 생각하고 있는 건 아니었다. 나머지 두 노인도 그런 인상을 받았음을 고백했다.

"저 역시 마찬가지였습니다. 신의 영역에 도달해 있는 분이라 그런지 때때로 사람처럼 안 느껴질 때도 있더군요."

"그럴 수도 있겠군. 범인의 기준으로 보아선 안 되는 분이란 사실을 깜빡했군."

현중양과 함께 있는 두 사람은 검계 남파의 서열 이 위인 화공효와 삼 위인 현가람이었다. 두 사람은 증지산을 이어 현중양이 새로운 검주가 되면서부터 두각을 드러내기 시작했다는 공통점을 지니고 있었다. 현중양이 막 신임 검주에 취임할 당시에만 해도 서열 이 위부터 오 위가 전부 증씨들로 채워져 있었다.

전대 검주의 심복들을 일부러 밀어내거나 고립시킨 건 아니었다. 원래부터 남파의 주도권은 화씨와 현씨가 주로 다투는 실정이었고 인원 역시 많았다. 증씨들이 남파를 장악한 건 매우 이례적인 사건이라 할 만했다. 증지산의 퇴임과 함께 증씨들의 세력은 다시 약화되었고 그 자리를 화씨와 현씨 일족의 고수들이 하나씩 채워나갔다.

현 검계 남파를 이끌고 있는 이들 세 사람이 증지산의 제자가 된다는 건 쉽지 않은 결정이었다. 그렇지만 증지산의 권유는 집요했고 꽤나 달콤했다. 무인에게 더 강해질 수 있다는 유혹만큼 강렬한 건 없었다. 세 사람은 긴 시간을 고민하고 갈등했지만 결국엔 현실을 인정하고 수용하기로 했다. 증지산의 눈 밖에 나는 걸 두려워하는 건 비단 마교도만 해당되는 건 아니었다.

 현가람은 현중양과 촌수를 따지기 힘든 먼 일가였다. 굳이 억지로 따지자면 현중양이 현가람의 아저씨뻘이었다. 지금껏 현가람은 단 한 번도 현중양의 뜻을 거스르거나 반대한 적이 없다. 그만큼 그에 대한 충정이 대단한 사람이었다.

 "태사가 아무리 전대의 검주셨다지만 마교의 전권을 통째로 넘긴 건 확실히 의외였습니다."

 현중양도 현가람과 비슷한 입장이었다.

 "태사의 의중을 모르는 건 나 역시 마찬가지야. 도무지 속을 알 수 없는 분이야."

 "혹 어디로 간다는 말씀을 하셨습니까?"

 "물어봤지만 대답은 듣지 못했다. 마교 따위 어찌 돼도 상관없는 사람처럼 보였을 따름이야."

 "검주님, 앞으로 어쩌실 생각이십니까?"

 "마교는 버리기엔 아까운 세력이지. 최대한 충분히 이

용해야지. 북파를 제거하고 거추장스러운 적대 세력들까지 모조리 소탕하고 나서 마교를 해체하든 괴멸시키든 해야지."

현중양의 말에 두 노인도 고개를 끄덕이며 공감을 표했다. 한편 세 사람의 대화를 귀 기울여 듣던 휘륜은 증지산이 현재 이곳에 없다는 사실을 확인하고 나자 맥이 탁 풀리는 느낌이었다.

처소로 돌아온 휘륜은 깊은 고민에 빠졌다.

'내가 너무 안일하게 생각했던 것 같다. 증지산 역시 자신이 제일 먼저 표적이 될 거라 짐작했을 것이다. 그 역시 최후의 승리를 쟁취하기 위해 궁리를 했겠지. 자신을 드러내놓고 적을 기다리는 건 불리하다는 사실도 깨달았을 것이고.'

휘륜은 허탈했다.

자신이 유리한 점은 하나였다. 적들의 경계망에 자신은 아직 포착되어 있지 않다는 그 사실 하나뿐이었다. 확인된 유일한 대마령인 증지산마저 종적이 묘연하다면 원점으로 돌아간 것이나 다름없었다.

'그나마 위안거리가 있다면 증지산이 이런 선택을 한 이유가 나 때문이 아니라 다른 대마령들 때문이라는 사실이겠군. 과연 증지산은 어딜 갔을까?'

대마령이 완전체를 이룬 것이 확실한 증지산이 이처럼

냉철하게 이성적인 판단을 내릴 수 있다는 사실이 휘륜의 마음을 무겁게 만들었다.

검황총에서 대면했던 대마령의 느낌과 너무도 동떨어진 인상을 받고 있었다.

'대마령이 본체의 인격과 성품에 영향을 받는 건 확실하다. 예전의 증지산보다 오히려 상대하기 까다로워졌을 수도 있겠어. 사고방식과 습성을 짐작하기 어려워진다면 예상보다 더 장기전이 될 공산이 커졌다.'

깊은 밤 휘륜은 잠들지 못하고 고심을 거듭하고 있었다.

* * *

완전체를 이룬 증지산, 악초림과 달리 동방천추는 조급함 때문인지 파격적인 행보를 이어가고 있었다. 정도련의 지도부를 경악하게 만든 것까지는 좋았다. 자극적인 연출로 사람들의 이목을 단숨에 끈 것이나 선발대를 구성해 마교 척결의 선봉에 서겠다며 자원한 것 역시 깊은 인상을 남겼다. 문제는 그 다음부터였다.

동방천추의 요구대로 정도련 소속 문파들은 저마다 경쟁적으로 고수들을 차출했다. 그런데 동방천추는 단 한 사람도 낙점하지 않고 계속 새로운 사람을 보여주길 요구하기만 했다. 조건이 무공의 고하도 아니고 자질을 우선하는 것도 아니며 열의를 보는 것도 아니었다.

파격적인 선언과 달리 별다른 결과물도 없이 시간만 보내고 있자 슬슬 불만의 소리들이 흘러나오기 시작했다. 무슨 생각을 갖고 있는지 모르는 건 비교적 동방천추에 대해 잘 안다고 자부하던 동방초재 역시 마찬가지였다. 하루는 손자를 불러다가 의중을 캐물었지만 속 시원한 답변을 들을 수 없었다.

동방천추의 의도는 명백했다. 정도의 핵심고수들이 대부분 모여 있는 무리들이니 그중에서 운이 좋아 대마신체를 찾게 된다면 더할 나위 없이 좋겠지만 설혹 찾지 못한다 해도 현재의 숙주가 버텨낼 기한 이후를 대비하기 위함이었다. 인재를 선발하겠다는 건 어디까지나 예비용으로 곁에 두기 위함이 컸다. 그러다보니 이왕이면 기골이 뛰어나고 결함이 적은 신체를 고르게 된 것이다.

주변에서 의심의 눈초리를 보내는 사람들이 늘어나고 있음을 자각한 동방천추는 그제야 한 사람씩 마지못해 선발하기 시작했는데 선택된 사람들의 면면을 보면 예상을 벗어나기 일쑤였다. 각 문파에서 추천한 고수들은 대부분 배제되었다. 그는 그 많은 사람들 중에 다섯을 골라냈을 뿐이었다.

비약적으로 무공이 고강해지는 예는 무림에서 흔하진 않아도 간혹 있어왔던 일이다. 기연을 얻어 신공비학을 습득하는 경우는 물론이고 영약 복용으로 내공 증진이 있을 때도 무공의 경지는 급상승한다. 또한 원래부터 알던 무공이라도 요체를 파악하지 못해 정체돼 있다가 한순간 깨달음을 얻어 전혀 다른 차원으로 상승하는 경우도 있었다. 동방초재는 손자의 무공이 상식 밖으로 고강해진 연유가 궁금했다.

정도련 지도부의 관심을 한 몸에 받게 된 손자를 불러다 오늘은 작정하고 캐물어볼 요량이었다. 사연이 어찌되었든 손자를 바라보는 동방초재의 눈길엔 대견해하고 자랑스러워하는 기색이 가득했다.

몇 번을 물어도 동방천추는 빙긋 웃기만 할 뿐 사연을 털어놓지 않아 할아버지의 속을 태웠다.

"네가 이 할아비 몰래 달리 수련한 무공이라도 있었더냐?"

"아닙니다."

동방초재는 고개를 갸웃거렸다.

"그러면?"

"말씀드린 게 전부입니다. 저는 가전무공 외에 아는 것이 없습니다."

"허어 그게 말이 안 되질 않느냐? 내가 알기에도 너는 얼마 전까지 원인을 알 수 없는 광증으로 인해 요양 중이지 않았더냐? 그런데 며칠 안 본 사이에 갑작스럽게 무공이 강해졌다는 사실을 이 할아비는 납득할 수 없구나. 어서 사실대로 말해 보거라."

자애하게 대하던 동방초재도 손자가 제게까지 숨기자 섭섭한 마음을 감추지 못했다. 동방초재의 다그침이 계속되었다.

동방천추는 하는 수 없이 둘러댔다.

"바로 그 광증 때문에 일어난 일입니다."

"광증 때문이라니?"

"광증의 부작용으로 생사를 넘나들길 수차례 반복하였습니다. 그런 와중에 저는 사람이 넘어서는 안 되는 지경을 엿보게 되었고 거기서 신령의 경지를 체험하게 되었습니다."

동방초재의 표정이 사뭇 진지해졌다. 놀람과 호기심이 가득한 표정만 보아도 그가 손자의 말에 빠져들고 있다는 사실을 알 수 있었다.

"사람은 태어나면서 정해진 지혜와 신력의 그릇이 있사온데 그것을 깨자면 반드시 죽어 육신의 속박을 벗어야 가능합니다. 간혹 정신수양을 통해 지혜의 문이 열리는 경우는 있지만 그럼에도 불구하고 육신에 속한 자는 애초에 정해진 능력 이상을 발휘할 수 없습니다. 아무리 사람이 오래도록 장수한다해도 육신의 한계 때문에 천신이나 마왕과 같은 능력을 가질 순 없습니다. 오직 한 가지 방법이 있사온데 신령이나 마령이 사람의 몸 안으로 들어온다면 한계를 벗어난 힘을 일시 발휘할 수 있게 됩니다."

"그럼 너도 그리 되었다는 것이냐?"

"맞습니다. 제 안에 순수한 마령의 힘이 깃들어 인간이되 인간이 아닌 초월적인 존재가 된 것입니다."

"방금 마령이라고 했느냐?"

"순수한 악의 영을 마령이라고 합니다."

동방초재의 얼굴이 굳었다. 동방초재는 전신을 경련하며 소리 질렀다.

"네놈이 지금 마공을 익혔다는 소리를 하는 게냐?"

동방초재가 고함을 쳐도 동방천추는 한 치의 흔들림도 없었고 얼굴색 하나 변하지 않고 태연했다.

"마공이 아닙니다. 마공으로는 천신의 지배를 받는 신장이나 마왕의 부하인 마군 하나조차도 감당하지 못합니다. 마령 중 으뜸인 대마령은 천신과 마왕 외에는 적수가 없습니다. 인세에서 사람의 몸을 빌려 머무는 한 천신과 마왕도 대적하지 않습니다. 즉, 적수가 없다는 소리입니다."

동방초재는 너무 놀란 나머지 자리에서 벌떡 일어났는데 그의 얼굴은 당장이라도 불길이 타오를 것처럼 시뻘겋

게 달아올라 있었다. 동방초재는 지금 손자가 제정신이 아니라고 생각했다. 물론 지금 동방천추가 지껄이는 소리 역시 믿진 않았다.

"네놈이 이제 보니 광증이 치료된 것이 아니라 더 심해졌구나."

흥분을 주체하지 못하고 전신을 부들부들 떨고 있는 동방초재를 동방천추는 잠시 안타까운 시선으로 바라봤다. 동방천추의 눈빛이 바뀐 것은 순식간의 일이었다.

"당신은 운이 없구려. 내가 완전했다면 노인을 존중했을 것이나 아쉽게도 당신의 손자는 그리 훌륭한 인재는 아니었어. 완전체가 되지 못했다는 건 숙주의 영향을 적게 받는다는 의미기도 하지. 그러게 적당히 귀찮게 했어야지. 어찌 해줄까? 목숨을 빼앗는 건 너무 큰 자비를 베푸는 것 같고 종으로 삼아 오래도록 고통스럽게 해주마."

"이, 이 미친놈!"

동방초재는 일 검에 손자를 베어버릴 요량으로 검을 빼들었다. 그렇지만 그의 검은 끝내 검 집을 다 빠져나오지 못했다. 동방천추의 두 눈이 새빨갛게 물들어 있었는데 어느새 움직인 그의 손가락 끝이 동방초재의 이마에 닿아 있었다. 동방초재는 이 순간 꼼짝도 하지 못하고 있었지만 그는 전신으로 파고드는 얼음장보다 더 차가운 한기를 느꼈다.

동방초재의 입이 쩍 벌어졌다. 벌어진 입에서부터 시커먼 연기가 꾸역꾸역 흘러나오고 있었다. 인간의 몸 안에서 흘러나왔다고는 믿겨지지 않는 검은 연기는 허상이 아니었다. 동방초재는 전신이 찢어지는 듯 고통스러웠다. 그런데도 비명을 지를 수가 없었다. 온몸은 천만근의 쇠사슬로 칭칭 감아 놓은 듯 옴짝달싹할 수 없었고 눈앞은 흐려지고 정신은 아득해져왔다. 무엇보다 동방초재를 힘들게 한 것은 방금 들었던 말들이 모두 사실일 것 같다는 두려움이었다. 전신의 감각이 하나둘 사라지며 마음속의 두려움마저 끝내 사라지고 말았다.

"내가 누구냐?"
"당신은 존귀하신 대마령이시며 나의 주인이십니다."
조손간이라고 믿기 힘든 대화가 오갔다.
동방초재는 손자인 동방천추 앞에 부복하며 바르르 떨고 있었다. 그런 동방초재를 내려다보며 동방천추는 싸늘하게 미소 지었다. 그것도 잠시 얼굴을 찡그리며 털썩 자리에 앉는 것이었다.
"피곤하다. 돌아가서 네 할 일을 하라."
"명령대로 따르겠나이다."
동방초재는 영혼 없는 목석과도 같이 감정의 동요 없이 방을 빠져나갔다. 방 안에 덩그러니 혼자 남게 된 동방천추는 양팔을 차례로 주무르며 긴 한숨을 내쉬었다.

"조금만 힘을 써도 이 지경이로군. 부족해, 너무 부족하구나. 대마신체를 찾기 전까지 무리해선 안 되겠어."

머리를 뒤로 젖힌 채 동방천추는 눈을 감고 있었다. 그는 혼잣말을 중얼거렸다.

"이상해. 대마신체와 대마령은 긴 시간을 허비하지 않고 서로에게 이끌려 만나게 된다. 나는 이곳에 대마신체가 있을 것이라 여겼다. 그런데 내 예상이 빗나갔다. 남은 대마신체가 하나뿐이란 사실을 나는 알고 있다. 혹시 나머지 대마령이 나보다 먼저 대마신체를 차지한 게 아닐까? 그랬다면…… 나로선 최악이다."

최악의 상황을 상정해서 어찌 처신해야 할지를 생각 안 해본 건 아니었다. 완전체의 대마령과 그렇지 못한 대마령과의 현격한 차이는 요행 따위로 좁힐 수 있는 게 아니었다.

"만약 다른 대마령이 하나 남은 대마신체를 차지해버렸다면 나는 최후의 순간까지 기다려야 한다. 그들이 격전을 벌여 하나가 남았을 때, 생존자가 극도로 쇠약해져 있는 그 순간을 노린다. 그 순간이야말로 유일한 기회다. …… 아직은 실망할 단계는 아니다."

말은 그리 하면서도 동방천추의 마음은 점차 무거워져 갔다. 떨쳐내기 힘든 불안감이 끈질기게 달라붙어 자신을 괴롭히고 있었다.

    *　　　*　　　*

 합비의 주인이 바뀐 지도 어언 보름이 지났다. 당시에만 해도 합비의 주민들은 마교의 잔여세력들이 합비로 몰려올 거라며 두려워했었다. 강호의 보편적인 정서에 비추어 볼 때 복수는 너무도 당연했고 그 대상범위가 관련이 없는 합비의 일반 주민에까지 뻗칠 거란 예상은 자연스러웠다. 그런데 낙양에서도 악양에서도 별다른 움직임이 없었다.
 마교가 천하인들 앞에 등장하기 이전과 같이 왕부의 군사들이 합비의 치안을 유지하고 있었다. 중원의 어떤 지역, 도시보다도 물자가 풍부하고 사람이 많은 거대도시로 탈바꿈한 합비였지만 근래에도 인구 유입이 줄어들지 않고 있었다. 사실상 전국에서 유일하게 치안이 안정돼 있는 도시라는 점이 사람들을 끌어 모으고 있었다.
 잡 털 하나 없이 매끈하게 빠진 흑마에 올라타고 느긋하게 합비로 진입하는 두 사람이 있었다. 요즘 같은 난세에는 무공을 모르는 사람들도 병장기를 지니는 건 예사지만 무공을 모르는 사람이 봐도 비범한 무사들로 보였다.
 두 사람 중 유독 주변의 시선을 끄는 한 사람이 있었는데 백발의 중년인이었다. 과거 사파대종사가 생존해 있을 때만해도 총사라는 직책을 갖고 있었으며 대공 악초림과 더불어 후대의 대권을 노리는 야심가기도 했다.

총사 진학성이 무림에서 자취를 감춘 때는 사파대종사가 마종에게 살해된 직후였다. 사파의 구심점이나 권위를 상징해오던 대종사의 피살은 당장 그를 따르던 사조직의 붕괴로 이어졌다. 마교가 등장한 무림에서 총사 진학성은 자신이 설 곳을 잃어버렸고 고향으로 내려가 은거했다. 이후 마교의 주구 노릇을 하고 있는 사파에 대한 풍문을 듣긴 했지만 의지처를 잃어버린 진학성이 할 수 있는 일은 아무것도 없었다.

다시는 강호로 나오지 않겠다고 다짐했던 진학성이 다시 몸을 일으켜 세운 것은 과거 심복이었던 잔양때문이었다. 유일하게 자신의 은거지를 알고 있던 잔양이 찾아오자 반가움과 착잡함이 교차했다. 낭인으로 강호의 귀퉁이를 떠돌며 살아온 잔양은 진학성보다는 무림 사정에 밝았다. 잔양의 방문이 진학성의 은거를 깰만한 대단한 사건은 아니었다. 다만 그가 가져온 한 가지 소식이 진학성을 은거지에서 떨쳐 일어나게 만들었다.

두 사람은 말머리를 나란히 하고 전진하며 주변의 분위기를 살폈다. 여기까지 오면서 본 여타 도시와는 합비가 확실히 분위기가 다르긴 달랐다.

"소문대로 역시 사람이 많군."

"게다가 합비는 난세를 비켜간 것처럼 풍요롭기까지 합니다. 사람들의 표정부터 여유가 넘치는군요."

"이곳이 얼마 전까지 마교의 삼대 거점 중 하나였다니 믿기지 않는군."

과거보다 오히려 더 북적거리는 거리의 풍경은 진학성을 의아하게 만들기에 족했다.

두 사람은 왕부가 지척인 객점에 숙소를 잡았다. 조용한 별채에 객실을 얻은 두 사람은 곧장 본채로 가서 식사를 했다. 간단하게 요기를 마친 뒤 객점을 나와 거리를 걸었다.

진학성은 다시 한 번 확인했다.

"여기서 노사를 뵈었다는 것이 사실이냐?"

총사의 하문에 잔양은 힘주어 대답했다.

"틀림없습니다. 장이 숙부께서 분명 합비에서 노사를 뵈었다고 했습니다."

"그분이 살아 계시다니 반갑긴 하다만 무턱대고 찾아가는 것이 과연 잘하는 일인지 아직 확신이 서지 않는구나."

"노사께서는 아마 반기실 겁니다."

"그나저나 이 넓은 합비에서 노사께서 계신 곳을 찾으려면 꽤 고생할 것 같구나."

"여기 계신 것만 확실하다면 시간이 얼마 걸리든 찾기야 하겠지요."

두 사람이 말하는 노사는 다름 아닌 사파의 전대 대종사이자 밀종의 종주인 고해 노완동을 일컫는 것이었다. 두 사람은 노완동과 밀접한 관계는 아니었지만 그렇다고 무관한 것도 아니었다.

자신들이 섬겼던 사파대종사의 스승이자 사파 전체의 정신적인 지주였던 고해를 두 사람 역시 경외했었다. 총사의 경우엔 젊은 시절부터 지척에서 뵌 적이 여러 번이었고 심지어 자신의 검술을 친견하고 단점을 지적해 고쳐주기도 했었다.

총사 진학성은 합비의 마교도들에게 닥친 변고가 그와 무관하지 않다고 생각했다. 총사 진학성은 다시 강호에 출도하면서 큰 기대를 품은 건 아니었다. 예전과 같은 야심도 지금은 갖고 있지 않았다. 사파의 지존이었던 고해 노완동이 합비에서 마교도를 척결한 주역이라면 작은 힘이라도 보탤 결심을 하고 무작정 찾아온 길이었다.

한 시진 넘게 합비의 중심가를 쏘다니며 무작정 헤매던 두 사람은 서로의 얼굴을 바라봤다. 고해 노완동이 현재 어디 머무는지 알 길이 없는 두 사람은 요행을 바라는 수밖에 없었다. 마교의 치세를 견뎌가는 이 시대의 무인들은 타인에 대해 누구 할 것 없이 조심스러웠다. 이런 분위기에 탐문을 할 수도 없었다. 게다가 고해 노완동 역시 떳떳하게 자신을 드러내놓고 머무는 것이 아닌지라 탐문을 해봤자 얻을 소득이 있을까 싶었다.

총사가 먼저 입을 열었다.

"아무래도 방법을 바꿔야겠다."

"좋은 생각이라도 있으십니까?"

"두 가지 방법이 있다. 하나는 주루를 찾아다니며 주객들에게서 귀동냥을 해 단서를 찾는 길이고 다른 하나는 합비의 거상들을 찾아 직접 수소문 해보는 길이다."

과거 사파대종사는 합비를 근거지로 삼았고 그 때문에 이곳의 유력인사치고 총사가 모르는 사람은 드물었다.

진학성은 길게 고민하지 않고 후자의 방법을 택한다. 그가 첫 번째로 물망에 올린 사람은 합비에서 모르는 사람이 없다는 유명인사였다. 두 사람은 합비의 소문난 거부이자 보국왕의 벗으로도 유명한 연자청의 저택이 자리 잡은 충정로로 갔다. 충정로가 막 시작되는 지점에서 두 사람은 누가 먼저랄 것도 없이 걸음을 멈췄다. 두 사람은 똑같이 한 곳으로 시선을 고정하고 있었다. 십여 장 앞쪽에 갈라지는 골목이 하나 있었는데 막 그곳으로 한 사람의 모습이 사라지고 있었다. 짧은 시간에 불과했지만 총사와 잔양은 동시에 한 사람의 이름을 떠올렸다. 총사의 입이 먼저 열렸다.

"방금 그 사람 대공이었지?"

"제가 잘못 본 게 아니군요. 대공이 맞는 것 같습니다."

진학성은 우선 반가웠다. 경쟁 관계였던 악초림조차 오랜만에 보니 반가웠던 것이다. 대종사가 피살된 것은 그 자신에게도 충격이고 비극이었지만 악초림에 비할 바가 아니었다. 그 뒤로 소식조차 몰라 가끔 생각을 해 본 적은 있었지만 다시 마주칠 거란 짐작은 못했다. 그런 그를 합비에서 그것도 노사를 찾는 여정 중에 재회한다는 사실이 우연처럼 느껴지지 않았다.

둘은 조금의 경계함도 없이 무작정 뛰어가 악초림을 불러 세웠다. 그가 지금껏 마교 충복이 되어 이전과는 전혀 다른 삶을 살아왔다는 사실은 짐작조차 못했다.

뒤로 돌아선 악초림은 뜻밖의 인물을 의외의 장소에서 마주쳤는데도 별반 놀라지 않았다. 반가워하는 두 사람과 달리 표정도 싸늘하기 그지없었다.

"대공을 여기서 뵙게 될 줄은 몰랐습니다. 그간 별 탈 없이 무고하셨군요. 참으로 다행입니다."

과장스럽게 호들갑을 떠는 잔양의 태도를 보고 악초림의 입꼬리가 살짝 말려 올라갔다. 잔양쪽으로는 눈길 한 번 주지 않고 총사를 바라봤다.

"여기서 당신을 만날 줄은 몰랐소. 사부께서 돌아가신

후로 동도들은 어찌 되든 나 몰라라 곧장 잠적하지 않았소? 그 덕분에 목숨을 부지했구려. 소원 성취했으니 축하하오."

대공이 면전에서 핀잔을 주거나 비난할 정도로 무례한 사람이 아니었는데 지금 태도는 예전과 사뭇 달랐다. 그의 말 속에 담긴 뜻을 모를 리 없는 총사는 기분이 언짢아졌지만 반박하진 않았다. 제 선택이 대공이 보기엔 비겁해 보였겠다는 생각도 들었다.

"우리 사이가 그리 썩 원만하고 친근하진 않았지만 적의를 품을 정도는 아니었지 않습니까? 강호에 환멸을 느껴 당시 은거한건 맞으나 나 혼자 살겠다고 도망간 건 아니니 오해는 마셨으면 하오. 어찌 됐든 지나간 세월을 이제 와 되짚어 본들 무슨 소용이 있겠소. 이리 건강한 모습을 다시 봤으니 반갑구려."

악초림은 피식 웃었다.

"그 지나간 세월동안 대종사를 잃고 구심점이 사라진 동도들이 어떤 고초를 당했는지 짐작은 하시오? 숱하게 죽었고 지금도 죽어가고 있소. 날 불러 세운 걸 보니 내가 그동안 어디서 무슨 짓을 하며 지냈는지 전혀 모르는 눈치구려. 그걸 알았다면 나를 이처럼 반가운 얼굴로 불러 세우진 못했을 터인데."

"대공이 그간 무슨 짓을 했든 마찬가지요. 내게 그건

그다지 중요한 게 아니오."

"푸하하하. 과연 그럴까? 잘 들으시오. 나는 현재 마교의 대교주 휘하에 있고 그의 명령을 충실히 이행하는 충성스러운 개가 되어 있소. 총사 이래도 상관이 없소?"

총사와 잔양의 얼굴에 놀람의 빛이 떠오르긴 했지만 경계하는 기색은 없었다. 사파의 거물들치고 마교에 투신하지 않은 자가 드물다는 건 공공연한 사실이었다. 그래도 좀 의외긴 했다. 다른 사람은 몰라도 대공 악초림은 목숨이 아까워 굴종을 택할 사람은 아니라고 생각했기 때문이다.

"대공처럼 기개가 높고 강단이 있는 분이 그런 선택을 했다면 거기엔 분명 필유곡절이 있었겠지요."

악초림은 총사를 더 이상 자극할 만한 말을 하지 않았다. 그래 봤자 흥미로운 반응을 기대하기 어렵다고 판단했기 때문이다.

잔양이 물었다.

"어딜 가시던 길이십니까?"

"그러는 너는 여기 웬일이냐?"

잔양은 머뭇거리지 않고 사실을 털어놓았다. 그가 마교의 주구가 되었다 해도 별 상관없다는 태도였다.

"실은 노사를 이곳 합비에서 보았다는 자가 있습니다. 합비엔 그분을 찾고자 왔습니다."

잔양은 대공이 노사와 연결되어 있을지 모른다는 기대를 했었다. 그런데 악초림은 뜻밖이라는 반응이었다.
"사조님을 여기서 뵈었다고? 확실하냐?"
"제가 뵌 건 아니고 장이 숙부께 들었습니다. 대공께서도 모르셨습니까?"
"금시초문이구나. 사조께서 이곳 합비에 계신단 말이지?"
 악초림은 그제야 한동안 품고 있던 의문이 풀리는 것 같았다. 악초림이 합비로 온 것은 마교도들이 몰살당한 일을 조사하기 위함이었다. 대교주의 지시도 있었지만 그 자신의 호기심도 상당 부분 작용했다. 악초림은 고해 노완동이 밀종의 종주라는 사실을 알고 있었다.
 '으음. 그렇다고는 해도 밀종의 힘만으로 합비의 마교도를 몰살시키는 건 불가능하다. 그렇다면 검계의 잔당들과 밀종이 연합을 한 것인가?'
 여기 오면서 악초림은 검계의 북파 생존자들에게 혐의를 뒀었다. 그들 말고는 딱히 물망에 올릴 만한 세력이 떠오르지 않았다.
 '그랬군. 이제야 의문이 해소되는군. 검계와 밀종의 연합이라면 분열돼 있는 마교쯤은 상대할 저력을 갖췄지.'
 악초림이 혼자 깊은 생각에 빠져 있는 걸 보고 총사는 그를 다시 한 번 찬찬히 살펴보았다. 확실히 다시 보니 그가 한 말 때문인지 예전과 달라진 것 같은 느낌을 받았다. 숨이 막힐 정도로 거센 압력은 아니었지만 범접치 못할 절대자의 풍모가 은연중 뻗치는 것 같았다.

과거 노사와 대종사에게서 느꼈던 기운을 대공에게서 느끼게 되자 총사는 의구심이 들었다. 마교 대교주의 충복 노릇을 하고 있다 했으니 그에게서 마공을 전수받았나 보다 여겼지만 그리 보기엔 마기가 느껴지지 않았기 때문이다.

혼자만의 생각에서 빠져나온 악초림이 물었다.

"총사, 혹시 여길 온 건 연대인을 만나기 위함이오?"

"맞습니다. 도움을 받을 적당한 인물을 생각하다 그분을 먼저 떠올리게 됐습니다. 혹시 대공도 그분께 가던 길이었습니까?"

"그렇소."

"잘됐군요. 그럼 함께 가보면 되겠습니다."

악초림은 굳이 거절하진 않았다. 의도치 않게 동행하게 된 세 사람은 일대에서 가장 큰 연자청의 장원으로 향했다.

연대인은 보국왕의 특별한 고우였으며 일대에서 모르는 사람이 없는 거부였다. 합비 지역의 전통적인 토호로 가난한 사람과 병든 사람, 억울한 일을 당한 사람을 모른

척하지 않고 보살펴 사람들의 칭송이 자자했다.

오래전부터 보국왕부는 물론이고 정파, 사파 가릴 것 없이 연대인을 존중했고 함부로 대하지 못했다. 심지어 마교 치하에 있을 때조차 민심을 잃을까 두려워한 이교주가 유화정책을 편 덕분에 연자청은 특별대우를 받았을 정도였다.

세상이 아무리 바뀌고 뒤집어져도 연자청은 예나 지금이나 별다를 것 없이 빈민가에 식량을 나르고 병든 사람을 데려와 치료하는 일을 중단하지 않았다. 근래엔 합비에 성수신의가 머문단 소식을 듣고 그를 자기 집 별채에 모셔와 아예 의원을 하나 차렸을 정도였다. 아침 이른 시간부터 해가 질 때까지 부리는 사람들 손에 맡겨두지 않고 직접 자신이 나서서 그 모든 일을 처리했다. 그러다보니 미리 약속한 손님이 아니면 그를 정해진 시간에 만나기란 아예 불가능했다.

이들이라고 예외는 아니었다. 접빈실에서 융숭한 대접을 받긴 했지만 밖에 나간 연자청이 돌아오려면 아직 많은 시간이 걸릴 것이란 얘기만 들었을 따름이었다. 그 덕분에 세 사람은 그간에 서로에게 있었던 얘기를 더 많이 나눌 수 있었다. 주로 묻는 사람은 총사였고 대답하는 쪽은 악초림이었다. 해가 저물 때쯤 되어서야 연자청이 돌아왔다.

연자청은 세 사람을 모두 기억하고 있었다.

연자청은 셋 중 특히 대공 악초림의 방문을 무척 반가워했다.

"자네를 본 게 벌써 몇 년 전이로군. 그간 어디서 어떻게 지냈기에 이리 소식이 뜸했나?"

"죄송합니다. 연락을 했어야 하는데 워낙 경황이 없어서 이제야 찾아뵈었습니다."

"허허허. 그럴 테지. 한창 혈기 왕성하고 열정이 넘칠 때니 다 이해하지."

"대인, 대인께서는 혹 제 사조님과 왕래를 하시는지요?"

연자청은 잠시 세 사람의 얼굴을 다시 한 번 찬찬히 살폈다. 그들이 고해 노완동과 비록 남이라 할 수 없는 사람들이었지만 제멋대로 알려줘도 되는지 판단이 안 섰기 때문이었다. 신중한 연자청은 결국 양측을 배려한 현명한 길을 생각해낸다.

"노사께서 여기 계신 건 맞네. 왕래도 빈번한 편이지. 내게 절반은 스승이나 다름없는 분임을 자네도 알고 있지? 그래서 날 찾아왔을 테고."

"맞습니다."

"세 사람은 분명 노사께 외인이 아닌 건 분명하지만 그렇다고 해서 무작정 처소를 가르쳐 줄 순 없네. 대신, 인편으로 소식을 전하겠네. 결정은 노사께서 하실 게야."

"그래 주시겠습니까?"

"괜찮겠나?"

총사도 별반 불만이 없었다.

연자청이 잠시 사라지고 나자 총사가 입을 열었다.

"노사님의 사조직이 있는 건 나도 예전부터 짐작하고 있던 일이지만 혹 거기에 대해 알고 있소?"

"나 또한 그리 자세하게 알진 못하오. 과거 스승님께서 몇 차례 언급하긴 하셨지만 막상 그분조차 그리 많은 걸 알고 있진 못했소. 다만 한 가지, 사조님은 전설의 문파인 밀종의 종주시며 그분이 거느린 비밀조직이 밀종이라는 사실만 알 뿐이오. 다른 모든 건 당시나 지금이나 아마 어둠 속에 가려져 있을 것이오."

총사도 꽤나 놀란 눈치였다.

"밀종이라고 했소? 까마득한 옛날에 사라진 줄 알았는데 아직 명맥을 이어오고 있었단 말이오? 게다가 노사께서 종주라니……."

총사도 속으로 합비의 마교도가 몰살한 것이 노사가 관련이 있을 것이란 생각을 했다.

밀종은 정파라고 하기에도, 사파라고 하기에도 애매한 위치를 점하고 있었다. 그들은 고대 무림사에서부터 등장할 정도로 오랜 기간 존속해 왔으며 믿기 힘든 다양한 전설의 대상이 된 신비한 문파기도 했다.

 늦은 밤 세 사람은 연자청의 저택을 벗어나 모처로 이동했다.

 고해 노완동이 보낸 사람을 따라 세 사람이 당도한 곳은 천선루였다. 악초림과 총사 일행은 천선루에서 각각 다른 장소로 안내되었다. 이 점을 의아하게 여기긴 했지만 세 사람은 묵묵히 안내자를 따라 갔다.

 꽤 고급스러운 별실에 홀로 앉아 기다리게 된 악초림은 흘러간 과거를 떠올리며 시간을 보내고 있었다. 기억 속의 고해 노완동은 그에게 늘 인자하고 자상한 모습으로 남겨져 있었다. 제자에게는 엄격했지만 사손에게는 다정다감했던 노완동은 사손들이 잘못을 저지르면 든든한 방패막이가 돼 주곤 했다.

 잠시 과거의 추억에 빠져 감상에 젖어 있던 악초림은 실소했다.

 '인간은 확실히 거추장스러운 부분이 많군. 특정인에 대해 내가 이처럼 호감을 가지고 있다는 것 자체가 신기한 일이야. 이런 감정이 싫지만은 않군.'

 대마령의 완전체로, 전혀 새로운 인격체로 탈바꿈한 악초림이었지만 본래의 그 자신이 지니고 있던 성품과 습성에서 자유로울 순 없었다. 대마령이기도 하지만 악초림이기도 한 그는 시시때때로 엄습하는 인간적인 감정의 기복을 오히려 즐기고 있었다. 그런 소소한 흥미마저 사라지는 순간 대마령은 세상의 재앙이 될 것이 자명했다.

인기척이 나더니 문이 열리고 고해의 노구가 보였다. 몇 년 사이에 더 늙어버린 노인의 모습을 대한 순간 악초림은 자신도 이해하지 못할 슬픔과 비감에 잠겨 들었다. 자리에서 벌떡 일어난 악초림은 습관처럼 큰 절을 올렸다.

"소손 악초림 사조님께 문안 인사 올립니다."

노완동이 가까이 와 일으켜 줄때까지 악초림은 굳어버린 석상처럼 미동도 없었다. 주름살 가득한 손이었지만 누구보다 따뜻한 손이 제 몸에 닿는 순간 악초림의 전신에 미세한 경련이 한차례 지나갔다.

사문의 적통을 잇는다는 건 무림에서 결코 가벼운 의미가 아니었다. 악초림은 틀림없이 노완동의 사손이지만 밀종과는 아무런 관련이 없었다. 노완동은 밀종의 종주로서 제자를 거둔 적이 없다. 그는 세상에 알려진 사파대종사의 신분과 밀종의 종주라는 숨겨진 신분, 두 직분에 모두 충실했으며 사파대종사의 자격으로 제자를 거두고 가르쳤다. 노완동은 악초림이 이제야 자신의 앞에 나타난 것을 의아하게 여겼다.

"내가 준 주머니를 열어보지 않았더냐?"

"열어 보았습니다."

"그런데 왜 나를 찾지 않았느냐?"

"당시의 제 짧은 소견으로 사조님의 곁으로 가는 것은 스승님의 복수를 중단하는 걸로 여겼습니다. 밀종의 제자가 아니라 사파대종사의 제자로, 사파의 대공으로 적들의 심장을 도려내고 싶었습니다."

악초림의 당시 심정이 어떠했을지는 물어보지 않아도 짐작할 수 있었다.

노완동은 그 부분에 대해 더 이상 캐묻지 않았다. 대신 그간 어디서 무얼 하면 지냈는지를 물었다. 악초림은 망설임 없이 사실대로 털어놓았다. 악초림의 이야기가 진행될수록 노완동의 얼굴이 변해갔다. 마교에 투신한 사실에 적잖게 충격을 받은 눈치였다. 악초림의 긴 얘기가 끝나자 노완동은 짧게 물었다.

"꼭 그리 해야만 했느냐?"

"마교는 중원 무림 전체의 저력을 통합한다 해도 감당할 수 없다는 것을 깨달았습니다. 외부에서 마교를 부수는 일은 수생을 거듭해 산다해도 제 능력으로 감당이 안 되는 일이라 판단했습니다. 그래서 마교 핵심으로 파고들기로 작정했고 운이 따라 대교주의 눈에 띄어 중용될 수 있었습니다."

"복수하기 위해서 마교도가 되었다는 것이냐?"

"변명으로 들릴지 모르나 당시엔 간절했습니다. 그 길 밖에는 보이지 않았습니다."

노완동은 잠시 눈을 감고 생각에 잠겼다. 다시 눈을 뜬 노완동의 눈빛이 날카로운 예기를 뻗치고 있었다.

"후회는 없느냐?"

노완동의 그 말은 후회할 만한 짓을 한 적이 없느냐는 뜻이기도 했다. 마교의 대교주 눈에 들기 위해 그가 저질렀을 악행을 짐작했기 때문이다.

악초림도 사조의 의중을 헤아렸다.

"후회하지 않습니다. 제겐 그 길만이 전부였고 다른 걸 생각할 여유가 없었습니다. 다시 그때로 돌아간다 해도 동일한 선택을 했을 것입니다."

다부지게 말하는 악초림을 바라보며 노완동은 그가 결코 자신이 알고 있던 과거의 사람이 아님을 깨달았다.

"대의를 잊었구나."

노완동이 탄식하며 하는 말에 악초림은 허탈한 웃음을 지으며 입을 열었다.

"제게 남은 신념은 오직 복수뿐입니다. 그것이 곧 저의 정의이고 대의입니다."

"복수를 한다한들 악행을 더하면 무슨 소용이 있을꼬."

두 사람은 함께 할 수 없게 된 사실을 인정하고 있었다. 서로가 무사한 걸 보았으니 되었다는 생각도 했다.

노완동은 악초림의 손을 감싸 쥐었다.

두 사람은 새벽이 오도록 많은 대화를 나누었다. 그리고 별다른 기약 없이 헤어졌다. 노완동은 마지막 순간 한마디를 잊지 않았다.

"하늘 아래 어딘가에는 네 손을 따뜻하게 잡아줄 사람이 있음을 잊지 말아 다오. 네 선택을 스스로 감당할 수 없게 되면 언제든 나를 찾아오너라."

악초림은 대답 없이 노완동을 배웅했다. 살아생전 마지막으로 보는 심정으로 악초림은 큰절을 올렸을 따름이었다. 악초림을 다시 일으켜준 사람은 없었다.

악초림은 한참의 시간이 더 흐른 뒤 스스로의 힘으로 일어나 앉았다. 방 안에는 더 이상 노완동의 모습과 체취는 남아 있지 않았다.

악초림은 제 심장이 그리 빠르게 뛸 수 있다는 사실을 처음 알았다. 천선루를 빠져나와 무작정 걷던 길에 한 사람을 발견했고 그때부터 악초림은 귀신에 홀린 사람처럼 그 뒤를 쫓았다.

악초림의 발길이 멈춘 곳은 연대인의 저택 별원이었다. 연대인이 병자들을 돌보기 위해 병사로 바꾸어 놓은 곳으로 인근의 의원들을 초빙해 진료하고 있었다. 악초림은 과거의 어느 한 시점으로 거슬러 올라간 기분이 들었다. 분명 자기 머릿속에는 당시의 광경이 너무도 생생하게 기록돼 있었다.

병사 앞을 바삐 오가는 사람들 가운데 서서 악초림은 넋이 나간 사람처럼 초점 없는 눈으로 시간을 거슬러 올라가고 있는 중이었다.

'그녀다. 그녀가 틀림없어. 이 마음속 울림은 참으로 묘하구나.'

악초림은 지금 혼란스러웠다. 아니 악초림과 일체화 된 대마령이 혼란을 느낀다는 표현이 더 정확할 것이다. 둘은 분리해서 생각할 수 없는 상태였다. 악초림의 삶과 가치관, 기억을 바탕으로 대마령은 새로운 정체성을 획득했다. 그리고 자신이 앞으로 내릴 판단은 이전의 악초림과 다를 것이 분명했다. 그렇지만 절대 바뀌지 않는 것도 있었다. 악초림은 한동안 잊고 지냈던 사람을 다시 만났다. 노완동도 그런 사람 중에 하나였다. 그렇지만 지금과 같은 이런 극심한 충격과 혼란은 느끼지 못했다.

악초림은 거부할 수 없는 절대의 힘에 결박된 사람처럼 한자리에 못 박혀 버렸다.

'이 갈증의 정체는 대체 뭐란 말인가? 여자, 과거에 알던 한 여자를 다시 본 것에 불과하거늘 이처럼 고통스러

운 감정의 상태가 되다니. 도저히, 도저히 이곳을 벗어날 수가 없구나.'

 악초림은 어떤 식으로든 이 고통을 해소하고 싶었다. 그는 결심을 굳힌 순간 무작정 앞을 향해 걸었다.

제5장
동방천추, 본색을 드러내다

　증지산이 당분간 돌아오지 않을 걸 짐작하면서도 휘륜은 미련을 버리지 못하고 마교 총단에 며칠을 더 머물렀다.
　수일 새 마교 총단은 외부에서 보기엔 일상과 다름없이 조용했지만 내부 분위기는 기름이 끓는 것처럼 요동치고 있었다.
　마혼대의 일좌를 앞세운 마존들이 세력 규합에 박차를 가해보았지만 가시적인 성과는 미흡했다. 마존들 입장에서는 예상 밖의 실망스럽고 참혹한 결과였다. 이는 현재 마교 총단을 구성하고 있는 사람들이 그간 구마존이 아닌 태사 증지산을 의지하고 따라왔음을 대변하는 결과물이기도 했다. 어쨌든 당면한 현실은 인정하지 않을 수가 없었다.

기대 밖의 성과물에 실망한 구마존은 그렇다고 이대로 총단에 눌러 앉을 수도 없게 되었다.

이미 독립을 선언한 상태기도 했지만 그들의 자존심이 허락하지 않는 일이었다. 여전히 야심을 갖고 있는 구마존은 규합한 휘하 무리들을 이끌고 전격적으로 총단을 떠났다. 마교의 분열은 끊임없이 계속되고 있는 셈이었고 중원의 세력들 입장에서는 반길만한 일이었다.

마교 총단의 현 실상을 대부분 파악한 휘륜도 악양을 떠나기로 결정했다. 그는 정도련을 다음의 행선지로 잡았다.

*　　*　　*

수년 만에 생각지도 못했던 사람을 다시 마주친 설리는 그 자리에 얼어붙어 버렸다.

반가움을 표하기도, 불편함을 드러내기도 어정쩡한 관계였다. 설리는 단지 예의를 갖췄고 요즘 같은 난세에 살아있음을 축하할 따름이었다. 하나도 변한 게 없어 보이는 설리와 모든 게 다 변해버린 악초림의 대면은 우연의 일이었지만 적어도 한 사람에게는 결코 우연일 수 없는 사건이었다.

"소저 잠시 시간을 낼 수 있습니까?"

그녀가 만나 본 사람 중에 가장 적극적으로 자기감정을 표현하고 구애했던 남자가 악초림이었다. 그래서 설리를 불편하게 만들고 당황하게 만들었고 더 이상 호의를 베풀 수 없는 관계로 끝나고 만 사이였다. 제 마음속에는 더 이상 공간이 남아 있지 않았다. 설사 남아 있다고 해도 악초림이란 사람에게 허용할 공간은 없었다.

설리는 정중하게 거절했다.

"일손이 많이 부족합니다. 죄송합니다. 따로 시간을 내기가 어려울 것 같아요."

연대인의 별원에 꾸며진 병사에서 성수신의는 환자들을 치료하고 있었는데 설리는 그 곁에서 돕고 있는 실정이었다. 연대인이 의원들을 다수 고용해 주긴 했지만 그럼에도 일손이 부족했다. 연대인의 저택에 일신을 의탁하고 있는 하인들까지 요즘에는 병사의 일을 돕고 있을 정도였다.

거절했음에도 불구하고 악초림은 물러날 의향이 없었다.

"잠시면 됩니다. 많은 시간을 빼앗지 않겠습니다."

정중한 태도에 설리는 살짝 갈등했다. 주변을 바삐 뛰어다니는 사람들의 힐끗거리는 시선도 신경 쓰였다.

안절부절못하고 주저하던 설리는 결국 악초림의 고집스러움에 지고 말았다. 허락을 받은 악초림은 설리를 후원으로 이끌었다. 저택의 규모에 비해 아담한 후원은 사람들이 돌보지 않아 다소 을씨년스럽기까지 했다. 잡초가 여기저기 듬성듬성 자라나 있고 나뭇가지는 군데군데 꺾였으며 청석 곳곳엔 비질을 한지 오래됐는지 흙과 새똥, 나뭇잎이 지저

분하게 널려 있었다.

연대인이 그동안 하인들을 집안일이 아닌 빈민가를 돕거나 환자를 돌보는 일에 투입한 결과였다.

눈부신 햇살아래 아름답고 고결하게 빛나는 여인에게서 악초림은 시선을 떼지 못했다. 악초림은 정원석에 걸터앉으며 옆 자리를 권했다.

"여기가 좋겠군요."

그나마 깨끗해 보이는, 앉을 만한 정원석을 발견해낸 악초림이 가리킨 자리에 설리는 조심스럽게 앉았다. 아무것도 아닌 그 태도조차 악초림의 눈에는 우아하게 보였다.

"제가 오늘 합비에 온 일을 얼마나 잘했다고 생각하는지 모릅니다. 여기서 그리워하던 사람들을 모조리 다 만날 줄은 몰랐습니다. 그간 계속 합비에 계셨습니까?"

"네, 꽤 오래 됐습니다."

"당시의 일은 사과드리겠습니다. 진심이 아니었습니다. 질투에 눈이 멀어 마음에도 없는 말과 행동이 튀어나왔던 것 같습니다."

설리는 악공자가 말하는 시점이 언제인지 어렴풋이 알 것 같았다. 물론 당시엔 불쾌한 경험이었다. 기억에서조차 지워버려 가물가물해진 당시의 사건을 다시 떠올리는 건 설리에게 그다지 유쾌한 일은 아니었다.

설리의 생애에 제남은 빼놓고 생각할 수 없을 정도로 중요한 지역이었다. 무엇보다 거기서 처음 휘륜을 만났고 사랑을 확인하고 키웠다는 사실이 설리에겐 무척 중요했다.

설리는 담담하게 대응했다.

"마음에 두지 않으니 사과하실 필요 없어요."

악초림은 자신이 정작 궁금해 하는 말을 꺼내야 할지 말아야 할지를 두고 잠시 고민했지만 감성은 이성보다 재빨랐다.

"휘 형도 합비에 있습니까?"

내심으로는 휘륜도 살아남았느냐, 라고 묻고 싶었지만 돌려 말했다.

"네. 잘 지내고 계십니다."

우문설리는 자신이 왜 하필이면 이 순간 사실과 다른 말이 입 밖으로 튀어나왔는지, 스스로도 놀라고 있었다. 그가 무사하고 평안한건 사실이었지만 현재 합비에 있다는 건 거짓말이었다. 악초림이 여전히 자신에게 호감을 표하고 있으며 포기하지 않았다는 불안감이 작용한 탓이었다.

태연함을 가장하고 있지만 악초림의 눈빛엔 실망감이 가득했다.

"그랬군요."

잠시 대화가 끊겼다. 설리는 그 기회를 놓치지 않았다.

"전 이만 가봐야 할 것 같아요. 오랜 시간 비워둘 수 없는 환자가 여럿 있습니다."

설리는 고개를 살짝 숙여 보이고 자리를 털고 일어섰다. 악초림은 그녀를 억지로 붙들어두지 않았다. 대신 빠르게 멀어져가는 설리의 등에 대고 큰 소리로 말했다.

"전 아직 그대로입니다. 당시 저는 평생 한 사람만을 사랑하기로 맹세했습니다. 그 마음 앞으로도 변치 않을 겁니다."

 설리가 그 말을 못 들었을 리가 없었다. 설리는 걸음을 멈추지도 않았고 돌아보지도 않았다. 여전히 우문설리는 악초림에게는 매정하기 그지없는 사람이었던 것이다. 그녀의 모습이 완전히 시야에서 사라지고 나자 악초림은 저절로 흘러나오는 탄식을 잊지 않았다.

"휴우, 여전하군."

 악초림은 피식 웃고 말았다.

 이유는 모르지만 기분이 좋아졌다. 이런 종류의 설렘은 확실히 신선했다.

"놀랍군, 놀라워. 인간으로 산다는 건 어쩌면 예상했던 것보다 더 흥미로운 일일지도 모르겠어."

 악초림은 두 눈을 감고 팔을 벌린 채 상쾌한 공기를 마음껏 들이마셨다.

*　　*　　*

고작 다섯 명이었다.

아무도 그 사람들을 특별하게 눈여겨보지 않았다. 갑자기 무공이 비약적으로 상승한 동방천추가 정도련의 지도부 앞에서 허세를 부리다 맘에도 없는, 책임지지도 못할 말을 거르지 않고 쏟아낸 것으로 생각하는 이가 더 많았다.

정도련의 그 많은 고수들을 모두 젖혀두고 정예라고 할 수도 없는, 보잘것없는 하급무사들을 택한 순간부터 사람들은 그들에 대한 한 가닥 기대마저 접었다.

졸지에 동방천추에게 선택된 당사자들 역시 얼떨떨해하긴 마찬가지였다. 사문에서 시키니 따르긴 하지만 막상 전혀 알지 못하는 사람의 수하가 되었다는 사실이 불편하고 마음이 놓이지 않았다. 더군다나 자신들을 바라보는 주변의 시선이 그리 곱지 않은 까닭에 더욱 의기소침할 수밖에 없었다.

동방천추는 다섯 사람에게 별다른 지시도, 요구도 하지 않았다. 특정한 장소에 머물며 하루 종일 먹고 마시고 뒹구는 게 일이었다.

난세에 이런 호사를 누리게 될 줄 몰랐던 다섯 명은 불안해하면서도 언제 끝날지 모를 이 특별한 혜택을 마음껏 누리고 있었다.

다섯 명은 출신문파가 제각각이었다. 세가 출신도 있고 육대 문파의 제자도 있었다. 심지어 한 사람은 소속조차 불

분명한 무적상태나 다름없었다. 우문세가 소속이라 스스로 우기기는 하는데 정작 누구도 우문세가의 존재를 인정하지 않는 실정이었다.

우문설리와 몇 사람이 모여 우문세가를 재건하려는 시도는 있었지만 그 뒤로 별 진전도 없이 정체돼 있었다. 입지를 다질 틈도 없이 와해되고 중심이 되어야 할 문주마저 정도련이 아닌 다른 곳에 일신을 의탁하고 있는 마당에 우문세가 소속 무사라고 자처하는 사람이 있다는 건 다른 사람들의 비웃음을 사고도 남는 일이었다.

고집스럽게 자신을 우문세가 소속이라 말하고 다니는 사람은 다름 아닌 바로 구적룡이었다. 그가 하필이면 동방천추가 선발한 다섯 중에 포함된 것이다.

나머지 네 사람은 침상에 누워 편히 쉬고 있었지만 구적룡은 바닥에 가부좌를 틀고 앉아 기름을 바른 천으로 철검을 정성스럽게 닦고 있었다. 전장에 나가 있었던 때를 빼고 검 쓰는 법을 배운 후 단 한 번도 빼먹지 않은 의식이었다. 검을 손질하고 잠자리에 드는 건 구적룡의 오랜 습관이었다.

침상에 모로 누워 구적룡을 관찰하고 있던 청년 무사는 구적룡이 별스럽다고 생각했다.

"그깟 철검을 뭘 그리 열심히 닦는 겁니까? 피가 묻은 것도 아니고 녹이 슨 것도 아닌데 유별나시군요. 당장 전장에 나간다면 또 모르지만 별다른 지시가 없는 것 보면 내일 역시 별다를 것 없는 하루일 것 같은데요."

약관이 갓 지난 청년 무사는 개방의 이결 제자로 이름이 방아섭이었다. 원래는 항주 분타 소속이었는데 작전에 투입됐다가 대부분 죽고 그 혼자 살아남았다. 그 뒤로 개방 지도부의 지휘를 따라 정도련 본대가 이동하는 곳마다 따라다니긴 했지만 무공이 약한 그는 지원이나 허드렛일을 주로 하고 있는 실정이었다. 그런 자신이 정도련 전체의 관심을 받는 특별한 선발대에 차출되었다는 사실이 지금까지 의아할 따름이었다.

나머지 세 사람도 별반 반응들이 다르지 않았는데 유독 한 사람만 유난스럽게 굴었다.

침상에 누워 천장의 한 지점을 멍한 시선으로 올려다보고 있던 다른 무사가 둘의 대화에 참견하고 나섰다.

"우리 같은 하급무사와 처지가 다른 분이시지. 자그마치 련주님과 통령님 최측근이시네. 과거 세가 동맹에 계실 때도 대단하셨지. 멸사천 전체에서 가장 명성이 높았던, 전설로 통하는 분이시지. 야랑대 대주라고 하면 멸사천 고위 인사들도 한 수 접어줄 정도였으니깐."

방아섭은 육관효가 구적룡을 상당히 높이 평가한다는 건 익히 알고 있던 일이었다. 세가 동맹의 문지기였음을 자랑스럽게 여기는 육관효는 차출된 사람들 중 구적룡을 빼고는 자신보다 나을게 없다는 걸 알아채고 그때부터 무림에 대한 풍부한 식견을 자랑하는 일에는 빠지지 않고 참견했다.

세가 동맹에 있을 당시부터 구적룡을 알고 있던 육관효는 천성인 듯 틈만 나면 구적룡에게 잘 보이려고 아첨을 했다. 구적룡이 잘 받아주지 않았기에 망정이지 장단이라도 맞춰줬다면 나머지 세 사람을 깔아뭉개고 수하 부리듯 했을 게 분명했다.

방아섭은 육관효의 말 중에서 한마디가 신경 쓰였다.

"저, 구대협. 련주님과 통령님의 측근이란 말이 진실입니까?"

턱수염이 거뭇거뭇하게 자란 것을 제외하곤 구적룡은 예전과 다름없이 정갈한 모습이었다. 구적룡은 자신이 이 요상한 모임 가운데 섞여 있다는 것 자체가 달갑지 않았다. 전장에 투입되거나 특별한 작전에 차출되었다면 차라리 불만이 없었을 것이다. 예전부터 그다지 좋은 인상을 갖고 있지 않던 풍운룡 동방천추의 수하에 강제로 편입된 사실이 불만이었다. 문제는 자신이 이를 거절할 명분이 없다는 사실이었다.

방아섭의 질문에 구적룡은 하던 일을 멈추고 짧게 대답했다.

"그분들을 자주 대면한 건 사실이오."

"오! 그럼 측근이라는 말이 사실이군요."

"좋을 대로 생각하시오."

일일이 대답해주는 것도 귀찮아진 구적룡은 자기 침상에 가서 누웠다. 잠을 청하기 위해 눈을 감았다. 그런데도 방아섭의 호기심은 거기서 끝난 게 아니었다.

"육 형은 세가 동맹에서 문지기를 했다고 하지 않았소?"

"흠흠. 그랬지."

"그럼 정도련 지도부의 고수 분들은 어지간하면 다 알고 있겠구려."

"그야 물론이지. 당시 정도련이 옛 세가 동맹에서 결성되었으니깐."

"그럼 우리 다섯 사람이 무엇 때문에 차출되었는지 정도는 짐작하시겠구려."

"그, 그건……."

육관효가 그걸 알 턱이 없었다. 그렇다고 자신을 대단한 사람으로 여기고 있는 방아섭 앞에서 자신감 없는 모습을 보이는 건 싫었다.

"물론 대강 짐작은 하네만……."

"고견을 듣고 싶소. 대체 우린 왜 모인 게요?"

그때까지 자는 척하고 있던 두 사람도 육관효의 침상 쪽으로 몸을 뒤척이는 것이었다. 그들도 그 사실이 궁금하긴 마찬가지였던 것이다.

제 말에 모두 귀를 기울이고 있다는 사실을 깨달은 육관효는 되는 대로 지껄여댔다.

"풍운룡 동방천추 대협은 후기지수들 중 선두 주자라고 할 수 있는 분이셨지. 비교적 젊은 나이에 동방세가의 가주가 되셨지만 아무래도 정도련의 지도부 내에선 입지가 그리 확고하다고 할 수 없는 분이지. 그러던 차에 천하를 격동시킬 절세의 비급을 얻어 폐관수련하다 대성하고 얼마 전에 합류하셨어. 그간 정파가 절체절명의 위기를 숱하게 겪으며 전력을 유지하느라 안간힘을 쓰고 있었는데 동방세가의 가주씩이나 된다는 사람이 폐관을 하고 있었으니 얼마나 면목이 안서고 창피했겠나. 그걸 단숨에 회복하고 체면을 세우자면 뭔가 대단한 공을 세워야 하지 않겠어."

"그래서요?"

"뭔지 모르지만 아주 중요한, 마교에게 치명타를 입힐 수 있는 묘책이 있겠지. 그 일을 하기 위해 우리를 모은 거지."

방아섭은 긴장하며 주의 깊게 듣다가 마지막 순간에 맥이 풀렸다.

"지금 그게 말이 된다고 생각하십니까? 우리 같은 하급 무사들을 어디다가 쓰려고요?"

"어허 이 사람 보게. 자네는 그게 문제일세. 무릇 사람이란 다 쓸모가 있는 법이야. 이번 일에는 아마도 무공보다는 기지라든가 지혜라든가 임기응변이 필요한, 그런 특별한 일이 아닐까 짐작할 뿐이야."

"나는 전혀 해당 사항이 없는 것 같은데요?"

"끙, 난들 알겠나. 대충 짐작만 할 뿐이지 내가 그분 머릿속에 들어가 본 것도 아닌데 어찌 알겠어."

"결국은 모른다는 소리네요."

"흠흠. 잠이나 자세."

두 사람은 그 뒤로도 한참이나 더 떠들었지만 구적룡은 두 사람의 대화에 더 이상 귀 기울이고 있지 않았다. 지금 그는 정도련의 련주인 옥불이 자신에게 한 말을 다시금 상기하고 있는 중이었다. 기실 구적룡은 자신이 선택된 순간 거절했었다. 그걸 뒤엎은 사람이 옥불이었다. 구적룡은 과거의 수하들과 함께 정도련 내에서 옥불의 눈과 귀 노릇을 해오고 있었다. 마침 동방천추가 구적룡을 선발했을 때 옥불은 속으로 쾌재를 불렀다. 그리고 구적룡을 조용히 불러 그가 어떤 일을 모사하고 있는지를 알아보라고 지시했다.

별로 내키지 않았지만 련주가 친히 부탁까지 하니 구적룡으로서도 어쩔 도리가 없었던 것이다. 조금 전까지 떠들던 방아섭과 육관효까지 잠이 들었는지 고른 숨소리를 내고 있었다. 구적룡은 뒤척이다 결국 침상에서 일어나 조용히 방을 빠져나왔다.

지금 정도련의 주력들이 머물고 있는 곳은 사천 청성산

이었다. 예로부터 도가의 성지로 유명했고 구파일방 중 하나였던 청성파의 본산이 있던 곳이기도 했다. 현재 청성파는 멸문하고 말았지만 과거의 영광을 간직한 도관들이 청성산 곳곳에 남아 있었다. 현재 정도련은 여러 도관들에 흩어져 머물고 있는 실정이었다. 청성산은 전체가 요새화 되었다 해도 과언이 아닐 정도로 경비가 삼엄했고 주변의 요충지마다 감시탑을 세워 적의 기습에 대비했다.

마교와의 결전에서 단 한 번도 승리하지 못한 정도련은 사기가 땅에 떨어진지 오래였다. 수차례의 격전으로 전력의 절반 이상을 잃은 탓도 크겠지만 마교의 주력이 건재하다는 사실이 무엇보다 크게 작용했다. 그러던 차에 합비에 상주하고 있던 교주들이하 교도들이 몰살했다는 소식이 전해졌고 이는 정도련에 새로운 희망의 불씨를 일으켰다.

검황인 휘륜의 귀환을 알고 있는 련주와 통령은 오늘도 밤을 잊고 머리를 맞대고 숙의를 이어가고 있었다. 중원전도를 펼쳐두고 손가락으로 짚어가며 말을 이어가던 옥불이 입구 쪽을 바라보며 싸늘한 어조로 말했다.

"거기 누구냐?"

인기척이 들리더니 한 사람이 불쑥 안으로 들어왔다. 구적룡이었다. 옥불과 무극검왕은 그가 불시에 찾아온 연유가 궁금했다. 구적룡과 수하들이 그간 정도련 하부의 분위기를 살펴 옥불과 무극검왕에게 보고하는 일을 해왔기에 이런 만남은 이상한 건 아니었다.

구적룡은 예를 갖춘 뒤 찾아온 용건을 밝혔다.

"동방세가주를 살펴봤습니다만 수상쩍다는 느낌은 들었지만 결정적인 증거를 포착하진 못했습니다."

무극검왕의 검미가 꿈틀거렸다.

"어떤 점이 수상쩍어 보였지?"

"단지 느낌일 뿐입니다. 그는 지금 상당히 불안정해 보였습니다. 낯빛이 밝을 때가 거의 없고 눈의 초점이 일정하지 않으며 안절부절못할 때가 많습니다. 다만 외부 인사가 방문할 때만 태도가 돌변하는데 그때는 아주 의젓하게 변합니다. 선발한 인원들에게는 아예 관심도 주지 않고 있으며 별다른 지시도 하지 않습니다. 마치 그 사실을 잊어버린 사람 같습니다. 제가 자진하여 수발을 들고 출입을 하며 곁에서 살펴본 결과 그는 예전의 풍운룡과 다른 사람이거나 최소한 소문처럼 광증을 앓고 있을 가능성이 매우 큽니다."

구적룡은 신중한 사람이었다. 이 정도로 단정적으로 말하는 경우라면 결정적인 증거가 없어도 허투루 볼 게 아니었다.

옥불은 심사숙고하더니 주위를 둘러보며 입을 열었다.

"어르신 계십니까?"

옥불이 찾는 사람은 천선오로 중 수좌인 홍타였다.

마교와 대결 이후 수세에 몰리면서부터 홍타는 옥불 곁

을 한시도 떠나지 않고 지켜왔다. 천선부의 장령인 옥불의 신변을 보호하는 일은 홍타에게 그 무엇보다 중요한 사명이었다. 눈에 띄지 않을 때가 많지만 그럼에도 그는 옥불 근처에 있을 가능성이 매우 높았다. 아니나 다를까 홍타의 대답이 허공에서 울렸다.

"나더러 동방천추라는 애송이의 상태를 확인해 달라는 게냐?"

홍타는 벌써 거기까지 짐작한 것이다.

옥불의 입가에 미소가 번졌다.

"부탁드리겠습니다."

"뭐 그러지."

옥불은 구적룡에게 신신당부했다.

"위험할 수도 있으니 이제부터 동방천추를 관찰하는 일은 관두게."

"이만 돌아가 보겠습니다."

구적룡이 내실에서 물러난 후 옥불은 동방천추 얘기를 다시 꺼냈다.

"그자의 무공은 범상한 수준이 아니었습니다. 어찌 보셨습니까?"

무극검왕의 뇌리에도 깊이 각인돼 있었다.

"풍운룡이 펼친 수법은 그 자리에 있던 누구도 흉내 낼 수 없는 것이었습니다. 제 짐작으로 천하에 고작 두 명 정도만 가능한 경지로 보였습니다."

"두 사람이라면 휘륜과 증지산을 두고 하는 말씀이겠지요?"

"맞습니다. 그처럼 짧은 시간동안 성취할 무공의 수준의 아닙니다. 상식적으로 불가능합니다."

"상식적으로 불가능하다는 견해엔 저 또한 동의하지만 엄연히 현실로 닥친 일입니다. 이 세상에는 범인들이 상상할 수 없는 기사들이 많습니다."

"저는 오히려 주군께서 경고한 그 일을 염두에 두고 있습니다. 차라리 그쪽이 더 현실성 있습니다."

무극검왕이 말하는 휘륜의 경고를 떠올려보던 옥불은 절로 고개를 젓고 말았다.

"저는 휘륜이 경고했다는 대마령이란 존재가 실재하는 것으로 보지 않습니다. 심마 같은 것이 아닐까요? 마공의 부작용으로 인간의 능력을 초월하는 사례도 왕왕 있었습니다."

옥불은 휘륜의 경고를 단지 상징적인 의미로 받아들이고 있었다. 그에 반해 무극검왕은 선입견 없이 그대로 받아들였다. 이런 두 사람의 관점 차이가 동방천추를 바라보는 시선에도 그대로 작용한 셈이었다. 무극검왕은 우려를 지우지 못했다.

"만약 동방천추가 대마령의 지배를 받는 것이 사실이라

면 지금 당장 주군께 알려야 합니다. 우리 선에서 처리하려다 비극을 초래할 수도 있습니다."

옥불은 합비에 가서 휘륜을 만나고 온 무극검왕에게서 대마령에 대한 애기를 전해 듣고 천선오로와 상의한 적이 있었다. 천선오로 중 넷은 콧방귀를 끼었고 오직 한 사람, 홍타만 부정도 긍정도 하지 않았다. 휘륜의 경고였다는 소리를 들었음에도 옥불이 선입견을 버리지 못한 건 천선오로의 영향이 컸다.

* * *

홍타의 능력은 천선부의 수행자들 중 따를 자가 없었다. 여러 가지 능력이 모두 탁월한 그였지만 특히 은신, 잠행에 관해서는 타의 추종을 불허할 실력자였다. 지금껏 홍타의 접근을 눈치챈 사람은 증지산 한 사람 뿐이었다. 검황인 휘륜마저 속인 적 있던 홍타의 실력을 감안하면 정도련의 누구도 그의 접근을 눈치챌 사람은 없었다. 그런데 이 사람, 동방세가주인 풍운룡 동방천추는 홍타가 방 안에 잠입한 그 순간부터 그의 실체를 감지했다.

그가 다름 아닌 대마령이기 때문에 가능한 일이었다. 동방천추는 홍타의 존재를 알면서도 결코 내색하지 않았다.

홍타가 접근한지 삼 일째가 되던 날이었다. 동방천추는

자신이 직접 선발한 다섯 사람 중 하나인 구적룡을 제 처소로 불러들였다. 이런 일은 처음인지라 구적룡도 경계하는 빛이 역력했다.

문을 열고 들어선 구적룡은 등을 보인 채 가부좌를 틀고 앉은 동방천추를 향해 허리를 굽혀 인사를 했다.

"부르셨습니까?"

"거기 앉으라."

일 장여의 간격을 두고 마련된 포대에 착석한 구적룡은 마음을 차분히 가라앉히고 동방천추의 넓은 등을 노려봤다.

"너는 너에 대해 잘 아는가?"

뜬금없는 질문에 구적룡은 머뭇거렸다. 우선 어떤 의도를 지니고 하는 질문인지 이해할 수 없었다.

구적룡은 솔직하게 대답했다.

"세상에 자신에 대해 잘 아는 사람이 얼마나 되겠습니까."

"그럼 자신에 대해 잘 모르는가?"

"모른다고 한다면 그 또한 거짓이겠지요. 어떤 의미로 하신 질문인지 헤아리기 어렵습니다."

"사람에게는 이로운 것과 해로운 것의 구분이 있지. 해로운 것은 제거하고 이로운 것만 남겨두려 하네. 인간들은 또한 만족할 줄 모르네. 멈추는 법을 배우지 못했어. 정작

동방천추, 본색을 드러내다 149

그 자신이 세계의 다른 존재들에게 얼마나 해로운 존재인지를 생각하지도 않네. 이 세계는 인간만을 위해 존재하는 것이 아닌데, 사람들은 그 사실을 곧잘 잊어버리지. 인간의 영특함은 제 욕구를 채우는 데에 발휘될 뿐 세계를 조화롭게 하고 순리를 따르는데 쓰이질 않아. 아무리 하찮은 생명체라도 정해진 연한을 다 못 채우고 죽을 때엔 원념이라는 게 생기는데 그것이 쌓이고 쌓이면 지성을 갖춘 생기가 되고 그걸 두고 원령이라고 하네. 긍정의 힘이 극대화 된 양기의 원령이 곧 신령이고 그 반대의 경우가 마령이지. 숱한 마령이 있지만 그 힘은 미약하여 인세에 별 영향을 행사할 수 없어. 그렇지만 아주 특별하고 강력한 마령, 즉 대마령이 인세에 출현할 때가 있는데 대마령은 인간의 성품과 욕망을 그대로 닮아있을 뿐만 아니라 반드시 인간의 몸을 빌어 인세에 영향력을 행사하지. 바로 그 대마령이 출현한 시기야말로 인간에게는 재앙의 시대라 할 만하지."

구적룡도 무극검왕과 마찬가지로 휘륜으로부터 대마령에 대한 얘기를 함께 들었었다. 다소 현실성 없는 얘기로 치부했지만 다른 사람도 아닌 휘륜이 한 얘기라 내내 신경 쓰였다. 그런데 그 대마령에 대한 얘기를 동방천추에게 다시 듣는 순간, 구적룡은 내심 확신할 수 있었다.

휘륜이 한 경고는 사실이었으며 하필이면 그 대마령 중 하나가 제 눈앞에 있다는 사실을. 구적룡은 심중의 두려움을 해소하지 못한 나머지 전신을 부들부들 경련하고 있었다. 꽉 쥔 주먹에는 땀이 맺혀 흐르고 온 몸의 털이란 털은 모조리 곤두섰으며 눈꺼풀은 바르르 떨렸다.

"내가 왜 이 얘기를 너한테 하는지 아느냐?"

"모, 모르겠습니다."

"무서워하고 있군. 내가 두려운가?"

"아닙니다. 제가 가주님을 왜 두려워하겠습니까."

"대마령은 대마신체란 준비된 그릇에 담겨야만 제대로 안정을 취할 수 있다. 오해하지 마. 인간을 하찮게 여기긴 하지만 그렇다고 해서 무작정 인간들을 해치는 건 아니다. 인간의 몸으로 인간을 직접 겪으면서 그 세대를 판단할 뿐이다. 나는 대마령이다. 아직까지 대마신체를 찾지 못했고 그 때문에 매우 불안정한 상태로 유지되고 있다."

동방천추가 돌아앉았다. 그런데 불빛에 드러난 그의 얼굴은 끔찍했다. 볼과 이마와 턱에 피고름이 맺혀 흐르고 있었고 눈은 백태로 뒤덮여 있었다.

"이 몸은 꽤 훌륭한 것이어서 대마신체를 찾기 전까지 머무르기 적당하다고 봤다. 그런데 동방천추는 나를 거부했고 끝내 고집을 꺾지 않았다. 강제로 이자의 신체를 취했지만 보다시피 이런 부작용에 시달리고 있다."

동방천추의 두정에서 갑자기 검은 기류가 흘러나오는가 싶더니 그의 전신을 감쌌다. 언뜻언뜻 보이는 그의 얼굴이 꿈틀거리는 것이 보였다. 검은 기류가 흔적 없이 사라지고 나자 동방천추는 원래의 준수한 용모를 회복하고 있었다.

"내가 널 선택한 것은 네 기질과 골격이 동방천추에 버금갈 정도로 뛰어났기 때문이다. 내가 여기 와서 쓸 만한 골격을 지닌 자들을 여럿 보았지만 그중에 널 낙점한 건 네가 홀로 살아왔기 때문이지. 가족 없이 외롭게 혼자 살아왔으니 외부에 대한 긍정과 기대가 덜하지 않을까? 거기다 세상에 대한 원한까지 있다면 금상첨화겠지만 아쉽게도 그런 건 아닌 것 같군. 네게 이런 얘기를 다 들려주는 이유는 네게 스스로 선택할 기회를 주기 위함이다. 만약 너 역시 나를 거절한다면 동방천추처럼 너를 강제로 취할 수밖에 없으며 너는 부작용에 시달리다가 고통스럽게 죽음을 맞게 될 것이다. 그러나 나와 합하는 걸 동의한다면 부작용 없이 네게 머물다가 대마신체를 찾으면 원래대로 돌아갈 수 있다. 어느 쪽을 선택하든 네 자유지만 분명한 건 너는 나를 거절할 순 없다는 사실이다."

무서운 일이었다. 눈으로 보고 있으면서도 도무지 믿어지지 않는 일을 구적룡은 한사코 부정하고 싶은 마음뿐이었다.

'사실이 아닐 거야. 내가 지금 악몽을 꾸고 있는 게 틀림없어. 깨고 나면 아무 일도 없을 거야.'

구적룡의 절규는 입 밖으로 흘러나오지 않았다. 끊임없

이 흔들리는 눈동자만 보아도 그가 지금 겪고 있는 혼란을 능히 짐작할 수 있는 일이었다.

"그리고 거기 늙은이! 언제까지 네 무례함을 내가 참아 주리라 여겼느냐."

숨어 있던 홍타는 뜨끔했다. 동방천추의 자기 고백이 시작되면서부터 홍타의 심장도 평소와 다르게 빠른 속도로 뛰고 있던 중이었는데 동방천추가 자신을 지목하자 절정에 달했다. 홍타는 어쩔 수 없음을 느꼈는지 제 모습을 처음으로 동방천추 앞에서 드러냈다.

"너는 보통의 인간들과 다른 기운을 가졌구나. 오랜 세월 수행해 왔음을 짐작하겠구나. 기운이 깨끗하고 맑아. 해치지 않을 테니 그리 경계하지 않아도 된다."

홍타는 과거 증지산에게 발각됐을 때처럼 발가벗겨진 기분을 다시 느꼈다. 그는 짐작할 수 있었다. 자신이 어떤 수단을 부려도 눈앞에 있는 동방천추의 눈 밖으로 벗어날 수 없다는 사실을. 그가 마음만 먹는다면 간단하게 자신을 제압하고 생명을 취할 수 있다는 사실도.

"너의 이름은 무엇인가?"

홍타는 체념하고 사실대로 털어놓았다.

"홍타라고 불러라."

"홍타, 어찌 생각하느냐? 나는 지금 매우 불안하고 초조하다. 이런 불안정함이 지속될 경우 내 스스로도 폭주를 막을 수 없다. 이곳에 많은 사람들이 있지만 내가 폭주하면 단 한 사람도 살아남을 수 없을 것이다. 나는 과거에 한 사람을 굴복시키려고 무던히도 노력했지만 실패한 경험이 있다. 위협하고 달래길 수십 년, 공을 들였지만 끝내 마음을 얻지 못했다. 그때 나는 깨달았다. 인간의 마음은 그처럼 견고하고 강할 수 있다는 사실을. 나 역시 너희들 인간들과 마찬가지로 첫 번째 관심은 생존이다. 나는 지금 살아남기 위해 가능한 모든 방법을 다 동원할 것이다. 극단적인 상황까지 이르기 전에 나에게 협조할 생각은 없느냐? 홍타. 당신은 지혜로운 사람. 당신이 구적룡이라면 어떤 선택을 하겠는가."

홍타는 불현 듯 증지산이 떠올랐다.

"증지산을 아는가?"

"첫 번째 대마신체이자 우리 중 하나를 받아들인 사람이지."

홍타는 증지산의 오만이 대마령을 받아들이게 했으리란 사실을 짐작했다. 홍타는 구적룡을 바라봤다. 마침 구적룡의 눈길도 홍타로 향하던 중이었다. 홍타도 구적룡도 무력감을 느꼈다.

제6장
뜻밖의 재회

 대마령을 쉽게 본 건 아니지만 증지산이 이처럼 계산 밖의 행보를 보이리라고 짐작하지 못했던 휘륜은 원점에서 다시 시작해야 함을 절감했다.
 마교 총단을 나온 휘륜은 곧장 사천지역으로 발길을 돌렸다. 대마령에 대한 단서라곤 전혀 없는 상황에서 무작정 천하를 헤매고 다니는 짓은 무모했다. 인내심을 갖고 장기전을 대비하는 편이 현명했다.
 이왕 나선 김에 정도련에 들러볼 참이었다. 거기 사정이 어떤지도 궁금했지만 대마령에 대한 단서를 수습하자면 여러 사람의 도움을 받는 편이 낫겠다고 판단했다. 그리고 무엇보다 강호에 재출도하고 옥불을 만난 적이 없어 소식이 궁금했다.

역사적으로 난세가 드물지 않았지만 근년의 경우처럼 대륙의 거의 전기능이 마비되는 예는 흔치 않았다. 대표적인 예를 하나 들자면 강호의 운하나 강을 정기적으로 운행하던 여객선이 모조리 사라졌다. 수로연맹이 와해되기도 했거니와 중원 전체의 배들 중 반수 이상이 완파된 탓도 컸다.

상단의 상선이 드물게 운행하지만 수적과 도적들이 사방에 즐비하기에 이마저도 외부인들이 승선하기엔 어려움이 많았다.

가까운 지역이라면 말을 이용하는 편이 차라리 수월하지만 먼 지역을 이동할 경우 배편을 이용할 수 없다는 건 여러모로 불편한 점이 많았다. 난민들이 행렬을 이룬 채 이동하는 광경을 수차례 목격한 휘륜은 안쓰러운 마음을 금할 길이 없었다. 자신이야 아무리 먼 거리라도 그다지 많은 시간을 소모하지 않고도 이동할 수 있지만 일반인들은 그럴 능력이 없었다. 부르튼 발에 칭칭 동여맨 두꺼운 천만 봐도 그들이 지금 어느 정도의 고통을 겪고 있는지 짐작할 만했다.

난민들이 집결하는 지역을 보면 사람들이 현재 어디가 가장 안전하다고 느끼는지 알 수 있었다. 안휘의 합비는 물론이거니와 호남의 악양, 하남의 낙양이 난민들이 유독 많이 모여드는 지역 중에 포함된다는 사실이 흥미로웠다.

세 곳은 모두 난세의 원인이 된 마교가 주둔하고 있었거나 현재 거점지로 삼은 지역이었다. 애초 마교가 피바람을 일으키고 천하를 난세에 빠트리긴 했지만 현재는 차라리 그곳으로 가는 편이 안전하다고 느낄 정도로 천하 전역이 위험지역이었다.

식량을 구하기 힘든 지역의 난민들은 산적 떼로 돌변해 타 지역을 공격하기 일쑤였고 어느 지역이든 백성들을 수탈하고 괴롭히는 무리들이 있기 마련이었다. 최소한의 법망마저 사라진 지금 각 지역에는 군왕처럼 군림하는 세력이 차츰 자생적으로 생겨나고 있었다. 천하의 패권을 두고 싸우는 세력들은 서로를 경계하고 견제하느라 오히려 잠잠한 편이었다.

휘륜은 사천지역으로 넘어서기까지 천하의 동향을 살피다가 대마령을 찾고 제거하는 일 못지않게 마교의 전력을 속히 제거하여 천하를 안정시키는 일도 중요하다는 판단을 내리게 된다.

오랜만에 재회한 옥불은 반가움을 감추지 못했다. 휘륜과 옥불은 누가 먼저랄 것도 없이 서로의 어깨를 힘주어 안았다.

"살아 돌아오겠다는 약속을 지켰구나."

옥불의 반대를 무릅쓰고 증지산의 초대를 받아 떠난 뒤 처음 보는 것이었다. 옥불의 우려처럼 휘륜은 죽을 고비를 넘겨야했고 휘륜의 기대처럼 그 때문에 더 강해져서 돌아올 수 있었다. 두 사람은 자리에 앉자마자 그간 못했던 이야기를 주고받느라 시간가는 줄 몰랐다.

"이런 깊은 산중에 마침 도관이 이처럼 많았다니 다행이구나."

"청성파의 유산인 셈이지. 이제 어쩔 거냐? 합비와 여기 전력을 합쳐 네가 직접 지휘하는 편이 낫지 않을까?"

"그건 곤란해."

"왜? 네가 말한 대마령인가 하는 것 때문에?"

휘륜은 옥불의 표정에서 대마령의 존재에 대해 믿지 않는다는 인상을 받았다.

"믿지 않는구나."

"황당무계한 말이긴 하지만 네가 한 말이니 믿어야겠지."

"사실이다. 대마령은 실재한다."

"증지산이 그중에 하나라지?"

"그래. 가장 먼저 완전체를 이룬 것 같아."

"네 말대로 그처럼 초월적인 능력을 가졌다면 왜 증지산은 총단을 비우고 잠적한 거지?"

"대마령은 셋이고 그들은 서로를 노리고 있다. 너 같으면 어쩔 것 같으냐?"

"결국 무서워서 도망갔단 소리로군. 그 대단한 증지산도 별수 없군."

휘륜은 대마령에 대해 경시하고 있는 옥불을 일깨워줄 필요성을 느꼈다.

"그들은 그들 서로를 경계할 뿐 다른 누구도, 그 무엇도 두려워하지 않는다. 그럴 필요가 없다. 생존해 있는 무림인들 모두가 힘을 합해 증지산을 죽이고자 덤벼도 그의 털끝하나 건드릴 수 없다. 그것이 현실이다."

옥불은 살짝 놀란 눈치였다.

"그 정도라고? 신이라도 된단 소리야?"

"맞다. 그들은 신과 버금가는 능력을 지녔다. 인간과 합하기 이전의 대마령은 분명 천신과 마왕에 근접하는 힘을 소유하고 있지. 인간과 합하면서 능력이 반감하기 때문에 그나마 제거할 가능성이 생긴 것이지."

"허 천신과 마왕이라고? 그럼 대책은 전혀 없겠군."

"있다. 대마령은 반드시 인간의 몸을 빌려서 능력을 발휘할 수밖에 없다. 안 그러면 천신이 인세에 개입할 명분을 주게 된다. 말했다시피 대마령은 인간과 합하면 능력이 현저하게 줄어든다. 그나마 최대한의 힘을 발휘하게 해주는 사람이 있는데 이를 대마신체라고 하지. 대마신체는 대마령의 수와 동일하고 현재는 두 명만 존재한다."

"대마령이 셋이라고 하지 않았느냐?"

"맞아. 그 때문에 하나의 대마령은 대마신체를 가질 수 없게 되지. 증지산처럼 완전체가 된 대마령은 그 사람과 운명을 함께 한다. 즉, 증지산을 죽이면 그 대마령도 소멸한다."

"그럼 대마신체를 가지지 못한 나머지 하나는?"

"그걸 잘 모르겠어. 짐작하기론 뛰어난 골격을 찾아 끊임없이 옮겨 다니겠지. 아마도 몸에서 빠져나오기 전에 죽인다면 그 역시 소멸하겠지. 만약 그게 아니라면 그들이 구태여 대마신체를 고집할 이유는 없을 테니깐."

지금까지 반신반의해왔던 옥불은 휘륜이 이처럼 확신에 차 설명하자 설득되고 말았다. 휘륜을 잘 알기 때문이었다. 그는 거짓말은커녕 심지어 사실을 과장하지도 않는 사람이었다. 옥불은 가장 중요한 질문을 했다.

"그럼 넌 완전체를 이룬 대마령을 제거할 힘을 얻었어?"

"결과는 누구도 모른다. 직접 부딪혀 보기 전까지는. 허나 내 몸에 깃든 잠재력은 나조차 다 헤아리지 못한다. 이긴다. 반드시 이기고 만다."

확신에 찬 휘륜의 모습은 옥불을 안심하게 해주는 힘을 발휘했다. 이번에는 휘륜이 궁금한 걸 물었다.

"정도련이 그간 입은 피해는 얼마나 되지."

"전력 손실은 어마어마하지. 거의 반수 이상이 죽거나 실종되었다. 시체조차 수습하지 못하고 퇴각해야 했으니깐. 마교의 전력은 내 예상을 훨씬 상회하더군."

"언제까지 여기 웅크리고 있을 순 없잖아. 여기까지 오면서 보니 천하의 형편이 말이 아니더구나."

"그럴 테지. 하지만 어쩌겠어. 다들 승산이 없다며 사기가 꺾여 있는데 이런 마당에 진군명령을 내린들 따르기나 할지 의심스럽다. 자신감들이 많이 떨어져 있다. 그건 나도 어쩔 도리가 없다."

"만약 합비의 전력과 합한다면?"

"그럼 해볼 만하지. 아니 우리가 더 우세하지 않을까? 증지산이 빠진 마교라면 그다지 위협적이진 않을 것 같은데. 그렇지만 과연 증지산이 마교가 멸망하도록 내버려둘지 의문이다."

역시 마지막에는 증지산이 문제였다. 그때 옥불이 엉뚱한 제안을 했다.

"반대로 너 하나의 능력이면 마교 전체를 몰살시킬 수 있다는 소리도 되겠네?"

옥불이 뭘 말하고 싶은지 짐작한 휘륜은 빙긋 웃었다.

"그럴 수 있다고 해도 나는 그러면 안 된다."

"왜?"

"그들은 셋이고 난 하나이기 때문이지. 자신들에게 위

협이 되는 내가 살아 있다는 것이 알려지면 곤란하다. 지금은 나를 감춰야 할 때지. 한 번의 실패는 곧 돌이킬 수 없는 파국으로 치닫게 될 터."

"증지산 말고는 현재 어느 놈이 대마령인지 전혀 모른다는 말인데 그들과 대면하면 알아볼 수 있냐?"

"그걸 나도 모르겠다. 완전체가 된 대마령은 아마 눈치채기 힘들 공산이 크고 대마신체가 아닌 대마령은 어떨지 모르겠어. 직접 겪어보기 전에는 나도 확신할 수 없다."

"쳇 이거야 원. 그럼 네 옆에 있어도 아예 모를 수도 있다는 얘기잖아."

"그럴 가능성 때문에 나는 끝까지 몸을 사려야 한다. 대마령의 본체가 모두 파악되기 전까지는."

옥불은 문득 동방천추의 일을 언급할까 하다가 관뒀다. 홍타가 살펴본 결과 아닌 걸로 판명 난 일을 굳이 들춰낼 필요성을 못 느꼈다. 무엇보다 휘륜에게 휴식이 필요하다고 느꼈다.

언제라고 단정 지을 수 없는, 기약 없는 기다림일 수도 있겠다는 생각을 옥불은 가장 먼저 했다. 과거에도 그랬지만 지금 역시 휘륜이 짊어진 짐의 무게는 자신과는 비할 바 없이 무겁고 막중했다. 그런데도 한 번도 그런 내색을 하지 않는 휘륜이 고마웠지만 한편으로는 안쓰럽고 미안했다.

휘륜은 제가 온 걸 소문내지 않도록 당부했고 지인들 위주로 만남을 가졌다.

오랜만의 조찬 분위기는 유쾌하고 즐거웠다. 옥불이 휘륜을 위해 마련한 지인들만의 아침식사 자리였다. 주인공인 휘륜을 위시해 옥불, 무극검왕, 유홍장, 한당, 구적룡, 호굉, 검령, 검평 형제가 모두 참석했다. 합비에 남아 있는 막부와 만취공, 맹치성, 설리까지 더하면 과거 제남에서 연을 맺은 사람들 대부분이 다 모이게 된다. 나머지 사람들은 몇 차례의 마교와의 대전을 거치면서 대부분 목숨을 잃었다. 사람들은 일부러 그들에 대한 언급을 피했다. 다들 얼굴이 밝은데 유독 수심에 잠겨 있는 사람이 하나 있었다. 구적룡이었다.

휘륜은 식사 내내 얼굴 표정이 밝지 않은 구적룡이 신경 쓰였다. 과거 사랑했던 정인을 마교도에게 잃고 힘든 시기를 거쳤지만 그 뒤로 어두운 모습을 본 적이 없었기 때문에 휘륜은 의아하기만 했다. 식사가 끝나고 차를 마시며 담소하던 중에 휘륜은 넋을 놓고 있는 구적룡의 이름을 불렀다.

"적룡."

휘륜이 불렀음에도 대꾸조차 하지 않고 고개를 숙이고 있는 구적룡의 어깨를 호굉이 소리 나게 때렸다.

철썩!

웬만한 사람이면 몸이 휘청거렸을 정도로 세게 쳤는데도 불구하고 구적룡은 잠깐 고개를 들어 호굉을 바라봤을 뿐 여전히 맥 빠진 모습이었다. 그제야 함께 있던 다른 사람들도 구적룡이 평소와 다르다는 사실을 알아챘다.

멍한 얼굴로 자신을 올려다보고 있는 구적룡의 어깨를 감싸며 호굉이 말했다.

"이 친구야 정신 차려. 무슨 생각을 하고 있기에 아침부터 넋을 놓고 있는 겐가?"

그래도 아직 상황을 이해하지 못한 구적룡에게 호굉이 휘륜 쪽으로 고갯짓을 하며 말했다.

"나 말고 호법님이 부르셨네. 자네 어디 아픈가?"

구적룡은 당황하며 휘륜을 바라봤다.

"부르셨습니까?"

"호굉 말처럼 어디 편치 않은 데라도 있나?"

"아, 아닙니다. 간밤에 잠을 좀 설쳤던 것 외엔 별다른 일이 없습니다."

호굉의 걸걸한 음성이 다시 한 번 실내를 울렸다.

"호법님 이 친구 지금 거짓말을 하고 있습니다. 잠을 좀 못 잤기로서니 이렇게 넋을 놓고 있을 사람이 아닙니다. 무슨 큰 걱정이 있는 것 같습니다. 제가 봐서는 이 친구 아무래도 눈여겨본 여자라도 있나 봅니다. 그 여자가 누군지 모르겠지만 속을 어지간히 태우는가 보군요. 내 말이 맞지?"

호꾕의 실없는 농담에 한당이 껄껄 웃으며 맞장구를 쳤다.

"남문세가의 여 제자를 바라보는 시선이 예사롭지 않더니 그새 정분이 난 겐가?"

구적룡은 당황한 나머지 얼굴까지 살짝 붉혔다.

"아, 아닙니다. 잘못 아신 겁니다."

구적룡의 낯빛이 붉어진 걸 놓칠 호꾕이 아니었다.

"이제 보니 사실이었군. 지나치게 부끄러워하는 걸 보니 수상쩍은데?"

구적룡이 좌중의 시선을 한 몸에 받으며 의자에서 일어섰다.

"죄송합니다. 허락해 주신다면 가서 좀 쉬고 싶습니다."

구적룡의 그 말과 태도는 결단코 장난이 아니었다. 휘륜은 그가 무슨 이유인지 모르지만 심적으로 무척 힘들어하고 있음을 눈치챘다.

휘륜이 허락하자 구적룡은 인사를 꾸벅하고는 조용히 실내를 빠져나갔다. 구적룡의 평소와 다른 행동에 의아해진 한당이 호꾕에게 물었다.

"무슨 일인지 모르나?"

호굉은 머리를 긁적이며 입맛을 쩍 다셨다.

"전혀 짐작이 가지 않습니다. 며칠간 떨어져 있어서 그에게 무슨 일이 있었는지도 잘 모릅니다."

한당의 스승인 유홍장이 옥불을 바라보며 입을 열었다.

"동방가주의 선발대로 합류하지 않았습니까? 혹시 거기서 무슨 일이 있었는지 련주는 알고 계시오?"

그나마 구적룡의 근황을 꿰고 있는 사람은 옥불과 무극검왕 뿐이었다. 두 사람 역시 짐작 가는 바가 없긴 마찬가지였다.

'며칠간 동방천추를 감시하던 홍타 어르신은 그에게서 수상한 점을 발견하지 못했다 하셨다. 구적룡 역시 동일한 보고를 했었다.'

그 뒤로 옥불은 동방천추에 대한 감시를 특별히 지시한 적이 없었다. 구적룡의 별스런 태도를 의아하게 생각한 것도 잠시, 식사를 하며 환담을 나누기에 여념이 없었다.

다섯 명의 선발대가 한 방을 썼었는데 어느 날인가부터 구적룡의 처소가 따로 배정되었다. 함께 생활하던 선발대원들은 구적룡의 특별대우에 대해 별반 불만도 없었고 의문도 가지지 않았다. 대신 그들은 말수가 적어졌다. 하루 중 그들은 대부분의 시간을 입을 다물고 지냈다. 그 이유를 구적룡은 너무도 잘 알고 있었다. 지금 제 방문 앞을 지키고 있는 두 사람은 며칠 전까지만 해도 밤이 새도록 떠들기 좋아하던 사람들이었다. 그렇지만 이제 예전의 그 사람들은 세상에 더 이상 남아 있지 않았다.

구적룡이 잠을 통 자지 못한다는 말은 사실이었다. 그는 잠자기 위해서 무진 애를 써보지만 그날 이후로 성공하지 못했고 피곤함을 못 이겨 잠시 잠이 들어도 악몽을 꾸다 금방 깨곤 했다. 자기 방 침상에 드러누운 구적룡의 눈알이 발갛게 충혈되었다.

몸을 이리저리 뒤척이던 구적룡은 발작이라도 일으킨 사람처럼 벌떡 일어나 앉았다.

'무섭다. 어찌해야 하는가. 그 악귀 같은 놈은 틀림없이 제 말대로 할 것이다. 내가 약속을 어긴다면, 내가 겪은 일을 다른 누군가에게 발설한다면 그놈은 내 주변 사람들을 갈기갈기 찢어놓을 것이 틀림없다. 호법님이 오셨지만 그놈은 당해내지 못한다. 그놈은 인간이 아니다. 세상에 그 누구도, 그 어떤 사람도 대마령 앞에서 무사할 수 없다.'

구적룡은 그날의 악몽을 다시 떠올렸다. 천선오로 중수좌라는 홍타마저 그 앞에서는 어린아이나 다름없었다. 불가해한 그 능력 앞에서 홍타는 대마령이 시키는 대로 순종했다. 그리고 자신을 제외한 네 명의 선발대가 차례로 꼭두각시로 변하는 모습을 목도했다. 끔찍했다. 그리고 세상에 그런 일이 현실이 될 수 있다는 자체를 구적룡은 인정하기 쉽지 않았다. 대마령은 오직 구적룡 한 사람에게만 자유를 허락했다. 그러나 그건 다른 어떤 협박보다도 효과적으로 구적룡을 압박하고 있었다.

'현실을 인정하고 받아들일 것인가, 아니면 강제로 빼앗길 것인지만 남은 건가? 차라리 스스로 죽음을 택하는 편이 낫지 않을까?'

이런 고민과 갈등을 구적룡은 하루에 수백 번 수천 번을 되풀이 한다. 그래도 답은 내려지지 않는다. 한 가지 확실한 건 구적룡은 지금 지쳐 있었고 공포감에 서서히 말라가고 있다는 사실이었다. 동방천추는 자신이 어떤 사람인지를 보여주었고 자신의 능력이 끝이 없음을 깨닫게 해주었다. 비참함과 무력감도 컸지만 무엇보다 구적룡을 지배하고 있는 감정은 공포였다.

만약 구적룡이 휘륜이 어떤 상태인지를 알았다면, 그가 이 세계 유일한 대마령의 천적이 될 수 있다는 사실을 인지했다면 이런 고민을 하진 않았을 것이다. 안타깝게도 그 사실은 아직 구적룡에게까진 전달되지 않은 상태였다.

방문이 스르륵 열렸다. 절대 다시 보고 싶지 않은 사람이 방 안으로 불쑥 들어왔다. 동방천추였다. 구적룡은 자신도 의식하지 못하는 사이에 침상에서 일어서 있었다. 한쪽 구석에 있던 의자가 미끄러져 침상 앞에 놓였고 동방천추가 앉았다.

"그래 식사는 즐거웠나?"

구적룡은 대답하지 않고 머뭇거렸다.

"몸이 상하겠어. 그건 나를 위해서 좋은 선택은 아닌 것 같군. 잘 먹어야지."

잠시 말을 끊고 구적룡을 바라보는데 그 시선은 차마 마주치기 힘들 정도로 끔찍했다. 남들이 보면 이런 심리 상태를 절대 이해할 수 없을 것이다.

"나를 무서워하는군. 그럴 필요 없네. 나는 너를 절대 해치지 않아. 많은 사람들이 있지만 너 만한 그릇을 다시 찾기란 쉬운 일이 아니거든. 무엇이든 말해봐. 네가 원하는 일이라면 어떤 소원이든 다 들어주지. 아직 이 몸의 시한이 좀 남았으니 여유가 있는 편이지. 그때까지 마음껏 누리도록 해주마. 이만하면 잠시 빌리는 대가로는 충분하지 않은가?"

구적룡은 용기를 짜냈다.

"그 잠시라는 게 어느 정도의 시간이지?"

"그건 나도 모르지. 한 달이 될 수도 있고 일 년이 될 수도 있다. 대마신체를 찾게 되면 네 몸은 원상태로 돌아갈 거야. 깨끗한 상태로 돌려준다고 약속하지. 나는 인간들보다 약속을 더 잘 지키는 편이니 불안해하지 않아도 돼."

"내가 끝까지 거절하면 그래도 당신은 나를 강제로 취하겠지?"

"물론이지. 나도 살자면 어쩔 도리가 없어. 분명히 말해두는데 나는 그렇게 되는 걸 원치 않아. 지금 네가 보고 있는 동방천추의 몸처럼 내가 널 강제로 빼앗으면 똑같은 부작용에 시달리게 된다. 결국 너는 어둠 속에 갇힌 채 비참하고 외롭게 죽음을 맞게 되겠지. 고집 부려서 서로에게 득이 될 게 없네. 나는 자네가 현명한 선택을 하리라 믿네. 내 이런 믿음을 배신하지 않으리라 기대하지. 피곤해 보이는데 이만 쉬게."

돌아나가던 동방천추는 방문 앞에서 걸음을 멈춘 채 말했다.

"아, 그리고 원하는 게 있으면 언제든 말해."

동방천추의 모습이 방에서 사라진 뒤 구적룡은 침상에 쓰러져 숨을 헐떡였다. 이마에 땀이 가득했다.

* * *

설리는 지금의 상황을 도무지 납득할 수 없었다. 지금 병사에 있는 환자들을 회진하는 데만 꼬박 반나절이 걸렸다. 그만큼 병자들이 많았다. 약을 처방하고 시침하느라 식사를 거를 때도 있었다. 제 몸을 보살피지 못할 정도로 병자를 돌보는 일에 헌신적인 성수신의를 볼 때면 제 의부이지만 너무 존경스러웠다.

이 세상 누구보다도 부친을 잘 알고 있다고 자부해왔던 설리였지만 지금 이 순간만큼은 그게 아닐지도 모른다는 생각을 갖게 됐다. 성수신의 맹치성이 식사를 함께 하자고 해서 같이 간 자리였다. 거기엔 먼저 와서 기다리고 있는 사람이 있었다. 연자청 대인과 환담을 나누다 두 사람을 반기는 사람은 다름 아닌 악초림이었다.

해가 중천에 걸린 시간에, 그것도 오늘은 새로 들어온 병자들이 많아 초진이 밀려 있었다. 연대인 아니라 보국왕이 초대했다 하더라도 마다했을 부친이 이렇게 한가롭게 식사나 함께 하자고 했으니 설리는 내심 혼란스러웠다.

"두 분 어서 오십시오. 연대인께서 반가운 손님들을 초청했다 해서 누구일까 궁금했는데 바로 두 분이셨군요. 신의께서는 그동안 별래 무양하셨습니까? 이처럼 건강하신 모습을 다시 뵈니 마음이 놓이는군요. 소저도 반갑습니다."

활짝 웃으며 반기는 악초림의 얼굴이 설리는 여간 부담스러운 게 아니었다. 이 식사 자리는 아마도 그가 계획한 것 같았다. 그런 짐작을 했기 때문에 더더욱 설리는 이 자리가 편치 않았다.

식사가 시작되고 얘기가 오가기 시작하자 설리는 이 자리에 자신이 있어서는 안 된다는 사실을 깨달았다.

"설리를 시집보내야 하는데 어디 마땅한 혼처라도 추천해 주시겠습니까?"

부친의 말은 청천벽력이나 다름없었다. 처음엔 물론 휘륜과의 관계를 반대했었지만 지금은 암묵적으로 허락을 한 부친이었다. 그런데 저런 말을 어찌 저리 아무렇지 않게 할 수 있는지 설리는 도무지 이해할 수 없었다. 설리는 실성한 사람처럼 아버지 얼굴을 쳐다보고 있을 뿐 아무 말도 못했다.

연자청은 잠시 생각하는 눈치더니 껄껄 웃으며 옆에 앉은 악초림을 가리키는 것이었다.

"내 지금껏 많은 귀인들을 보았지만 이 자리에 있는 악공자만한 장부를 보지 못했소. 설리의 혼처로 이만한 적임자가 없을 것 같은데 신의께서는 어찌 생각하십니까?"

맹치성은 그 말을 기다린 사람처럼 얼른 받았다.

"과분하지요. 악공자라면 여식의 배필로 차고도 넘치는 사람이지요."

"아 그럼 망설일 일이 뭐가 있겠습니까. 이참에 아예 두 사람을 짝 지워주는 게 좋겠군요."

설리는 눈앞이 어지러워졌다. 연대인은 얼마든지 그럴 수 있다고 쳐도 어찌 부친까지 덩달아 저러는지 이해할 수 없었기 때문이었다. 두 사람이 서로의 말에 맞장구치며 아예 혼인 날짜까지 잡으려고 하자 얼른 설리가 나섰다.

"아버님께서 그간 병자를 돌보느라 지치셨는지 제게 정혼자가 있다는 사실을 깜빡하신 듯합니다."

"호 그래? 금시초문이로군. 정혼자가 혹 누구인지 말해줄 수 있겠느냐?"

두 사람이 알게 되지 그리 오래되지 않았지만 딸이 없는 연대인은 설리를 제 여식처럼 대했다. 설리도 연대인의 성품을 존경해 오던 터라 허물없이 대하고 있었다.

"휘륜 숙부이십니다."

"휘륜이라면 신의의 사제라는 그분 말이더냐?"

"맞습니다."

연자청의 얼굴색이 붉게 달아올랐다.

"어찌 그럴 수 있다 말이더냐? 네가 지금 이 늙은이를 희롱하는 것이냐?"

연자청이 별안간 역정을 내자 설리는 당황했다. 연자청은 노기를 누그러뜨리지 않은 채 다시 말했다.

"휘륜이라면 보국왕 저하의 금지옥엽인 소혜군주와 정혼한 사이거늘 악공자가 싫으면 싫다고 할 것이지 어찌 거짓말로 늙은이의 체면을 깔아뭉개려 하느냐. 괘씸한지고."

"그, 그게 무슨…… 말씀이십니까?"

설리는 자신을 둘러싼 주변 경물이 일그러지고 찢어지고 있는 것 같은 혼돈을 느꼈다. 맹치성도 설리의 잘못을 나무랐다.

"어허 네가 실성하였느냐? 휘사제와 군주가 정혼했다는 사실을 너 또한 알고 있으면서 어찌 그런 얼토당토않은 말을……"

이쯤 되니 설리는 자신이 꿈을 꾸고 있다고 믿을 수밖에 없었다. 그게 아니면 부친의 말처럼 자신이 실성이라도 한 것일까? 어찌 이런 말도 안 되는 상황이 연출될 수 있는지 답답할 따름이었다.

설리는 뭐가 뭔지 모를 혼란을 겪으면서도 이 자리를 벗어나고 싶다는 열망이 가득했다. 한시라도 빨리 이곳을 벗어나지 않으면 정말 미쳐버릴 것 같았다.

설리는 별 말을 남기지도 않고 자리를 박차고 뛰어나갔다. 그 모습을 본 맹치성이 소리쳤다.

"설리야, 설리야 어디 가는 게냐? 이리 썩 오지 못할까. 이런 황망한 일이."

맹치성은 안절부절못하더니 연자청을 향해 거듭 사과했다.

"불민한 여식이 아직 철이 없어서 그런 것이니 노여워 마십시오. 제가 잘 타이르겠습니다."

"이상한 일이구려. 평소의 설리와 오늘은 무척 달라 보입니다. 거참 이해할 수 없는 일이구려."

옆에 있던 악초림이 빙긋 웃으며 말했다.

"제가 그만큼 싫었나 봅니다. 이게 다 제가 부족해서 생긴 일입니다."

맹치성이 손사래를 치며 극구 부인했다.

"어허 그럴 리가 있소. 악공자처럼 훌륭한 사람이 또 어디 있다고 그런 겸양의 말씀을 하십니까. 아무래도 여식이 그간 휘사제를 연모해 오고 있었나 봅니다. 전혀 눈치채지 못했는데 거참……."

악초림은 불쾌한 얼굴을 한 채 자리에서 일어났다. 그는 천천히 걸어 방문을 열고 나갔다. 악초림은 속으로 웃고 있었다.

'이제 어찌 할 텐가. 나를 거부하면 할수록 당신은 더 괴로움을 겪을 것인데. 아직은 당신의 의사를 존중해 주지만 만약 끝까지 거부한다면 그땐 나도 어쩔 도리가 없겠지.'

악초림은 지금 이 상황을 즐기고 있었다. 어린 아이가 꽃 사이를 누비는 나비를 쫓아 손을 뻗는 것처럼 흥미로워하고 있었다.

설리는 곧장 천선루로 갔다. 마침 막부와 만취공이 대

낮부터 술을 마시고 있는 중이었다. 넋이 빠져 있는 설리의 모습을 보고 두 사람은 다급하게 자초지종을 물었다.

"대체 무슨 일이냐?"

만취공 옆에 얌전히 앉은 설리의 눈에는 눈물이 그렁그렁 맺혀 있었다. 지금 설리는 분하고 억울한 마음이 컸지만 한편으로는 마주한 두 사람마저 엉뚱한 소리를 할까 두려워하는 마음도 있었다.

만약 그렇다면, 자신을 제외한 모든 사람이 그와 같은 똑같은 소리를 한다면 정말 제가 그동안 꿈을 꾼 것일지도 모르지 않겠는가. 그런 두려움 때문에 쉽사리 입을 열지 못했다. 입을 꼭 다물고 있는 설리가 답답해 보였는지 막부가 다그쳤다.

"뭐에 그리 놀라서 혼비백산했는지 마음을 차분하게 가라앉히고 말해 보려무나. 한창 병사에서 환자를 돌보고 있어야 할 네가 뭐에 놀랐기에 뛰어온 것이냐?"

두 노인의 근심이 가득한 눈을 보고 있자니 그제야 가슴이 좀 진정이 된 설리는 용기를 내 차근차근 입을 열어 갔다. 설리는 자초지종을 다 털어놓고 나서도 불안한 나머지 두 사람의 안색을 살피기에 여념이 없었다.

막부와 만취공은 서로의 얼굴을 마주 보며 납득이 안 간다는 표정을 짓고 있었다.

막부가 다시 물었다.

"그러니깐 네 말인즉슨 네 아비가 널더러 악초림이란 놈한테 시집가라고 했다고?"

설리는 대답 대신 고개만 빠르게 끄덕거렸다.

"그리고 륜이와 소혜군주가 정혼한 사이라며 나무랐고?"

"네. 분명 그리 말씀하셨어요. 연대인까지 그러셨어요."

만취공이 버럭 고함을 질렀다.

"이놈들이 실성을 했나. 뭘 잘못 처먹었기에 그따위 헛소리를 지껄인단 말이냐. 내 이것들을 당장 가서……."

흥분하여 길길이 날뛰는 만취공의 모습이 오늘따라 왜 이리 정겹고 반가운지. 설리는 이 순간 가슴을 쓸어내리며 안도했다. 가슴을 무겁게 짓누르던 불안감이 씻은 듯 사라지는 기분이었다.

노화를 참지 못하고 당장 뛰쳐나갈 것 같은 만취공을 막부가 말렸다.

"잠깐 만가야. 이건 흥분할 일이 아니다."

"이게 왜 흥분할 일이 아니냐. 두 놈이 작당하여 설리를 도적놈에게 시집보내려고 하는데 이게 가만두고 볼 일이더냐?"

막부는 뭔지 확실하지 않지만 지금 상황을 무척 심각하게 바라보고 있었다.

"그리 단순한 문제가 아니다. 차분하게 냉정하게 생각해 보자. 네 제자 놈이 륜이를 예전부터 못마땅하게 여겼다지만 이런 거짓부렁을 할 녀석은 아니지 않느냐? 그런다고 해서 될 일도 아니고."

"그렇지. 말이 안 되는 소리긴 하지."

"거기다 소혜군주와 륜이가 정혼한 사이라고 말했다는 건 확실히 정상적인 상황은 아니란 소리야."

"뭐가 어떻다는 거냐? 알아듣게 말해봐라."

"두 사람은 정말 그리 믿고 있을 수 있다는 거다."

"뭐, 뭐라고? 대낮에 귀신에 홀린 것도 아닐 테고 어찌 그럴 수가 있단 말이냐."

"귀신에 홀렸을 수도 있지."

"뭐야?"

그 순간 막부의 뇌리에 악초림의 얼굴이 번쩍 떠올랐다. 막부는 설리에게 물었다.

"악초림을 오늘 처음 본 것이냐?"

"아뇨. 며칠 전에……."

"그와 있었던 얘기를 마저 다 해 보거라."

주저주저하던 설리는 몇 년 전으로 거슬러 올라가서 악초림과 있었던 일을 하나도 빼놓지 않고 상세히 털어놓았다. 마지막으로 연대인의 집에서 다시 재회한 일로 마무리했다.

막부는 제 예감이 틀렸기를 바라고 있었다.

"그놈이 치성이와 연대인에게 무슨 짓인가 한 것 같군."

지금까지 살아오면서 믿기 힘든 얘기들을 숱하게 들어온 사람이지만 만취공은 친구 막부가 지금 하는 말만은 믿고 싶지 않았다.

"그게 가능한 일이냐?"

"무공 중에 미혼술이라는 것이 있다. 무공이 자신보다 약하고 심지가 그다지 굳지 못한 사람을 자신이 원하는 상태로 만들어 조종하는 아주 사악한 마공이다."

"그럼 두 사람이 악초림인가 하는 놈의 미혼술에 당했다는 거냐?"

"그것도 아니다. 연대인이나 네 제자 놈이나 보통내기는 아니지. 그처럼 완벽하게 통제할 수 있다는 건 미혼술 정도로는 어림도 없지. 악초림 그 녀석 뭔지 모를 위험한 장난감을 얻었나 보다."

"그럼 어쩌냐? 네가 가서 요절을 내버리는 게……."

"신중하게 처리해야지. 서두를 일이 아니다. 우선 그놈이 원하는 건 설리인 게 분명하니 지금 우리가 우선적으로 헤야 할 일은 설리를 숨기는 것이다."

이번엔 설리가 놀랐다.

"그런 뒤에 사람들을 모아서 함께 논의해 보자. 확인해

봐야지. 그 녀석이 얼마나 위험한 놈인지 차근차근 껍질을 벗겨 봐야지."

 막부는 일사천리로 일처리를 진행시켜 나갔다. 휘륜의 스승과 조부를 만나 상의했고 두 사람도 심각성을 인식했는지 신중하게 일처리를 해나갔다.

 사람들이 한 자리에 모였다. 두 명의 검황과 밀종의 종주, 검계의 북파 검주, 거기다 마교 사상 최강자라 불리던 태공악까지 모였다. 현재 합비의 최강자들이 설리의 일로 논의하기 위해 모인 것이다. 별일 아닐 수 있는 일로 이처럼 심각하게 대처하는 건 한 가지 위협 때문이었다. 처음으로 그 말을 꺼낸 이는 휘륜의 조부이자 검계 북파의 검주인 휘야겸이었다. 휘야겸은 그 말을 다시 한 번 언급했다. 그러자 좌중에 모인 사람들 중에 유일하게 악초림과 관련이 있는 밀종의 종주 고해 노완동이 불신이 가득한 얼굴로 반문했다.

 "그 아이가 대마령일 수 있다는 말씀이십니까?"

 "단지 저는 가능성을 얘기했을 뿐입니다. 사실인지 아닌지는 지금부터 확인해 보면 되겠지요. 그 전에 막대협의 말처럼 설리를 안전한 곳에 대피시키는 일이 급선무입니다. 만약에 우리까지 꼭두각시가 되지 말란 법이 없지 않겠습니까?"

대마령을 직접 몸으로 겪어본 태공악은 휘야겸의 의견에 얼른 동조하고 나섰다.

"지당하신 말씀이오. 대마령은 인간의 의지를 꺾고 강제로 취하는 것이 가능합니다. 저를 가지려고 했던 대마령 역시 강제로 취했다면 얼마든지 가능하다고 했습니다. 만약 악초림이란 자가 대마령의 완전체라면 그에 걸맞은 대비를 해야 합니다. 최악의 상황을 대비해서 설리를 대피시킬 피난처는 우리들 중에 아무도 알아선 안 됩니다. 단지 그 아이를 곁에서 보호할 단 한 사람만 예외여야 합니다. 우선 그 적임자를 뽑아야 할 것 같습니다. 누가 자임하시겠습니까?"

밀종과 검계를 지휘해야 할 노완동과 휘야겸은 제외되었다. 휘륜의 스승인 단목철이 나섰다.

"제가 하지요."

"명심하셔야 할 일이 하나 더 있습니다. 휘륜이 돌아오기 전까지 우리 중 누구와도 접촉해선 안 됩니다."

"염려 마십시오. 장차 하나뿐인 제자의 부인이 될 아이이니 안전하게 보호해야지요. 먼저 떠나겠습니다."

상황의 심각성을 깨달은 단목철은 서둘렀다. 그는 스승과 여러 사람들에게 간단하게 인사를 올리고 회의장을 빠져나갔다. 기다리고 있던 설리를 데리고 그는 천선루를 벗어났다. 그가 어디로 가는지 아는 이가 단 한 사람도 없었다.

좌중의 분위기는 숙연했다.

태공악이 자신이 겪었던 일을 하나씩 꺼내놓을 때마다 사람들의 안색이 바뀌었다. 인간으로서 감내하기 힘든 고통에도 굴복하지 않은 태공악의 의지가 존경스러울 지경이었다. 과연 자신이 그와 같은 처지에 놓인다면 태공악과 같이 버텨낼 수 있었을까를 고민해 보는 사람도 있었다.

"대마령이 아니라면 좋지만 대마령이라면 우리는 휘륜의 당부를 명심할 필요가 있습니다. 명예를 버리고 굴복해서라도 살아남아 달라, 그가 남긴 마지막 당부였습니다. 대마령은 우리가 모두 힘을 합한다 해도 이길 수 있다 장담을 못합니다. 애초에 출발점이 다른 존재입니다. 무공과 차원이 다른 능력을 사용하는 대마령에게 대항해선 안 됩니다. 물론 목숨을 걸고 싸울 순 있습니다. 괜한 짓이든 아니든 결과와 상관없이 얼마든지 저항할 수 있습니다. 하지만 그뿐입니다. 헛되이 죽어 자존심을 지키든 아니면 끝까지 살아남아 승리의 순간을 볼 것인지 선택은 각자의 몫입니다."

휘륜의 사조인 전전대 검황 구상화가 질문했다.

"대마령인지 아닌지 확인은 어떻게 하면 됩니까?"

"그가 숨기기로 작정한다면 확인할 길은 아마 없을 겁니다. 그렇지만 제 짐작대로라면 그가 대마령이라면 굳이 숨기지 않을 겁니다. 정면 돌파가 오히려 쉽겠지요."

고해 노완동이 나섰다.

"제게 맡겨 주십시오. 아무래도 이 일은 제가 나서는 게 적합하다 생각되는군요."

노완동의 어깨가 힘없이 축 처져 있었다. 밀종을 승계하진 않았지만 사사롭게 사승을 물려받은 사손이었다. 며칠 전에 찾아 왔을 때 대면한 적도 있었다. 그때도 그런 생각은 해보지 못했다. 혼자 남겨진 그가 그저 애틋할 따름이었다.

노완동이 나서자 아무도 그를 말리지 않았다.

노완동은 결심을 굳히고 회의장을 빠져나가 연대인의 저택을 향했다.

제7장
붉은 하늘, 그리고 대마령

 사조와 사손이 다시 마주 앉았다. 며칠 전과는 확연히 다른 분위기라는 사실을 두 사람 모두 알고 있었다. 악초림 역시 고해 노완동이 찾아온 순간 자신을 바라보는 시선이 예전과 달라졌다는 사실을 눈치챘다.
 "어쩐 일이십니까?"
 "단도직입적으로 묻겠다. 네가 대마령이냐?"
 악초림의 얼굴이 살짝 굳었다. 그것도 잠시 그의 입에서 지붕이 들썩거릴 정도로 큰 웃음소리가 터져 나왔다.
 "푸하하하하하."
 끝나지 않을 것 같던 악초림의 광소가 멈췄다.
 악초림은 서글픈 눈빛을 한 채 천천히 입을 열었다.

"결국 아셨군요. 사조님만은 끝까지 모르길 바랐는데 내 그런 바람이 부질없었나 봅니다."

충격이었다. 아니길 기원하고 또 기원했다. 여기 오는 내내 그 생각만 했다.

"너는 더 이상 림이가 아닌 게로구나."

힘없이 주절거린 노완동의 말에 악초림은 강력하게 반발했다.

"아닙니다. 저는 악초림입니다. 대마령이지만 악초림이 분명합니다. 제 자의식은 또렷하고 기억 또한 그대로 가지고 있습니다. 이런 저를 어찌 악초림이 아니라고 하십니까? 저는 여전히 악초림이 맞습니다."

"그럼 너는 대의를 위해 스스로 목숨을 끊을 수 있느냐?"

악초림도 이 순간에는 꽤 큰 심적 충격을 받았다. 설마 그런 말이 사조의 입에서 흘러나올 줄은 몰랐기 때문이다.

"제가 죽기를 바라십니까? 왜 그래야 합니까?"

"대마령이기 때문이다. 네가 누구보다 잘 알지 않느냐? 대마령이 앞으로 너를 통해 이 땅에 무슨 짓을 할지를."

"단지 그것 때문에, 닥치지도 않은 일을 언젠가 일어날지 모른다는 이유 때문에 제가 스스로 목숨을 끊어야 한

단 말입니까?"

"내가 아는 초림이는 그런 사람이다."

"아닙니다. 잘못 아셨습니다. 저는 한 번도 대의를 위해 제 목숨을 버릴 각오를 한 적이 없습니다. 저는 그저, 저는 그저…… 사부님과 사조님과 함께…… 긴 세월을 함께 보내고 싶었을 따름입니다. 저를 친 혈육처럼 키워주고 정을 주신 두 분과 함께…… 그저 행복하길 바랐을 뿐입니다."

"앞으로 어쩔 것이냐?"

"우선 힘이 없어 빼앗긴 것들을 되찾을 것입니다."

"그 다음에는?"

"소손을 위협할 수 있는 나머지 대마령들을 처치해야겠지요."

"그 다음엔?"

"거기까진 아직 생각하지 못했습니다. 마음이 시키는 대로 할 뿐입니다. 사람의 본성을 시험해 볼 것입니다. 대마령의 힘으로 세상 위에 군림할 것입니다."

노완동은 눈앞의 사손이 낯설었다. 그는 스스로 악초림이라고 주장하지만 그는 결단코 악초림일 수 없는 괴물이었다. 그 사실을 깨달은 노완동은 자신이 할 수 있는 일이 아무것도 없음을 절감했다.

"힘으로 가질 수 있는 건, 얻을 수 있는 건 조막만한 만족감뿐이다. 잠시 누릴 수 있을지 모르지만 그것이 너를 행복하게, 평안하게 해주진 않는다. 오히려 너를 더 깊은 수렁으로 빠져들게 할 것이고 더 큰 고통을 줄 것이다. 네가 인간의 몸과 마음을 가지고 있는 이상 그 사실은 변치 않는다."

"그 또한 두고 보면, 겪어보면 알겠지요. 모든 건 제가 결정합니다. 세상을 판단하는 이도 저고 심판하는 이 또한 저입니다. 저는 그러기 위해서 생겨났습니다. 부디 바라거니와 제 손으로 사조님의 목숨을 취하는 일만은 없었으면 합니다. 제 앞을 가로막지 마십시오."

"내가 무슨 힘이 있어 널 막겠느냐. 널 막을 사람은 따로 있다. 그때가 되면 알게 되겠지. 독이 있으면 해독할 약도 세상 어딘가에는 있는 법이다."

악초림은 노완동이 방금 한 말에 특별히 주의를 기울이지 않았다. 단지 그의 표정이 무척 슬퍼 보인다는 점에 주목하고 있을 따름이었다.

짜증이 났다. 그가 단지 얼굴을 찌푸리고 있을 뿐인데 왜 제 마음이 이리 편치 않은지. 이런 제 심경의 변화가 도무지 만족스럽지 못했다.

노완동은 별 탈 없이 돌아갔다.

악초림의 본성을 지니고 있는 한 적어도 그 앞에서 가장 안전한 사람 중에 하나가 노완동일 것이다. 그러나 그것은 언제 바뀔지 모르는 위태로운 상태였다.

돌아온 노완동이 가지고 온 소식은 기다리고 있던 사람들의 간담을 서늘케 만들었다. 대마령의 완전체가 자신들 코앞에 닥쳤으니 오죽하겠는가. 하필 휘륜이 없을 때 대마령이 나타났다는 사실이 사람들을 불안하게 만들었다. 대책을 논의해봤지만 마땅한 묘책은 없었다. 휘륜의 경고처럼 그와 직접적으로 부딪히지 않고 되도록 피하는 것이 상책이란 결론만 나왔다.

*   *   *

어느 날인가부터 온 세상에 이해할 수 없는 기이한 사건이 연달아 벌어졌다.

다섯 살짜리 아이가 미쳐 날뛰는 황소를 한 주먹에 때려잡는가 하면, 산사태가 일어나 작은 마을 하나가 통째로 묻혔는데 죽은 사람 하나 없이 멀쩡했으며, 다 죽어가던 노인이 갑자기 병석에서 일어나 장정 스무 명이 달라붙어도 보름이 걸릴 일을 반나절 만에 해내는 기괴하고 요상한 일들이 벌어졌다.

이런 괴사들은 비단 한 지역에만 편중된 게 아니라는 점이 사람들의 호기심을 증폭시켰다. 태산에서 시작되어 중원 전역으로 퍼져나간 소문은 점차 보편적인 사실로 확인되고 있는 실정이었다. 중천에 해가 떠올라도 하늘은 무슨 연유인지 핏기를 머금은 듯 붉었다. 그 요상한 기운에 감염된 사람들은 이전에 불가능했던 신력을 발휘하며 괴사의 주인공이 되어가고 있었다.

일초반식의 무공을 익힌 적도 없는 사람이 녹슨 철검을 휘둘러 바위를 자르는 형국이니 원래부터 고강한 무공을 몸에 익힌 사람이야 오죽하겠는가. 내력이 부족해 시전하지 못했던 상승의 절학마저 손쉽게 펼치기 되니 무인들에게는 그야말로 신세계가 펼쳐진 것이었다.

어제까지 하급무사로 괄시받던 사람이 자고 일어나보니 절정의 고수가 되는 일이 비일비재했다. 사람마다 상승의 폭이 제각각이었는데 그것이 어떤 기준에 의한 것인지는 알 수 없었다. 높은 자가 낮아지고 낮은 자가 높아지는, 그야말로 무림의 근간을 뒤흔드는 격변의 시대가 도래한 것이다.

사람들이 저마다 그 원인을 찾고자 애썼지만 아무리 궁리해 봐도 속 시원하게 밝혀내는 사람이 없었다. 일각에선 곧 세상이 멸망할 징조라며 두려워하기도 하고 갑자기 생겨난 힘을 이용해 일신의 영화를 추구하는 이들도 많았다.

무리지어 다니며 노략질하던 작은 산채의 산적들마저

무림인들을 겁내지 않고 큰 도시로 나가 약탈하는 경우도 빈번해졌다.

세상 온천지가 미쳐 돌아가고 있었다.

합비의 사정도 별반 다르지 않았지만 그나마 왕부의 무사들이 치안을 유지하는데다 각 상단에 소속된 무사들도 많고 숨어 지내는 무림고수들의 수가 많아 다른 지역에 비해 혼란은 덜한 편이었다.

악초림도 눈 막고 귀 닫고 사는 게 아니니 근래의 변화에 대한 보고를 받았다. 다른 사람들이 원인을 몰라 답답해하는 것과 달리 그는 단번에 알아냈다. 왕부로 거처를 옮긴 악초림은 보국왕 못지않은 호사를 누리고 있었다. 보국왕마저 꼭두각시로 삼아 무상의 권력을 행사하고 있던 차였다. 잘 꾸며진 정원을 거닐며 붉은 혈기가 감도는 하늘을 올려다보는 악초림의 검미가 꿈틀거렸다.

'둘 중 하나가 시작을 한 게로군. 아주 기발한 방식을 택했어.'

자신도 미처 생각하지 못한 방법으로 세상을 희롱하기 시작한 다른 대마령의 계책에 솔직히 감탄하고 있는 중이었다. 악초림은 사사로운 인연에 얽매여 있는 자신이 한심하다는 생각마저 했다.

'생각보다 인연이라는 것이, 인간의 정이라는 것이 질기고 강해.'

악초림은 나머지 두 대마령을 생각했다.

'어차피 셋 중 하나만 남게 되겠지. 어느 대마령이라도 둘을 상대할 순 없다. 누가 이기고 질지는 아무도 모른다. 가진 힘이 엇비슷하다고 봤을 때 과연 누가 결정적인 기회를 잡느냐에 승부가 갈린다.'

다들 비슷한 생각을 하고 있으리란 걸 악초림도 짐작하고 있었다. 현재 마교 총단에 증지산이 사라지고 없다는 소식쯤은 악초림도 알고 있는 일이었다. 그가 굳이 낙양을 떠나 합비로 온 이유가 있었다. 다른 대마령들도 한 번쯤은 합비에 관심을 가질 것이라 여겼다. 그렇다면 자신이 먼저 와서 이곳을 장악하고 있는 편이 낫겠다는 생각을 한 것이다. 현재 악초림은 낙양과 합비 두 곳에 정보망을 가동하고 있었다. 어느 쪽이든 반드시 걸릴 것이라 여기며 기다리고 있었다.

풀잎을 꺾어 입에 문 악초림은 정자에 가서 정좌하고 앉았다. 눈을 감고 선선한 날씨를 만끽하고 있는데 저 멀리에서부터 무서운 속도로 다가오는 사람이 하나 있었다. 그는 근처에 다다르자 정자 주변의 연못 수면 위에 멈췄다. 전신을 흑의와 흑립, 그리고 검은색 복면을 한 무사는 등 뒤에 두 자루 쌍검을 교차하여 매고 있었다.

"마령 일호 존귀하신 주군을 우러러 뵙습니다."

"무슨 일이냐?"

"낙양에서 첩보가 도착했습니다."

"낙양에서? 말해보라."

"대교주와 구마존이 낙양에서 만나 밀담을 나눴다고 합니다."

"흠, 결국 그렇게 뭉치려나 보군."

"대교주 측근에서 암약하고 있는 마령 사호가 서신을 보내 왔습니다."

마령 일호의 손을 떠난 첩지가 악초림의 손 안으로 빨려 들어갔다. 서찰을 펼쳐 읽어가던 악초림은 빙긋 웃었다.

"역시 대교주를 그대로 둔 건 잘한 결정이었어. 야심이 큰 사람인데다 어리석기까지 하니 내 계획에 써먹기엔 적임자로군."

서찰을 다 읽은 악초림은 마령 일호에게 시선을 주며 다음 관심사에 대해 물었다.

"합비에 대한 조사는 어떻게 되었지?"

"아직까지 별 소득이 없습니다. 밀종과 검계의 북파 고수들의 흔적은 그 어디에서도 발견되지 않고 있습니다. 의심 가는 지점마다 수하들을 배치했사오나 아직 특별한 단서를 잡지 못했습니다. 밀종의 고수로 보이는 자를 사로잡긴 했지만 문초해보기도 전에 자결하였습니다."

"그럼 설리도 어디 있는지 찾아내지 못했겠군."

"송구합니다."

악초림도 별로 큰 기대를 갖고 지시한 일은 아니었다. 밀종의 치밀함이야 예상했던 일이었다. 거기다 검계 북파의 고수들까지 합류했으면 마령단만으로 꼬리를 잡긴 힘들 것이다. 밀종과 검계의 연합이라면 만만치 않을 것이란 예상은 적중한 셈이었다.

악초림이 마음먹고 덤빈다면 그들의 본거지를 파악하는 일쯤 못할 것도 없었다. 자신이 직접 나선다면 방법은 얼마든지 있었다. 그런데도 서두르지 않는 이유는 조급하게 생각할 일이 아니란 생각 때문이었다. 무엇보다 고해 노완동과 설리란 존재는 아직까지 악초림에게 함부로 대하고 싶지 않은 사람들이었다. 그들을 존중해주는 마음이 없었다면 악초림은 진작 강수를 뒀을 것이다.

* * *

천산에서 시작된 괴사가 사천 청성산에도 영향을 미쳤다. 정도련의 무사들 사이에서도 한바탕 난리가 났다. 내공이 급격하게 증진된 사람들은 제 능력을 주변에 뽐내기 바빴고 내공 증진이 미미한 자들은 상대적 박탈감에 괴로워했다. 전력이 약화되었다 해도 여전히 지휘체계만은 확고했던 정도련이 초미의 사태를 겪으며 폭풍에 휩쓸린 조각배 마냥 어수선해졌다.

지도부는 조직체의 기강이 해이해질까 우려해 단속하는데 주력하고 있었다.

이번 괴사의 수혜자 중 한 사람인 호굉도 상승한 내공을 주변 지인들에게 자랑하느라 호들갑을 떨었다. 내공은 무한정 늘어나기 힘들었다. 이론적으로 내공은 항상 일정할 수 없었고 수련을 게을리 하지 않는 한 조금씩은 상승한다. 그러나 일정 지점에 도달하면 상승의 폭은 급격하게 줄어든다. 거기서 정체할지 벽을 허물고 도약할지 결정하는 건 축적한 내공의 정순함과 운기법이 좌우한다. 대다수 무림인들은 절정 고수의 벽을 끝내 허물지 못하고 정체되는데 한 번 상승이 중단되면 죽을 때까지 별다른 변화가 없는 예가 많았다.

내공 증진이 더뎌 상승의 무공을 익혀보고 싶은 열망이 사라졌던 호굉에게 갑자기 수갑자의 내공은 큰 축복이었다. 이리 들떠 있는 것도 무리는 아니었다.

"정말 꿈을 꾸는 것 같습니다. 불운의 상징처럼 불리던 제게도 이런 행운이 찾아올 줄 누가 알았겠습니까."

한당은 입이 귀에 걸려 내려올 줄 모르는 호굉을 보며 웃었다.

"그리 좋으냐?"

"좋다마다요. 말해 무엇 하겠습니까. 평생 요즘같이 신나고 행복했을 때가 또 있었나 싶습니다. 재물도 계집도 여기에 비하면 하잘것없는 것이지요."

방 안에는 지금 세 사람이 있었다. 한당과 호굉, 그리고 구적룡이었다. 호굉이 아까부터 신나서 떠들어대는 것과 달리 구적룡은 내내 말이 없었다. 그런 그가 신경이 쓰인 한당이 관심을 주었다.

"적룡, 너는 어찌 되었느냐?"

구적룡은 피식 웃고 말뿐 별다른 언급을 하지 않았다.

세 사람은 몇 년간 생사고락을 함께 해오며 형제 같은 사이가 되었다. 한당은 호굉에게도 구적룡에게도 대하기 어려운 사람이었다. 적어도 초반엔 그랬다. 지금은 허물없이 호형호제 하는 사이가 된 것은 세 사람 사이에 깊은 신뢰와 동지애가 생겨났기 때문이었다.

호굉은 한당이 이번 일로 얼마나 내공이 증진되었는지 궁금해졌다.

"형님은 어찌 되셨습니까?"

"나? 나도 이득을 보긴 봤지."

"얼마나요?"

"그게 그리 궁금하냐? 왜? 너보다 내력이 낮으면 눈 아래로 깔아보려고?"

"형님도 참 제가 어디 그럴 사람입니까?"

호굉은 겸연쩍었는지 실없는 웃음으로 대신했다. 그때

밖에서 휘륜과 옥불의 대화하는 소리가 들려왔고 이내 문이 열리며 두 사람의 모습이 보였다. 그러자 방 안에 있던 세 사람이 벌떡 몸을 일으켜 한쪽으로 물러서는 것이었다. 몸에 밴 너무도 자연스러운 습관이었다.

"다들 한 자리에 있었군."

옥불과 휘륜이 착석하고 나서야 세 사람도 앉았다. 옥불이 재차 입을 열어 세 사람을 찾아온 용건을 밝혔다.

"세 사람이 해줘야 할 일이 생겼네. 자네들도 알다시피 근래 태산에서 시작된 괴사가 전국에 영향을 미쳐 세상이 뒤집힐 정도로 난리가 났네. 본 정도련에도 적지 않은 파급 효과가 있다는 걸 다들 알걸세. 이는 긍정적인 면도 있지만 부정적인 작용도 만만치 않게 클 것으로 보여."

한당은 의문이 들었다.

"부정적인 면이 있습니까?"

"지도부 회의에서 나온 소식에 의하면 다들 쉬쉬하고 있지만 각 문파마다 크고 작은 분란을 겪고 있는가 보더군. 갑자기 내공이 늘어난 데다 신체의 기능 자체가 예전과 비할 바 없이 좋아진 덕분에 생긴 혼란이지. 무림은 무공의 고하에 따라 신분이 결정되어왔네. 정파는 비교적 사제간의 엄격한 법도와 전통을 존중해온 덕분에 덜한 편이긴 하지만 정도련에는 현재 전통적인 정파의 기준에서 벗어나 있는 정사지간의 세력들도 더러 포함되어 있는 실정이지. 기존의 질서에 반발하는 자들이 속출하고 있고 현재의 직위에 만족하지 못한 자들이 공공연히 불만을 토로하고 다니는 실정이야. 아직은 작은 흐름이지만 처음부터 차단하는 편이 좋겠지. 장차 선동에 휘둘린 자들이 동조할까 두려운 일이지. 심지어 전통의 정파 내에서도 사형제들 간에 심심치 않게 충돌이 있다 하니 이대로 두어선 안 될 것 같아."

듣고 보니 옥불의 견해는 지극히 타당해 보였다. 한 가지 의문인 점은 한당은 현재 통령인 무극검왕의 직속으로 배정돼 있었다. 그가 나서지 않고 굳이 련주인 옥불이 자신을 찾아온 게 의외였다.

"자네들 세 사람은 지금부터 비선 조직망을 총동원해 급격히 내공이 상승한 자가 누구인지 먼저 파악하고 그들이 혹 불만을 갖고 어떤 일을 획책하고 있는지 조사해 주게."

한당은 고개를 숙이며 대답했다.

"알겠습니다."

구적룡만 남고 한당과 호굉이 서둘러 밖으로 나갔다. 구적룡만 홀로 내실에 남은 것은 휘륜이 전음으로 남으라 했기 때문이었다. 의아해하는 구적룡에게 휘륜은 단도직입적으로 물었다.

"네게 분명 말 못할 절박한 사연이 있음이 틀림없구나.

대체 무슨 일이기에 내게까지 숨기는 것인지 모르겠다."

구적룡의 눈빛이 잠시 흔들렸지만 금방 안정을 되찾았다.

"그런 일 없습니다. 걱정을 끼쳤다면 죄송할 따름입니다."

탁자에 올려놓은 한 손을 휘륜이 힘주어 잡았다.

"정말 아무 일도 없느냐?"

구적룡은 휘륜의 눈을 똑바로 보면서 차마 거짓을 말할 용기가 나지 않았다. 말하면서 고개가 점점 아래로 내려갔다.

"제 걱정은 마십시오. 그럼 나가 보겠습니다."

구적룡이 나간 뒤에 휘륜은 단정 지어 말했다.

"확실히 뭔가 있군."

옥불도 같은 생각이었다.

"나도 그리 생각되긴 하는데 이상하지 않아? 적룡이 너와 내게 숨길 만한 일이 뭐가 있는지 나는 도통 모르겠다."

"짐작 가는 일이라도 없냐?"

"없어. 근래 특별한 일이라고 할 만한…… 하나 있긴 했지만 조사 결과 특이점을 찾지 못해 현재 중단한 상태고."

"무슨 일인데?"

"동방세가주 풍운룡 알지?"

"그가 왜?"

"마교에게 쫓겨 도망 다니는 와중에도 그는 한동안 모습을 보이지 않았다. 광증에 걸려 치료중이라는 소문이 파다했다. 그랬던 그가 얼마 전에 멀쩡한 모습으로 돌아와 그의 귀환을 축하하는 연회가 열렸지. 그 자리에서 동방천추는 좌중에 있던 사람들 전부를 기함하게 만들 무위를 뽐내더군. 나도 솔직히 많이 놀랐다. 실종되었던 사람이 갑자기 나타났는데 정도련 지도부의 그 누구보다 강해져서 돌아왔으니 다들 경악할 밖에."

휘륜이 긴장하며 집중하는 모습을 보며 옥불은 지금 휘륜이 자신과 같은 생각을 하고 있다는 걸 짐작했다.

"네가 지금 무슨 생각을 하고 있는지 나도 안다. 나 또한 그 점이 수상쩍어서 홍타 어르신께 부탁했지."

"그래서?"

"며칠 지켜본 홍타 어르신의 견해로는 아니라더군. 그래서 나도 의심을 거뒀지."

휘륜은 정확하게 현재 홍타가 숨어 있는 지점을 바라보며 말했다.

"경솔했군. 며칠 지켜본 걸로 너무 이르게 속단했다."

"그럼 넌 동방천추가 대마령이라는 게냐?"

"그리고 무엇보다 그자 안에 대마령이 있다면 홍타 어

르신의 접근도 눈치챘을 거야. 벌써 잊은 게냐? 연전에 홍타 어르신이 증지산에게 접근했다가 발각 당했었다는 사실을."

옥불도 그제야 잊고 있던 과거의 기억이 떠올랐다.

"네 얘기만 듣고도 십중팔구는 동방천추가 대마령에게 장악당한 걸로 보여. 그자가 지금도 여기에 있나?"

옥불은 당황하며 떠듬거렸다.

"근방에 있긴 있지. 어쩌려고?"

휘륜은 쉽게 결정을 못 내리고 심사숙고했다. 옥불은 타들어가는 가슴을 부여잡고 휘륜의 결정을 기다리고 있었다. 잠시 뒤 결정을 내린 휘륜이 드디어 입을 열었다.

"구적룡의 태도를 봐선 동방천추가 대마령이란 사실을 알고 있음이 틀림없다."

그때 조금 전까지 휘륜이 바라보고 있던 지점에서 홍타가 천천히 걸어 나왔다. 공간 한 부분이 북 찢어지는 듯 갈라지며 그 사이로 홍타가 나타났다.

"그자가 대마령이라고? 확신하느냐?"

"어르신의 몸을 잠시 살펴봐도 되겠습니까?"

홍타는 내키지 않았지만 휘륜의 요구를 거절하진 않았다. 휘륜은 홍타의 뒷목 가운데에 선명하게 찍힌 흑반을 발견해냈다. 흑반은 기름띠처럼 여러 겹으로 나뉘어져 있었는데 일부가 정수리까지 길게 이어져 있었다. 옥불은 홍타에게 그런 흑반이 있다는 사실을 처음 알았다.

"확실하군. 그놈은 어르신을 제압해 기억의 일부를 지우고 심지어 조작했다."

옥불이 손가락으로 흑반을 가리키며 물었다.

"이게 그 증거라고?"

"맞다. 무림에 존재하는 그 어떤 강력한 마공으로도 이 정도로 선명하고 큰 흑반을 만들 순 없다. 게다가 홍타 어르신은 그 일을 전혀 모르고 계시는 점이 그놈이 대마령이라는 확실한 증거다."

돌아선 홍타는 제 몸에 큰 흑반이 남겨져 있다는 사실을 도무지 믿기 힘들었다. 아무리 기억을 더듬어 봐도 그는 동방천추에게 제압당하기는커녕 발각된 적도 없었다. 며칠 지켜보다가 별 수상한 점을 발견하지 못해 옥불에게 돌아온 기억밖에 없었던 것이다.

"그럼 구적룡은 그자가 대마령인 걸 알면서도 왜 너와 내게 발설하지 않은 거지?"

"우리의 안위가 걱정됐기 때문이겠지. 협박을 받았을 거야."

"좋아. 그렇다고 치자. 그럼 동방천추 그놈은 홍타 어르신의 기억을 조작하면서 왜 구적룡에게는 그러지 않았지?"

옥불의 지적은 휘륜에게 새로운 추측을 제공했다.

"이제 알겠어."

휘륜이 회심의 미소를 짓고 있자 답답한 옥불이 다그쳤다.

"속이 타니깐 너만 알고 있지 말고 속 시원하게 말해봐라. 뭘 알겠다는 건지."

"이놈은 완전체를 못 이룬 대마령이다. 대마신체를 찾아 여기까지 왔겠지. 그런데 여기서도 대마신체를 찾지 못한 거야."

"그래서?"

"대마령은 대마신체가 없어도 존속할 순 있다. 대신 대마신체와 합일한 것에 힘이 미치지 못할 뿐이지. 숙주가 동의하지 않아도 강제로 몸을 취할 순 있지만 그럴 경우 그 몸은 오래 버티지 못한다. 동방천추는 대마령의 제안을 거절한 게야. 그래서 지금 이놈은 새로운 숙주가 될 신체가 필요했고 찾아낸 것이 구적룡이다. 지금 구적룡이 무사한 건 스스로 대마령을 받아들이길 기다리는 것이고."

"그럼 지금이 공격할 최적기일 수도 있겠네."

"그렇긴 하지만 위험부담도 커. 만약 그놈이 눈치라도 채는 날에는 근방에 있는 사람들이 떼 몰살을 당할 수도 있다."

"그 정도로 막강하냐?"

"단지 짐작일 뿐이지만 아마도……."

"그럼 어쩌지?"

"먼 곳으로 유인해야지. 좋은 방법이 없을까?"

이번엔 옥불이 고민에 잠겼다. 잠시 뒤, 옥불은 머리를 쥐어짠 결과물을 내놓았다.

"마교 총단에서 각 지역의 전력을 총 소집한 후 대개의 마전은 비어 있다. 마전의 주력 대부분이 총단의 소집령에 응해 악양으로 떠났지만 한 성에 한 곳만은 남겨 두었지. 현재 사천성에는 서창마전만이 유일하게 주력을 보존하고 있고 인근의 마전 잔여병력까지 거기로 집결한 상태다. 그렇지 않아도 조속한 시일 내에 서창마전에 대한 공격이 계획돼 있었다. 그 일을 동방천추에게 맡겨보는 게 어떨까? 그는 지금 공을 세우고 싶어 안달이 나 있는 것 같았는데. 어떨까? 그가 순순히 넘어 올까?"

"으음. 특별히 의심을 가질만한 상황은 아니니 어쩌면 가능할 지도."

"구적룡은 어쩌지? 지금이라도 불러서 알려주는 편이……."

"아예 이 자리에서 결판낼 게 아니라면 그건 오히려 안 좋은 선택이다. 눈치라도 채는 날엔 수포로 돌아갈 수도 있어. 차라리 모르고 있는 편이 낫다."

두 사람은 머리를 맞대고 구체적인 작전을 다시 점검했

다. 대마령 하나를 제거할 수 있는 절호의 기회가 왔으니 허술하게 준비할 순 없었다.

정도련의 정기적인 지도부 회의에서 여러 안건이 논의되고 있었다. 최근 복구 중인 정보망에 대한 대책과 진행 과정에 대한 보고가 막 끝났을 때였다. 소림사 방장인 천수대사가 새로운 안건을 내놓았다.

"근래의 괴사가 본련에도 지대한 영향을 미치고 있습니다. 일각에서 조직 개편을 새롭게 하자는 주장마저 나오고 있다는데 이에 대해 어찌 생각하십니까?"

칠기의 수장격인 벽사신군이 즉각 비난하고 나섰다. 마교의 격전에 부상을 당해 외팔이가 된 벽사신군의 질끈 묶어놓은 옷자락이 유독 서글퍼 보였다.

"정파의 전통을 깡그리 무시하는 행태라고 보오. 여기가 잡배들이 모인 곳이라면 응당 힘 센 놈이 윗자리를 차지하는 것이 맞겠지만 엄연히 정파의 연합체인 정도련이 아니오? 이런 말들이 나오는 것 자체가 창피한 일이오."

무극검왕 역시 그 말에 동조했다.

"저 또한 같은 생각입니다. 불만을 토로하는 사람들이 주로 직책이 낮은 사람들일 터인데 이는 각 문파의 수장들 선에서 얼마든지 진정시킬 수 있는 문제입니다. 정도련의 직제는 련주님과 장로분들의 엄격하고 공정한 논의를 거쳐 결정된 것입니다. 무공의 고하를 떠나 각 문파의 결속과 단합을 위해 적절하게 분배한 부분도 무시해선 안 됩니다. 만약 작은 불만을 받아들여 직제를 개편한다면 그로 인해 더 큰 분란이 생길 것입니다."

"맞습니다. 정파엔 무공의 고하 이전에 배분이 중요하지 않습니까? 또한 존장에 대한 예를 가르치고 따르는 미덕도 중요합니다. 이를 깡그리 무시하고 사파들처럼 무공 하나만으로 기준을 삼는 일은 철저히 지양하고 경계해야 할 일입니다."

회의에 참석한 대다수는 현재의 직제를 유지하자는 주장에 손을 들어주고 있었다. 그렇지만 반대쪽 의견도 만만찮았다. 대표적인 사람이 동방세가의 가주 동방천추였다. 그는 벌떡 일어나 좌중을 한 차례 쓸어보고는 인간미가 안 느껴질 정도로 냉정한 어조로 말을 이어갔다.

"언제까지 그놈의 전통 운운하면서 비효율적인 악습을 지지하고 두둔할 것입니까? 아랫사람이 더 뛰어나다면 자리를 물려주는 것은 당연한 일이고 제자가 스승보다 더 뛰어나다면 중책을 맡기는 것도 자연스러운 일입니다. 연배와 직책을 떠나 능력 있는 사람을 중용하자는 주장이 어찌 비난 받아야 할 일이냐는 겁니다. 무사가 강한 힘을 원하고 강자를 숭앙하는 것은 본능입니다. 무림사를 관통하고 있는 철혈의 법이 어찌 이 시대에만 외면 받아야 할 것이며 이를 부정하고서 어찌 마교를 일망타진하고 정도를 바로 세울 것입니까. 이제 우리도 바뀌어야 합니다. 구태와 악습을 과감하게 철폐하고 능력 있고 뛰어난 인재들을 앞세워 새로운 세상을 열 때입니다. 이번 괴사로 인해 본련 내부에서도 특출하게 두각을 보이는 인재들이 여럿 등장했다 들었습니다. 과연 그들이 여기 계신 분들보다 못할 것이라 어느 누가 장담하겠습니까? 여러분들은 그게 겁이 나서 전통 운운하며 순리를 역행하겠다는 것 아닙니까?"

뼈아픈 일침이었지만 수긍하는 사람은 많지 않았다. 그가 한 말처럼 이 자리에 있는 지도부를 위협할 만한 신진 강자는 극소수에 불과했고 그들은 오히려 현재의 직제에 대한 불만이 없는 편이었다. 어중간하게 강해진 사람들이 현재의 직제를 개편하자고 나섰다.

동방천추의 말은 거기서 끝난 게 아니었다.

"애초에 정도련의 태동이 사파를 대비하기 위함이었고 지금은 형편이 예전보다 좋지 않습니다. 그리고 통령의 직위만 해도 당시 비무를 거쳐 결정하지 않았습니까? 지금 다시 하자고 한들 그게 무어 그리 잘못입니까? 물론 지금은 마교와의 생사대전을 코앞에 두고 내부를 단속하고 결속력을 다져야 할 때이지만 내부적으로 불만이 나온다면 거기엔 반드시 그럴만한 이유가 있는 것인데 무턱대고 막기만 해서 단합이 되겠는지 의문입니다. 능력 있는 사람이 중책을 맡길 희망한다면 능력에 걸맞은 직위를 주고 합당한 책임을 지우면 됩니다. 그게 가장 현명한 처사인 것 같습니다."

동방천추의 강한 어조에 일부 인사들이 동조를 하는지 고개를 끄덕이고 있었다. 그렇지만 대다수의 사람들은 동방천추의 견해는 둘째고 그 자체가 마땅치 않은지 시선이 삐딱했다. 회의는 꽤 긴 시간동안 계속 되었다.

정도련 지도부를 이끄는 사람은 옥불과 무극검왕이었다. 지도부 전체의 의견을 경청하되 다수의 지지를 받는 쪽으로 결정했다. 결정은 어디까지나 련주의 몫이었고 그가 한 번 결정내리면 불만이 있어도 따르는 편이었다. 오늘도 여러 시급한 안건들을 두고 논쟁은 뜨거웠지만 옥불은 너무도 간단하게 정리해가고 있었다. 서둘러 회의를 종료한 옥불은 사람들이 빠져나가고 텅 빈 회의장에서 한 사람과 독대하고 있었다. 옥불과 뜻하지 않은 독대를 하게 된 사람은 바로 다름 아닌 동방세가의 현임 가주인 동방천추였다.

"제게 특별히 하실 말씀이라도 있으십니까?"

궁금해 하는 동방천추에게 옥불은 우선 축하의 인사를 잊지 않았다.

"동방세가에 신흥강자들이 대거 등장해 다른 문파의

부러움을 사고 있다 들었습니다. 축하드립니다."

"감사합니다."

뭔가 특별한 얘기가 나올 줄 기대했던 동방천추는 예상이 빗나가서인지 맥이 풀린 얼굴로 형식적으로 대답했다. 그런 동방천추의 얼굴에서 시선을 떼지 않은 옥불은 상체를 앞으로 살짝 숙이며 한층 진지해진 표정으로 입을 열었다.

"실은 가주께 부탁할 일이 있습니다."

동방천추는 이제야 본론이 나오는구나 싶어 귀를 활짝 열고 집중했다.

"본인은 장차 마교와의 대전에서 가주님 같은 분이 선봉을 서야 한다고 생각합니다. 지금까지 그 역할은 검왕 분들이 해주셨지만 이제 시대가 달라졌습니다. 마교의 거대한 힘에 맞서 움츠려들지 않고 적진의 예봉을 꺾어줄 적임자로 가주만한 분이 없는 듯합니다."

옥불의 칭찬은 동방천추의 어깨를 으쓱하게 만들었다.

"하하. 지당하신 말씀이십니다. 련주님의 혜안은 참으로 놀랍군요. 사실 본련의 지도부 인사들 중 마교의 주력에 맞서 물러서지 않을 사람이 저 말고 또 누가 있겠습니까."

옥불이 미처 예상하지 못한 답변이 동방천추의 입에서 흘러나오자 내심으로 당황했다.

붉은 하늘, 그리고 대마령 213

'대마령이라 해서 다소 긴장했거늘 생각과 달리 단순하지 않은가. 아니면 이 또한 자신의 진면목을 감추기 위한 수작인가.'

"그렇지만 저와 달리 지도부 인사들의 대부분은 가주를 탐탁지 않게 여기고 있습니다. 동방세가의 위치가 예전 같지 않은데다 지난번 발휘했던 무위가 너무 출중하고 고강한지라 시샘을 받고 있다 할 수 있지요."

"졸장부들의 속 좁은 평가 따위는 안중에 두지 않습니다. 또한 저들이 저를 견제한답시고 사사건건 딴죽을 거는 것 역시 별로 개의치 않습니다. 결국엔 거센 비바람에 쓸려나갈 모래성에 불과한 불쌍한 인생인 것을요. 강자 앞에 무릎을 꿇는 것은 약자의 숙명이지 않습니까? 하하하하."

동방천추는 유쾌해하고 있었다. 이쯤 되니 그가 지금 하고 있는 말들이 가식이 아닌 진심일지도 모르겠다는 생각이 들었다. 그가 말한 '약자' 중에 자신 또한 포함되어 있음을 옥불이 모를 리 없었.

"그래서 말인데 가주에 대한 지도부의 불신을 씻고 나아가서 정도련 전체에 가주의 능력과 힘을 깊이 각인시킬 방도를 생각해 보았습니다. 사천성에 유일하게 남아있는 서창마전에 대한 공격을 가주께 일임할 생각입니다. 맡아주시겠습니까?"

동방천추의 눈이 반짝였다.

"그러니깐 서창마전의 마졸들을 일거에 격퇴시켜 지도부 인사들의 간담을 서늘케 하란 말씀이시군요."

"맞습니다."

"흥미롭군요. 우선 승낙하겠습니다. 그런데 한 가지 궁금한 게 있습니다."

"무엇이든 말씀해 보십시오."

"련주님은 왜 제게 이처럼 유별난 관심을 기울이시는지요? 그리고 제 위치가 두드러지고 강력해질수록 결과적으로 련주님을 위협할 텐데 굳이 제 길을 열어주려는 의도가 궁금해집니다."

속으로 뜨끔했지만 옥불은 겉으로 부드럽게 웃음을 짓고 있었다.

"저는 원래부터 정도련의 련주 직위를 마다했던 사람입니다. 등 떠밀려 이 자리를 책임지긴 했지만 적임자가 있다면 언제든 물려주고 백의종군하고 싶습니다. 어딘가에 구속되고 얽매이는 걸 체질적으로 싫어하는 제가 지금까지 버텨온 게 용한 일이지요."

"아, 그러셨습니까? 그럼 련주께선 저를 후임자로 여기신다는 뜻이군요. 그리 받아들여도 되겠습니까?"

옥불은 조금도 동요하지 않고 여전히 태연한 신색으로 맞장구치고 있었다.

"제 내심은 그렇지만 지도부의 마음을 돌리는 건 어디까지나 가주의 역량에 달려 있습니다. 그래서 이번 서창 마전의 일이 매우 중요합니다."

"좋습니다. 시원하게 부숴 드리지요."

"감사합니다. 이처럼 흔쾌히 승낙해 주시니 한결 마음이 놓입니다. 필요한 전력은 얼마든지 요청하십시오."

"아닙니다. 마교 총단을 괴멸시키는 일도 아니고 그깟 마전 하나 쓸어버리는 일에 호들갑을 떨 필요는 없지요. 그래도 제 활약상을 보고 소문내줄 사람이 있어야 하니 몇 사람만 대동하고 가지요."

동방천추가 별 의심 없이 제 뜻대로 따라주자 옥불은 연유도 모른 채 불안해졌다.

제8장
휘륜, 대마령과 마주치다

 동방천추는 제가 한 말처럼 다섯 명의 선발 인원에 지도부 인사 둘만을 추가해서 서창마전으로 떠나겠다고 했다. 그가 지목한 사람은 정파의 존경받는 존장이자 소림사의 방장스님인 천수대사와 세가 동맹의 한 축을 담당했던 헌원세가주 헌원종이었다.

 헌원세가는 전임 동방세가주였던 동방현리의 충복을 자처했던 사람이었다. 그랬던 그가 동방현리의 몰락과 함께 가장 두드러지게 동방세가를 핍박했다는 사실은 모르는 사람이 없었다. 하필이면 동방천추가 그를 지목해 함께 가겠다고 한 건 나름대로 의미를 부여할 만한 일이었다.

 문제는 헌원종의 반응이었다. 서창마전은 기존의 마전

들 중에서도 가장 강력한 축에 속했다. 게다가 마전의 주력들이 마교 총단으로 떠난 이후 인근의 마전들 잔여병력까지 합류해 무시 못 할 인원이 모여 있었다. 그를 결정적으로 불안하게 한 요소는 바로 그 인원이었다. 근래의 괴사로 인한 무사들의 내공 상승은 그들이라고 예외가 아닐 것이기 때문이다. 그중에 어떤 강자가 있을지 모르는데 고작 여덟 명의 인원으로 쳐부수겠다고 호언장담하는 동방천추를 무작정 따를 수는 없었던 것이다. 그렇지만 이는 정도련의 련주가 직접 하달한 명령이었다. 불만을 가질지언정 거부할 수 없는 명령 앞에 헌원종은 제게 내려진 가혹한 운명을 받아들일 수밖에 없었다.

서창마전이 내려다보이는 산 중턱에 여덟 명이 모습을 드러낸 시각은 자시쯤 되었을 때였다. 마전의 구조가 훤히 파악되는 바위 위에 팔짱을 끼고 서 있는 사람은 하늘 아래 자신 외에는 안중에도 두지 않는 동방천추였다.

서창마전의 전각 주변은 헤아릴 수 없이 많은 등불들이 걸려 있었고 경비서는 무사들 손에도 횃불이나 등불이 들려 있어 어두운 밤인데도 구석구석이 다 보일 정도였다.

불안감을 감추지 못하고 초조해진 헌원세가주가 동방천추의 등 뒤에 대고 소리를 낮춰 나직하게 소곤거렸다.

"정말 이대로 무작정 쳐들어 갈 겁니까?"

"이미 말했지 않소? 왜 두렵소?"

"저기 몇 명이나 있는 줄 아시오?"

"마졸들 몇 백 명 정도를 두려워하다니 헌원세가주답지 않구려."

"이건 미친 짓이오. 다시 돌아가서 전력을 이끌고 옵시다. 나는 당신의 객기로 목숨을 잃고 싶지 않소이다."

그때까지 서창마전을 내려다보고 있던 동방천추가 처음으로 돌아섰다. 헌원세가주를 노려보고 있는 동방천추의 눈이 야심한 밤임에도 불구하고 화등잔처럼 빛나는 것 같았다.

"헌원종, 당신이 권모술수에 능하고 사정과 형편에 따라 배반하길 밥 먹듯이 한다는 사실은 익히 알고 있었지만 오늘 보니 겁쟁이기도 했구려."

"뭐, 뭐요?"

"걱정하지 마시오. 당신더러 손에 피를 묻히라고 하지 않을 테니. 당신은 그저 내 뒤를 졸졸 따라다니기만 해도 되오. 그리고 똑똑히 봐두시오. 나 동방천추가 어떤 사람인지를. 똑똑한 사람이니 앞으로 어찌 처신하는 편이 이로울지 가르쳐주지 않아도 잘 알겠지."

한쪽에 있는 듯 없는 듯 고요하게 서 있던 천수대사는 동방천추의 눈빛에 감돌고 있는 광기를 발견하고 내심 염불을 외었다.

동방천추가 두 사람을 대동한 이유는 명백했다. 그가 옥불 앞에서 한 말처럼 자신의 활약상을 증언해줄 사람으로 두 사람을 택한 것이었다. 동방천추의 시선이 이번에는 천수대사와 헌원세가주 뒤 서너 걸음 떨어져 있는 다섯 명을 향했다.

"너희들은 여기 두 분을 보호해라. 알겠느냐?"

"네."

고개를 숙여 보이며 대답하는 다섯 중에는 구적룡도 포함돼 있었다. 헌원세가주는 동방천추의 소행이 괘씸했다. 그가 선발한 다섯 명이 절정에도 도달하지 못한 하급무사들임을 잘 알고 있는데 그런 자들에게 천수대사와 자신을 보호하라고 하는 말이 조롱으로 들렸다.

한편 그 광경을 멀리서 주시하고 있는 사람이 있었다. 동방천추 일행을 정도련에서부터 은밀하게 미행해온 휘륜이었다. 휘륜은 아직까지 동방천추가 대마령이란 확신을 가진 건 아니었다. 다만 그리 추정할 따름이었다. 그 때문에 대마령의 능력을 감안해 일정 범위 안으로는 간격을 좁히지 않으려고 주의하고 있는 중이었다.

완전체를 이룬 대마령은 숙주와 운명을 함께한다. 한 번 합일한 이상 다시 분리할 순 없다. 증지산을 예로 들면 그를 죽이면 대마령도 함께 소멸한다. 휘륜이 사전에 습득한 한정된 정보로도 그건 확실했다. 문제는 대마신체를 아직 확보하지 못한 대마령이었다. 인간의 몸과 합쳐져 있을 때 죽이면 그 역시 소멸되는 건 동일하지만 언제든 숙주를 변경할 수 있다는 점 때문에 성가셨다.

사실 대마령들이 대마신체를 포기하고 여러 숙주를 옮겨 다니기로 작정한다면 휘륜은 그보다 더 괴로운 일이 없었다. 불행 중 다행이라면 대마령이 대마신체에 안착하길 원하는 건 본능에 가깝다는 사실이었다. 대마신체에 안착하고 완전체를 이뤄야만 본신에 근접한 능력을 발휘할 수 있기 때문이었다.

멀리서 동방천추를 주시하고 있는 휘륜은 이런 이유들 때문에 신중에 신중을 기하고 있었다. 가장 완벽하고 확실한 순간을 노려 단번에 제거해야 뒤탈이 없었다.

동방천추의 신형이 하늘을 가르는 야조처럼 날아오르는 광경을 휘륜은 놓치지 않았다.

'시작하려나 보군. 대마령의 능력을 대강이나마 짐작할 수 있겠어.'

휘륜도 동방천추의 움직임에 맞춰 간격을 유지한 채 따라붙었다.

동방천추는 작정을 한 탓인지 처음부터 경천동지할 막대한 힘을 쏟아 부었다. 가볍게 손을 저었을 따름인데 대문이 통째로 박살 났다. 그 여파에 휩쓸린 탓인지 일부의 전각들마저 차례로 모래성처럼 무너져 내렸다.

야심한 밤에 갑작스런 천재지변을 겪은 마전의 졸개들은 혼비백산해 밖으로 뛰어나왔다. 마전의 구조상 정 가운데 지점으로 짐작되는 곳에 동방천추의 신형이 살포시 내려앉았고 그는 자신을 발견하고 달려드는 마졸들을 향해 무자비한 살수를 썼다. 그것은 사납고 광포한 바람이었다. 사방을 향해 쏟아낸 거력에 휩쓸린 것은 사람이든 쇠와 돌이든 여지없이 찢기고 해체되었다. 비명 소리조차 지르지 못하고 허무하게 사라져가는 인간의 형체를 두고 어찌 이것을 살인이라 가벼이 정의할 수 있겠는가.

"푸하하하하. 연약한 인간들이여, 모조리, 모조리 찢어발겨 주마."

대마령이 폭주한 것일까? 그동안 억눌러 두었던 마성이 이 순간에 천지사방으로 무서운 기세로 뿜어져 나오고 있었다. 멀리서 이 광경을 지켜보고 있는 이들은 그저 동방천추의 주위로 두터운 막이 펼쳐진 것 같은 착각을 일으켰을 따름이었다. 그걸 보고 마성의 폭주로 여긴 사람은 단 하나도 없었다.

한 가지 중요한 사실은 상상치 못할 끔찍한 참상을 목도한 사람들은 누구 할 것 없이 두려움을 떨쳐내지 못했다. 인간의 손속이 아니었다. 천수대사는 연신 불호를 외며 두 눈을 질끈 감아버렸고 헌원세가주는 소름이 끼쳤는지 전신을 떨어대고 있었다.

서창마전에서 가장 큰 마전 하나마저 가루가 되어 사라지는 순간 거기엔 더 이상 파괴할 물건도 죽여야 할 생명체도 남아 있지 않았다.

결정적인 시기를 저울질하고 있던 휘륜도 동방천추의 무자비한 살육의 현장에 눈살을 찌푸렸다. 대마령의 능력을 초견한 인상은 예상 범위 안에 있다는 정도였다. 직접 부딪힌다면 다를지 모르지만 꺼려지는 마음은 전혀 들지 않았다.

서창마전을 아예 흔적도 없이 지워버린 동방천추는 폭주한 마성을 억누르지 않은 채 천지를 함몰시킬 만한 광소를 터트리고 있었다. 멈출 것 같지 않던 웃음소리가 멈춘 것은 폐허가 된 자리에 나타난 한 사람을 발견하고 나서였다.

동방천추의 전신이 그 순간 딱딱한 돌처럼 경직되었다. 너무도 놀란 탓이었다. 심장이 입 밖으로 튀어나오지 않은 것이 다행일 정도로 동방천추는 기겁했다.

대마신체였던 태공악을 제 눈앞에서 빼내간 철천지원수로 기억하고 있는 사람이 바로 휘륜이었다. 숙주인 동방천추의 기억을 빌어 그가 무림에서 도제로 명성을 날렸다는 사실을 알게 되었다. 그렇지만 자신을 가둬두고 있던 금마궁을 빠져나오면서 그에 대한 기억은 지워버렸다. 그가 인간으로서 도저히 성공 불가능한 도전을 시도했다는 사실을 알게 되었기 때문이었다. 그런데 현실에서 다시는 마주쳐선 안 되는 사람이 눈앞에 나타났으니 동방천추가 이처럼 놀란 것도 무리는 아니었다. 동방천추의 두뇌는 이 순간 빠른 속도로 회전했다.

'설마 지령신녀의 도박이 성공했단 말인가? 인간이 원영신을 완성하는 것이 가능한 일이었나? 아니다. 속단하긴 이르지. 어쩌면 중도에 포기하고 생명을 건졌을 가능성도 있지 않은가.'

언제 놀랐던가 싶게 빠르게 안정을 되찾은 동방천추는 자신을 노려보고 있는 휘륜을 보며 치하를 했다.

"여어 이게 누군가? 원영신을 완성하겠다고 덤벼든 불세출의 영웅이 아니신가. 네가 살아 돌아올 줄은 몰랐군. 원영신을 완성하지도 못한 몸으로 내 앞에 나타나다니 간이 배 밖으로 나온 놈일세."

동방천추가 지껄여댄 말은 휘륜에게 무척 중요한 의미를 내포하고 있었다. 동방천추가 대마령의 숙주라는 확증을 내려준 말이었다. 더군다나 다름 아닌 태공악을 자신에게 빼앗겨 광분하던 그 대마령이 확실했다. 더 이상의 확인 절차는 필요 없었다. 그리고 대마령인 것이 확실해진 이상 그를 이 자리에서 처단해야 한다는 사실은 너무도 확고했다.

'이놈이 내게 대마신체를 빼앗긴 바로 그녀석이구나. 천운이 내게 있다는 소리로군.'

"대마신체를 빼앗긴 분풀이를 해야겠지? 자 덤벼봐라.

너를 영원히 소멸시켜 주마."

너무도 당당한 휘륜의 태도에 동방천추는 비웃음을 날렸다.

"설마했는데 원영신을 완성했나보군. 그렇다 해도 그것만으로 날 이기겠다는 건 어불성설이지. 모든 마령 중에 가장 우월한 대마령이라 불린다는 의미가 어떤 것인지 네가 감히 짐작이나 하랴. 용기는 가상하다만 내 앞에 나타난 것은 어리석었다."

휘륜이 별 말 없이 노려보고만 있자 동방천추는 재차 이죽거렸다.

"왜? 네가 나타나면 설마 무서워 도주하리라 여겼더냐? 그 실망한 표정을 보니 사실인가 본데. 지령신녀에게 무슨 소리를 들었는지 모르지만 넌 속은 거야. 현세에서 나를 곤란하게 만들 존재는 아무것도 없다. 설사 천신과 마왕이 인간의 몸을 빌려 내 앞에 선다 해도 승리를 장담하지 못한다. 그것이 천신과 마왕들도 어쩌지 못하는 순리지."

동방천추가 한 발씩 앞으로 다가올수록 휘륜의 긴장감은 커져갔다. 그가 지껄여대는 소리가 사실인지 아닌지는 이 순간 별로 중요한 게 아니었다. 검황으로 키워지고 직무를 수행하며 처단했던 적들 앞에 섰을 때처럼 휘륜은 단순한 승부에 집중하고 있었다.

손끝에서 발끝까지 전신의 모든 근육과 신경은 잠시 뒤

다가올 폭발적인 순간을 대비하며 극도로 긴장상태를 유지하고 있었다. 그러자 휘륜이 의도하지 않았음에도 주변의 대기가 갑작스럽게 소용돌이치기 시작했다. 대담하게 다가서던 동방천추의 걸음이 처음으로 멈췄다. 그의 눈은 주변의 심상치 않은 공기의 흐름을 읽고 있었다. 멈췄던 걸음을 내딛지 않고 지켜보고만 있는 동방천추 대신 이번에는 휘륜이 움직였다. 두 사람의 거리는 십여 장쯤 되었다.

인간이 십여 장의 거리를 이동할 수 있는 최단시간은 과연 얼마나 될까? 그 답을 알고 싶다면 지금 휘륜의 움직임을 보면 된다. 번개가 아무리 빠르다 한들 이보다 더 빠를까 싶을 정도의 속도였다. 눈을 감았다 뜨기도 전에 휘륜의 신형은 어느새 동방천추의 전면에 도달해 있었다. 동방천추는 그 순간을 기다린 사람처럼 당황하지 않고 육장을 내밀었다. 두 사람의 손바닥이 부딪혔다.

쾅앙!

천둥치는 소리와 함께 거대한 섬광이 두 사람 사이에서 터졌다. 뒤이어 어마어마한 압력이 주변 일대를 휩쓸었다. 무너진 건물의 잔재와 흙덩이들이 압력에 휩쓸리면서 무서운 속도로 사방을 향해 쏘아졌다. 거기에 맞기라도 하는 날엔 범인들은 뼈가 부서지고 살이 터져 절명할 게 분명했다.

첫 번째 부딪힘은 서로의 힘을 짐작하는 수준에 불과했

다. 휘륜과 동방천추는 거의 비슷하게 물러서 있었는데 엄밀하게 말한다면 대마령인 동방천추가 한 걸음쯤 더 뒤로 밀려나 있었다. 상대의 힘이 예상보다 더 강하다는 사실을 대마령은 순수하게 받아들이지 못했다. 단지 자신이 전력을 다하지 않았기 때문이라 위안 삼았다. 어쨌든 눈앞에 드러난 결과는 동방천추를 분노케 만들었다.

"겁을 상실할 만했군. 좋아. 이 정도는 되어야 내 앞에 설 자격이 있겠지. 머리부터 발끝까지 잘게 부셔주마. 쉽게 죽지도 못하도록 고통에 시달리다 죽여 달라고 애원하도록 만들어 주겠다."

말하는 와중에 동방천추의 분노는 점차 상승하고 있었고 마지막 순간에는 마성이 폭주했는지 신색이 흉측하게 변했다. 양손과 발뿐만 아니라 몸 전체에서 성질을 파악하기 힘든 검은 빛 기운이 휘몰아쳤다.

방금 격돌에 동방천추가 전력을 다하지 않은 것처럼 휘륜 역시 마찬가지였다. 그 역시 처음 격돌하는 대마령에 대해 호기심이 있었다. 점차 힘을 증폭시켜가며 대마령이 가진 힘을 끌어내 시험해보고 싶었다. 이는 어차피 격돌해야 할 대마령의 완전체를 대비하고자 함이었다. 대마령의 폭주를 지켜보며 휘륜은 크게 심호흡을 했다.

'이 정도면 예상 범위를 크게 벗어나지 않는 수준이다. 전력을 다 기울지 않고도 상대할 정도다. 만약 이 상태로

이놈을 제압할 수 있다면 완전체도 거뜬히 상대할 수 있을 것이다.'

그때 휘륜의 뇌리를 스쳐 가는 한 가지 생각이 있었다. 그건 바로 마왕들에게서 건네받은 마왕의 불타는 심장에 관한 것이었다. 그것을 자신이 삼킨 건 분명한데 그것이 제 몸 안에 어떤 식으로 존재하는지, 어떻게 발동하며 위력을 발휘하는지 아는 바가 없었다.

오랜만의 격전이었다. 휘륜은 흥분을 억누르며 진정하려 애썼지만 본능적으로 전투를 즐기는 기질만은 어쩔 도리가 없었다.

동방천추의 파상공격이 시작되었다. 마성이 폭주한 대마령의 공격은 이전과 비할 바 없이 강맹했다. 그의 몸 전체는 그 어떤 명검 보도보다도 날카로웠고 그의 손에서 뿜어져 나오는 진력은 여태 휘륜이 겪어본 적 없는 미증유의 거력을 담고 있었다. 멀리서 그 광경을 지켜보고 있던 헌원세가주는 넋이 나갔다.

"미, 믿을 수 없다. 어찌 저걸 두고 사람의 힘이라 하겠는가. 대사님, 어찌 생각하십니까?"

천수대사 역시 별반 다르지 않았다. 충격을 받은 건 그 역시 더하면 더했지 결코 덜하지 않았다.

"빈승 역시 놀랍기만 하오. 공전절후의 대격돌이라 할 만하오. 일수에 태산을 허물고 일보에 대해를 가르는 광경을 직접 보게 될 줄은 몰랐소."

그런데 처음 휘륜이 나타났을 때부터 천수대사는 왜 두 사람이 서로를 대적하는지 의문을 품고 있었다. 휘륜의 얼굴을 헌원세가주도 그제야 알아본 모양이다.

"동방세가주와 싸우고 있는 사람이 혹 실종된 도제 아닙니까?"

까마득하게 먼 곳이라 확실하진 않지만 그와 무척 닮았다고 여겼다. 천수대사 역시 휘륜을 알아보았다. 이번 사안은 옥불이 지휘부에도 알리지 않고 비밀을 엄수했기 때문에 천수대사 역시 상황이 파악되지 않는 건 마찬가지였다. 그렇지만 지금 동방천추가 펼치는 무공이 왠지 모르게 마공이란 인상은 지우지 못했다.

천수대사와 헌원세가주도 놀랐지만 누구보다 가장 놀란 건 역시 구적룡이었다.

휘륜이 나타난 순간 구적룡은 심장이 덜컹 내려앉는 기분이었다. 하마터면 대마령이 있는 곳으로 몸을 날릴 뻔했다. 그런데 막 격전이 시작되고부터 구적룡은 움찔하던 몸이 얼어붙었다. 휘륜이 강한 건 알고 있었지만 대마령을 상대로 호각지세를 보일 줄은 상상조차 해보지 못했다. 일말의 가능성이라도 있었다면 휘륜을 만났을 때 사실을 고하고 도움을 청했을 것이다. 자신이 얼마나 어리석은 짓을 했는지 지금 이 순간 절실히 깨닫고 있는 중이었다. 구적룡의 눈에 비치는 휘륜의 모습은 그야말로 천신이나 다름없었다. 구적룡이 눈시울을 붉히는 것도 무리는 아니었다.

구적룡의 바람처럼 휘륜은 폭주하는 대마령을 능숙하게 다루고 있었다. 대마령은 지금 본신의 힘을 사용할 뿐 동방천추의 무공을 응용하진 못했다. 너무 흥분한 탓이었다. 그 때문에 오히려 공격 수법은 단순하기 그지없었다. 비할 바 없이 강력한 힘도 상대를 적중시키지 못하면 아무짝에도 쓸모없어진다. 휘륜의 몸놀림은 동방천추의 수준을 훨씬 상회하고 있었다. 검황은 기본적으로 무공의 종류와 상관없이 무리(武理) 자체에 해박하고 정통하게 된다. 어떤 무공이든 한 번만 보면 핵심을 꿰뚫고 정수를 파악해 낼 수 있었던 것도 타고난 체질로 인한 검황의 특징 때문이었다. 거기다 원영신을 완성하면서 얻게 된 능력치는 휘륜을 괴물로 만들어 놓았다 해도 과언이 아니었다.

동방천추는 시간이 지날수록 허둥대고 있었다. 금방 제압할 수 있으리라 여겼던 자신감은 자취를 감추고 내심 초조감에 시달리고 있었다. 그럴수록 더 손발이 어지러워지고 헛손질을 하는 횟수가 늘어나고 있었다. 거기다 결정적으로 휘륜이 정면 격돌을 피하며 주변을 빙글빙글 돌며 약을 올리자 대마령은 냉정함을 잃어버렸다.

"이놈! 끝까지 추잡하게 피하기만 할 것이냐? 원영신을 이뤘다는 놈이 고작 이 정도였더란 말이냐!"

고래고래 고함을 치는 대마령이 휘륜은 우습기 짝이 없었다. 한편으로는 자신이 대마령을 너무 높게 본 것이 아닌가 싶었다. 하지만 휘륜은 끝까지 평정심을 잃지 않았다. 휘륜의 오른손이 허점을 보인 동방천추의 등짝을 후려쳤다. 싸움이 시작된 후 처음으로 적에게 타격을 받은 동방천추는 꼴사납게 바닥을 나뒹굴었다.

벌떡 일어선 동방천추는 멀찍이 서서 히죽 웃고 있는 휘륜을 보며 악다구니를 했다. 한차례 시원하게 욕설을 내뱉고 난 동방천추는 그 자리에 서서 수상한 행동을 취하기 시작했다. 기마 자세를 취한 순간 양발은 땅바닥 속으로 한 뼘 정도 파고들었고 양팔은 앞으로 활짝 펼쳐 손을 모아 쥐었다. 그 상태에서 손바닥을 겹쳐 휘륜을 조준하여 세웠다. 무공을 조금이라도 아는 사람이 보았다면 미련한 짓이라 할 만한 행동을 취하는 동방천추를 휘륜은 경시하지 않았다. 그가 다름 아닌 대마령이었기 때문이다.

하늘과 땅 사이에 존재하는 온갖 마령에 감응하여 일신의 능력을 순간적으로 증폭시키고 있었다. 그 사실을 알 리 없는 휘륜은 주의하며 경계심을 갖고 지켜보고만 있었다. 상황파악도 안된 지금 섣불리 달려드는 건 미련한 짓이라 생각했다. 몇 호흡이 지나갈 정도로 짧은 시간이 흐른 후 동방천추의 눈은 피를 흘리는 듯 붉어졌고 전신의 핏줄기가 툭툭 불거져 나와 흉측하게 변해갔다.

"흐흐흐. 네놈을 아예 가루로 만들어 주마. 이제 장난은 끝났다."

동방천추의 말이 끝남과 동시에 주변의 땅이 진동을 하기 시작했다. 지진이 난 듯 요동치는 대지의 변화를 보며 휘륜은 심상치 않다는 걸 직감했다. 동방천추의 몸 주변으로 새까맣게 몰려들고 있는 기운 역시 예사롭지 않았다. 자그마치 삼 장이 넘는 두께로 겹겹이 쌓인 기류를 뚫고 폭포수와 같은 붉은 색 줄기가 쏟아져 나왔다. 너무도 갑작스럽기도 했거니와 암흑기류가 시야를 가리고 있었기 때문에 미처 피할 새가 없었다. 게다가 자신에게로 쏟아져오는 붉은 기류는 처음과는 비교할 수도 없이 범위가 확장되었다. 어디로 움직인다 해도 완벽하게 피할 자신은 없었다. 휘륜은 본능적으로 양손을 내밀어 전력으로 강기를 뻗어냈다. 대응이 늦은 탓에 고작 휘륜의 일장 앞에서 두 기운이 부딪혀 충돌을 일으켰다.

콰콰콰쾅!

폭발음은 단발로 그치지 않고 연달아 터졌다. 휘륜은 제일 먼저 전신이 불구덩이 속에 들어앉은 것 같은 뜨거움을 느꼈다. 얼굴이 익어 피부가 벗겨진 게 아닐까 의심이 갈 정도로 순간적인 열풍이 휘륜의 몸을 휩쓸고 지나갔다. 그 열풍은 다음에 이어진 충격에 비하면 아무것도 아니었다.

"헉."

저절로 헛바람을 집어삼켰을 정도로 전신을 후려친 압력은 휘륜의 몸을 까마득한 곳까지 날려버렸다. 예전의 휘륜이었다면 전신의 뼈란 뼈는 모조리 탈골하고도 남았을 정도로 강력한 충격이었다. 그렇지만 지금의 휘륜은 달랐다. 비록 예상치 못한 타격을 입긴 했지만 이만한 일로 넋을 놓고 있을 휘륜이 아니었다. 날려가고 있는 중에도 몸을 제어하려고 애 쓴 덕분에 그는 높은 창공에 두둥실 뜬 채로 아래를 내려다볼 수 있었다. 확실하게 막았음에도 불구하고 단지 압력만으로 이 정도의 충격을 받은 사실이 놀라웠다.

대마령의 공격은 거기서 끝난 게 아니었다. 얼마나 지독하게 퍼부었으면 주변 일대가 폐허가 되고 땅이 갈라져 계곡이 생겼으며 계곡 끝엔 수십 장 높이가 넘을 동산이 우뚝 솟았다. 사람이 이 땅에 출현하고 살아온 이후 인간의 몸으로 이만한 물리력을 발휘한 예는 결단코 없었을 것이다. 반각에 걸쳐 무지막지한 힘을 쏟아낸 동방천추가 긴 호흡과 함께 몸을 부르르 떨었다. 살짝 무리가 온다는 신호였다. 대마령이라도 무한정 힘을 쓸 순 없었다. 거기다 자신은 아직 완전체를 이루지도 못하지 않았던가.

'역시 완전체를 이루지 않고선 이 이상은 힘들구나. 몸이 찢어지는 것 같다.'

"우웩!"

허리를 굽히며 한 사발은 족히 넘을 양의 피를 게워낸 동방천추는 손등으로 입가를 쓱 문질러 닦았다. 자욱한 먼지가 가라앉길 기다리며 호흡을 가라앉히고 있는데 휘륜의 기운은 전면의 그 어디에서도 느껴지지 않았다.

"그렇게 까불더니 흔적도 남기지 못하고 사라져 버렸군. 애송이 놈. 원영신을 완성했다 한들 감히 나를 상대할 수 있다 믿다니 어리석은 놈이다."

동방천추는 확신했다. 휘륜이 뼈 조각 하나 남기지 못하고 가루가 되었다는 사실을.

바로 그 순간 먼지를 뚫고 한 사람이 걸어오고 있었다.

"역시 대단해. 인정해 줄 수밖에 없군. 이제부터는 좀 더 성의를 다해 상대해주지."

익숙한 음성이 들리는 순간 동방천추는 자신도 모르게 뒤로 한 걸음을 물러서고 말았다. 그의 얼굴은 지금 믿기 힘들다는 불신의 빛이 가득했다.

"마, 말도 안 돼. 네놈은 분명 방금 전까지……."

"방금 전까지 느껴지지 않았다고?"

"어찌 그럴 수 있지?"

"그깟 속임수야 어려운 일도 아니지."

"속임수라고?"

"대단한 위력이었어. 그걸 모조리 정직하게 받아냈다면 정말 가루가 되었을 수도 있었겠지. 내가 그토록 미련하다고 보나?"

"이, 이, 이 비겁한 놈!"

"풋."

휘륜의 입술을 비집고 흘러나온 것은 확실히 비웃음이었다.

"이거 참 대마령인 네게 그런 소리를 들으니 어찌 반응해야 될지 모르겠군. 자신은 꽤나 정직한 것처럼 말하는군. 그리고 싸움은 누가 더 힘이 센가를 겨루는 내기가 아니야. 누가 남느냐의 처절한 사투지."

대마령의 폭주로 동방천추가 가지고 있는 장점을 전혀 활용하지 못한다는 사실이 휘륜에겐 참으로 다행이었다.

'그래서 증지산이 무서운 것이다. 완전체가 된 그는 이처럼 어이없게 폭주하는 일은 없을 테니. 최후의 난적은 증지산이 될 가능성이 농후해.'

휘륜은 동방천추의 다리가 미세하게나마 후들거리고 있음을 눈치챘다. 한층 여유를 갖게 된 휘륜은 동방천추를 다시 한 번 자극했다.

"숨겨 놓은 비장의 수가 더 있다면 보고 싶군."

동방천추는 흥분을 감추지 못하고 어김없이 격동했다.

"닥쳐라. 내가 완전체를 갖춘다면 네까짓 놈쯤은 한 주먹꺼리도 안 된다."

"아 그래? 완전체가 되면 뭐가 달라지기에 그리 큰 소리지?"

"흥, 완전체는 불사나 다름없다. 원영신이 인간이 갖출 수 있는 최고의 신체라면 대마신체는 대마령이 안착해 합일하는 순간 그 이상의 잠재력을 발휘하게 되지. 대마령이 원래 갖고 있던 힘의 구 할을 끌어낼 수 있다. 나는 현재 고작 삼 할 정도에 불과하다."

동방천추는 묻지도 않은 얘기까지 털어놓고 있었다.

"대마신체를 뺏어간 놈에게 이런 치욕을 당하다니. 내 반드시 대마신체를 얻어 오늘의 분함을 풀고야 말겠다."

"네겐 그럴 기회가 없을 거야."

휘륜은 그 말을 끝으로 돌연 기습을 감행했다. 미처 준비하지 못했던 동방천추는 기겁해서 몸을 빼냈다. 전력을 다해 신형을 공중으로 띄워 올렸음에도 불구하고 동방천추는 완벽하게 휘륜의 급습을 피해내진 못했다. 한 팔이 떨어져나가고 옆구리 살이 한 움큼이나 뜯겨져 나갔다. 그는 몸을 돌리지도 않은 채 도주를 감행했다. 그걸 멀거니 지켜보고 있을 휘륜이 아니었다. 쏜살같이 날아가고 있는 동방천추의 등을 향해 휘륜은 허리에 차고 있던 귀검을 끌러 내던졌다.

쒜액!

퍽!

마지막 순간에 동방천추가 몸을 비틀긴 했지만 귀검은 어김없이 상대의 몸을 꿰뚫고 지나갔다. 그렇지만 휘륜이 미처 예상하지 못했던 돌발 상황이 발생하고야 만다. 그가 애초에 도주하기로 마음먹은 순간부터 그의 목표는 한가지였다. 바로 자신이 대동하고 온 사람들이었다. 그들을 인질로 삼아 위기를 모면하겠다는 얄팍한 수를 짜낸 것이다. 그 급박한 순간에 짜낸 꾀치고는 제대로 핵심을 짚은 셈이었다.

피를 철철 흘리면서 함께 온 일행들을 덮친 순간 휘륜은 아차 싶었다. 그러나 그땐 이미 동방천추의 양손에 한 사람씩의 목이 털어 쥐어진 뒤였다. 둘 중 하나는 휘륜이 너무도 잘 알고 있는 사람이었다. 오른손에는 구적룡을, 왼손에는 헌원세가주를 움켜잡은 동방천추는 그들을 방패삼아 휘륜을 위협했다.

"더 다가오면 이놈들의 목을 분질러 버리겠다."

다시 손 안으로 들어온 귀검은 피를 머금고 있었다. 그런데 애석하게도 귀검이 뚫은 지점은 당장 숨을 거둘 정도로 치명적인 부위가 아니었다. 심장 아래쪽 늑골을 부수며 뚫어버린 귀검으로 인해 그곳에서 피가 솟구치고 있음에도 불구하고 동방천추의 힘은 여전한 것 같았다. 휘륜은 의도적으로 구적룡 쪽으로 시선을 주지 않았고 구적룡 역시 마찬가지였다. 혹시라도 자신 때문에 휘륜이 더 난처한 상황에 처할까 우려해서였다.

"흐흐흐. 조심하는 편이 좋아. 나는 네놈이 손가락만 까

딱해도 이 두 놈의 목을 아예 몸에서 분리해 버릴 것이다. 나를 놀라게 해서도 곤란해. 놀라서 자칫 의도하지 않았는데 이들을 죽음으로 몰고 갈 수도 있으니."

휘륜은 침착하고 냉정하게 상황을 판단했다. 두 사람의 죽음을 방관할 생각은 없었다. 그렇다고 이대로 동방천추를 도망가게 둘 생각도 없었다. 그때 구적룡의 전음이 휘륜의 귓속으로 파고들었다.

『저는 신경 쓰지 마십시오. 이자가 대마령인 사실을 미리 아뢰지 못한 제 어리석음의 대가일 뿐입니다. 이자를 죽이십시오. 부끄럽지 않은 떳떳한 죽음을 맞고 싶습니다. 호법님이라면 그리 해주실 수 있으리라 믿습니다.』

구적룡의 당부의 말은 유언처럼 휘륜의 가슴속을 파고들었다. 막상 구적룡의 각오를 듣고 나니 오히려 더 착잡해져 왔다.

"머리 굴리는 소리가 여기까지 들리는군. 어림없지. 내가 한 번 당하지 두 번 당할까보냐. 말로 할 때 물러서는 게 좋을 거야. 안 그러면 한 놈씩 차례로 죽이겠다."

바로 그때 동방천추의 손아귀에 꼼짝 못하고 잡혀버린 헌원세가주가 애원하며 목숨을 구걸하기 시작했다.

"이, 이보시오, 가주! 제발 살려주시오! 대체 왜 이러는 게요. 내가 가주께 무슨 죄를 지었다고 날 죽이겠다고 하시는 게요. 나는 무고하오. 과거 잠시 내 눈이 멀어 동방세가에 입은 은혜를 잊고 배척하긴 했지만 그건 어디까지나 당시의 상황이 그리했기 때문이지 않소. 그 이후로 내가 동방세가에 특별히 지은 죄가 없거늘 이리 대하는 건 너무한 처사가 아니오?"

"주둥이를 다물어라 냄새나는 늙은이. 한 번만 더 입을 함부로 놀린다면 찢어버리겠다."

헌원세가주는 모욕감을 느끼고도 남을 치욕스러운 말을 들었음에도 화를 내기는커녕 어찌하면 이 위기를 벗어날까만 궁리했다. 동방천추의 어조가 심상치 않음을 감지한 헌원종은 함부로 입을 놀리지 못하고 시키는 대로 입을 꾹 다물었다.

제9장
뜻밖의 거래

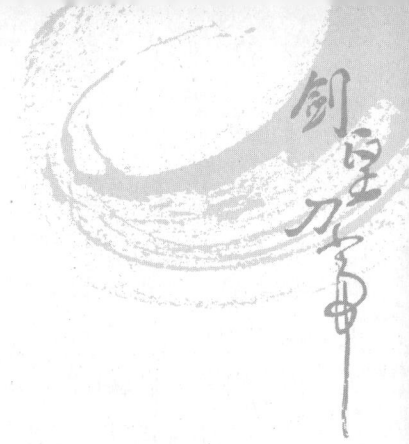

 대치상태는 쉽게 깨어질 것 같지 않았다. 동방천추의 위협에 따라 휘륜이 순순히 물러날 기색이 없었고 동방천추 역시 허점을 쉽게 보일 대상이 아니었다. 바로 그때 잠시 입을 다물고 사태를 관망하고 있던 헌원종이 그새를 참지 못하고 다시 입을 놀리기 시작했다. 이번에는 휘륜의 전음을 듣고 휘륜의 등 뒤로 물러나 있는 천수대사를 향한 애원이었다.

 "대사, 어떻게 좀 해보십시오. 대체 동방가주가 왜 이러는 겁니까? 오해가 있다면 풀면 될 것이지 왜 구태여 상관도 없는 우리들을 겁박하는지 이유를 모르겠습니다. 그리고 도제 휘륜공께서는 우리 목숨 따위 안중에도 없으신 겁니까? 동방가주를 안전하게 보내드립시다. 이런 법은 없소. 동방가주가 아무리 큰 잘못을 저질렀다 해도 엄연히 정도련 소속의 가주이거늘 사적으로 처단함은 옳지 않은 일이오."

아직까지 똥인지 된장인지 상황파악조차 못하고 헛소리를 늘어놓고 있는 헌원종을 휘륜은 한심하다는 눈으로 잠시 바라보았다.

"저자가 아직도 당신 눈에는 동방천추로 보이시오?"

"그, 그럼 동방가주가 아니란 말입니까?"

"아니오. 그러니 애원해도 소용이 없소. 그는 자신이 살기 위해서라면 무슨 짓도 할 수 있는 사람이오."

듣고 있던 동방천추가 흐뭇한 미소를 지어보였다.

"나를 제대로 보았구나. 네 말대로 나는 생존하기 위해서라면 천만인의 피를 뒤집어쓰는 일조차 마다할 사람이 아니지. 자 어떡할 거냐? 이놈들의 목숨을 걸고 도박을 할 것이냐, 아니면 순순히 물러날 것이냐?"

휘륜은 지체하지 않고 즉각 대답했다.

"네 입으로 자신이 얼마나 위험한지를 말하면서 내가 순순히 놓아주리라 여겼나? 어림없는 소리다. 두 사람의 목숨보다 천하의 안위가 내겐 더 중요하다."

"크크크. 그래? 그런데 왜 그러고 있지? 말만 그리할 뿐 너는 그리 냉정한 사람은 못 되는구나. 좋다. 내가 아주 기가 막힌 제안을 하나 하지."

"제안?"

"들어보면 너도 솔깃할 제안일 거야. 너도 알고 있다시피 나는 대마신체를 찾지 못했다. 하나밖에 남지 않은 대마신체를 지금쯤이면 만나고도 남았어야 한다."

"그 말은?"

"안타까운 일이지만 다른 하나가 차지했을 가능성이 매우 높다."

"그래서 내게 할 제안이란 것이 뭐지?"

"어차피 너는 네 혼자 힘으로 그 둘을 상대하지 못한다. 아니, 하나조차 과연 감당할 수 있을지 의문이다. 나 또한 이대로라면 그들 중 하나에게 죽음을 면치 못한다. 우리 둘은 똑같은 처지. 나와 손을 잡자. 나와 함께 둘을 찾아내 하나씩 제거하는 거다."

"호 그거 아주 그럴듯한 제안이로군. 그런 뒤엔?"

"대신 너는 한 가지 약조만 해주면 된다. 그들 둘을 제거한 뒤에 나를 안전하게 놓아준다는 조건이다. 어떤가, 이만하면 서로 불만이 없을 만한 거래가 아닌가?"

휘륜은 입술을 비집고 자꾸만 헛웃음이 새어 나왔다.

"그 웃음의 의미는 뭐지?"

"어이가 없군. 나를 바보천치로 아는 게로군. 너희들이 대마신체에 집착하는 것은 서로의 위협 때문이지. 살아남기 위해서. 최후의 승자가 되기 위해 대마신체가 필요한 것뿐이지. 만약 너 하나만 생존한다면 굳이 대마신체가 필요할 이유가 없다. 여러 숙주의 몸을 빌려 전전하면서 피해 다니기만 해도 되니깐. 내가 네 뻔한 속셈을 모를 줄 아느냐?"

이번엔 동방천추가 비웃음을 흘렸다.

"하나는 알고 둘은 모르는군. 내가 언제까지 숙주를 교체하면서 무한정 옮겨 다닐 수 있을 것 같은가? 사람이 정해진 수명이 있는 것처럼 우리 역시 마찬가지다. 숙주에 안착하지 못하면 수명이 가장 빠르게 단축된다. 그 다음으로 경계하는 부분이 바로 숙주를 갈아치우는 횟수가 늘어나는 것이다. 한 번씩 바꿀 때마다 또 그만큼 수명이 줄어든다. 네 말대로 했다간 몇 년 지나지 않아 소멸하고 만다. 이런 이유 때문에 대마신체를 원하는 것이고 완전체를 이룰 때 우리는 가장 안정적이고 오래 수명을 보장받을 수 있게 된다."

휘륜은 거기까진 짐작하지 못했다. 하지만 저 말이 과연 진실인지 거짓인지 확인할 길은 없었다. 만약 진실이라면 그동안 휘륜이 풀지 못했던 수수께끼 하나가 풀린다. 대마신체에 깃들면 더 강한 능력을 발휘할 수 있다지만 한 번 정해지면 번복할 수 없는 표적이 될 위험성을 왜 저들은 굳이 감수할까 궁금했었다. 그간에 품었던 의문이 다소 해소되긴 했다.

어차피 수명이 정해져 있다면 가장 완전하게 힘을 발휘할 수 있고 게다가 수명이 감소되는 위험부담이 없는 대마신체를 택하는 건 최선이었다. 휘륜은 잠시 고민에 잠겼다. 적룡을 이런 순간에 이런 방식으로 목숨을 잃게 하고 싶지는 않았다.

휘륜은 제 부주의함을 탓하며 탄식했다.

동방천추의 달콤한 유혹은 거기서 끝나지 않았다.

"나와 손을 잡음으로 인해 너와 나는 상당한 이득을 얻는다. 나는 완전체를 이룬 대마령들의 위협을 네 힘을 빌려 대응할 수 있어 좋고 너 또한 부담스러운 적수 둘을 한결 쉽게 처단할 기회가 생긴다. 지령신녀 따위가 우리에 대해서 알면 얼마나 알겠느냐. 네가 들은 정보는 제한적이지. 나와 동맹하면 대마령에 대한 정보를 수월하게 습득할 수 있다. 세세한 생태와 습성까지. 그리고 우리들의 약점까지. 어떠냐? 이만하면 너와 내가 지금 이 순간 끝장을 보는 것이 얼마나 어리석은지, 최악의 선택인지 너무도 명백하지 않은가? 좀 더 솔직하게 말하마. 나는 이 세상을 좀 더 보고 싶다. 내 이 두 눈으로, 귀로, 심장으로 보고 듣고 느끼고 싶다. 긴 세월을 어둠 속에서 지냈다. 자의식을 가진 이후에도 끔찍할 정도로 긴 세월을 갇혀 지냈다. 이제 막 세상을 보았는데 이대로 끝내고 싶진 않다. 타협하자. 우리는 얼마든지 각자의 이득을 취하며 공생공존 할 수 있다."

대마령은 인간과 다를 바 없는, 아니 상대적으로 제약이 덜하기에 오히려 더 뛰어난 지성체일지 모른다는 생각을 휘륜은 언뜻 했다. 그가 하는 말은 일리가 있었다. 대마령을 처단하기 위해 다른 대마령과 손잡겠다는 생각을 휘륜은 단 한순간도 해본 적이 없었다.

"내가 널 어떻게 믿지?"

이미 휘륜은 절반쯤 동방천추의 거래를 긍정적으로 고려하고 있는 중이었다. 그 점을 동방천추 역시 감지했다.

"뭘 못 믿는다는 거지? 우리는 너희 인간들을 비추는 거울과 마찬가지야. 좋든 싫든 우리는 숙주의 인성과 습관, 가치관, 기억에 의존할 수밖에 없다. 영향을 안 받으려고 해도 받기 마련이지. 내가 먼저 신뢰를 깨고 배신할 확률보다는 네가 변심할 가능성이 훨씬 클걸? 네가 우려하는 부분이 정확히 어떤 부분이지?"

"이 순간을 모면하고 바로 종적을 감출 수도 있지. 나에게 했던 거래를 네 동료 중 하나에게 할 수도 있고."

"재미있는 말을 하는군. 우리들 사이에 동족, 동료 의식 따위는 없다. 오히려 그 반대지. 인간들은 살려둘지언정 같은 대마령을 살려 두진 않는다. 반드시 셋 중 둘은 사라져야 한다. 내가 보기에 너는 그들보다 덜 위협적이다. 강하고 약하고를 떠나서 너와는 이처럼 타협을 제안할 기회는 최소한 얻을 수 있다. 너는 내 말에 귀를 기울인다. 만약 다른 대마령중 하나와 이런 대치 상태였다면 어떨까? 씨도 안 먹힐 일이지. 이 두 사람의 목숨이 그들에게 무슨 가치가 있겠는가."

"언제든 내 목숨을 위협할 수 있는 적과 한 배를 타야하는 위험부담을 감수할 만큼 설득력은 없군."

동방천추는 잠시 생각하는 눈치더니 다시 입을 열었다. 그의 얼굴엔 이번에야말로 거절하지 못할 것이란 확신마저 깃들어 있었다.

"이렇게 하면 어떨까? 구적룡은 너의 지인이지? 그래서 너는 절호의 기회임에도 불구하고 머뭇거렸고."

동방천추는 거기까지 이미 알고 있었던 것이다.

"하나 남은 대마신체를 다른 대마령이 차지한 상태라면 내겐 구적룡만한 숙주는 드물다. 그래서 이자를 선별해 곁에 둔 것이지."

"그래서?"

"구적룡이 날 순순히 인정하고 받아준다면 그보다 확실한 안전장치는 없지. 너 또한 나를 해치려면 구적룡을 죽여야 하기 때문에 쉽지 않을 것이고 나 또한 구적룡의 성정에 지배받기 때문에 네가 먼저 날 해치려 하지 않는 한 널 공격할 확률은 줄어든다. 최소한 나머지 두 마령을 제거할 때까지는 별 문제가 발생하지 않을 것이다. 어떤가?"

휘륜이 발끈했다.

"적룡을 숙주로 삼겠다니 허락할 수 없다!"

"큭. 뭔가 착각하고 있군. 나는 지금 이 순간도 강제로 구적룡을 취할 수 있다. 그 순간 구적룡의 시한부 인생은 결정되는 거지. 그걸 원하나?"

휘륜의 눈에 흔들리는 구적룡의 시선이 포착됐다. 자신의 목숨을 상관하지 말고 대마령을 처단해 줄 것을 요청했지만 인간인 이상 죽음 앞에 초연하긴 힘들었던 것이다.

"네가 허락하든 안하든 현재 나는 강제로 취한 부작용으로 인해 시한이 얼마 남지 않았지. 이건 타협할 문제가 아니야."

그때 생각지도 못했던 의외의 인물이 개입했다.

"호법님, 하겠습니다. 제가 대마령을 받아들이겠습니다."

그는 과연 무슨 생각을 하는 걸까? 휘륜도 놀라고 동방천추도 의외라는 표정이었다.

『제가 대마령을 받아들여 나머지 둘을 마저 제거하십시오. 그런 뒤 저 또한 망설이지 마시고 처단해 주십시오.』

나름의 용기를 낸 결단이겠지만 휘륜은 지금 이 순간 혼란스럽기 그지없었다. 동방천추는 구적룡의 속마음이야 어찌 됐든 내심 쾌재를 불렀다. 휘륜은 잠시 시간을 달라고 하고선 물러났다. 한쪽에 서 있던 천수대사가 그런 그의 곁으로 다가왔다.

"대체 무슨 일인지 모르겠습니다. 대마령은 무엇이며 그가 하는 말은 또 어떤 의미를 지녔는지 소승은 영문을 모르겠습니다."

천수대사가 이해할 수 있도록 휘륜은 간략하게 설명했다. 설명을 다 듣고 난 천수대사는 손에 쥔 염주를 빠르게 굴렸다. 청정한 고승의 마음도 심란하게 만들 정도로 충격적인 사건이었던 것이다.

"아직 마음의 결정을 못 내리셨습니까?"

"머리로는 이미 내렸지만 마음이 용인하지 못하는군요."

두 사람이 대화를 이어가는 중에 한결 여유를 갖게 된 동방천추는 구적룡의 목을 움켜쥐고 있던 손을 느슨하게 풀어주며 말했다.

"겁이 나느냐?"

"안 난다면 거짓말이겠지."

"지금까지의 나와, 너와 합쳐진 나는 또 다를 것이다. 너무 염려하지 않아도 돼. 저들을 보아라."

동방천추는 뒤에 늘어서 있는 네 사람을 향해 눈짓했다.

"저들은 기억이 조작되었고 거기다 시시때때로 간섭을 받는다. 꼭두각시가 된 것이지. 목각인형과 저들과 다를 게 무어냐. 그러나 너는 다르다. 너는 온전히 네 기억을 가진 채 남은 삶을 살아가게 된다. 그럼 그것이 너냐, 나냐?"

"헛소리를 하는군. 지금 넌 동방천추라고 하지만 너는 결코 동방천추가 될 수 없다. 동방천추라면 자신이 죽는 걸 알고서 새로운 길을 모색하진 않겠지."

"물론 그 말도 일리는 있다. 그런데 네가 모르는 사실이 하나 있지. 내가 너를 숙주로 삼아 합해진다는 것은 너 안에 동방천추의 기억 역시 공유한다는 의미다. 우리는 이런 식으로만 생존할 수밖에 없다. 동방천추를 숙주로 삼기 이전의 나와 지금의 나는 엄연히 다르다. 네 삶이 더해지면서 또 다른 인격이 완성되겠지. 내가 다른 숙주를 찾아 네 몸을 떠날 경우 동방천추의 경우와 다르게 분리된다. 너는 완전한 너를 찾게 되겠지. 네가 저항 없이 나를 받아들였기 때문에 가능한 일이다. 만약 거절하고 저항하는 너를 강제로 취한다면 동방천추처럼 본래의 자신은 사라지고 모든 걸 내게 빼앗기게 되는 것이다. 어느 쪽이 현명한지는 굳이 고민해보지 않아도 분명하지."

휘륜이 천수대사와 함께 다가왔다. 휘륜은 구적룡에게 다시 한 번 더 확인했다.

"지금이라도 생각을 바꾼다면 나는 네 결정을 존중하마. 진심으로 원하는 걸 말해다오."

구적룡은 머뭇거리지 않았다.

"대마령의 제안을 따르겠습니다. 호법님은 이자와 함께 힘을 합해 나머지 대마령들을 제거하십시오. 저에 대한 염려는 하지 마시고 천하의 안위를 먼저 생각해 주십시오. 호법님은 호법님의 길을 가시면 됩니다."

결심이 흔들림 없이 굳건한 걸 보고 휘륜은 작게 한숨을 내쉬었다. 이번에는 휘륜이 동방천추를 보며 힘주어 말했다.

 "우리 거래는 성사되었다. 명심해라. 허튼 짓을 한다면 내가 널 용서하지 않을 것이다. 이후 너는 모든 걸 나와 상의해서 결정해야 한다. 내 눈 밖에 벗어나서도 안 되며 다른 사람들을 제압해 노리개로 삼아서도 안 된다. 나머지 두 대마령을 제거하기까지 우리의 동맹은 유효하다. 그 이후의 일은 그때 가서 결정하도록 하자."

 "다소 지나친 제약들이 있지만 전체적인 틀에는 동의하지. 우리는 이제 동맹을 맺었다. 네가 먼저 동맹관계를 파기하지 않는 이상 네 등 뒤를 노리는 비열한 짓은 하지 않으마. 그것 하나만은 약속할 수 있다."

 이렇게 해서 생각지도 못했던 대마령과의 공조 체제를 형성하게 되었다. 휘륜은 이게 잘된 일인지 잘못된 일인지조차 이제는 판단하기 힘들 정도로 혼란스러웠다.

 대마령은 이후 휘륜이 지켜보는 가운데 동방천추의 몸을 버리고 구적룡에게로 옮겨갔다. 대마령의 실체를 예전에 한 번 본 적이 있지만 그때와는 사뭇 다른 광경이었다. 구적룡이 저항하지 않고 순순히 받아들인 덕분인지 별 이상 없이 안착하는데 성공했다. 한편 대마령이 떠나버린 동방천추는 짚단처럼 쓰러지더니 다시는 일어나지 못했다. 죽은 것이다.

대마령을 받아들인 구적룡은 몸을 이리저리 움직여보며 제 상태를 확인해보고 있었다.

"역시 기대했던 것처럼 한결 편안하군. 휘륜, 우리가 손을 잡은 기념으로 악수나 한 번 하는 게 어떨까?"

구적룡은 천연덕스럽게 손을 내밀었다. 그런 그의 태도는 이전의 구적룡이라면 있을 수 없는 일이었다. 그렇다고 동방천추의 태도와도 사뭇 달랐다. 휘륜은 과거 제남에서 함께 지낼 때 호방했던 구적룡과 닮아 있다는 인상을 받았다. 휘륜은 잠시 구적룡이 내민 손을 바라보았다. 휘륜의 손이 천천히 움직여 구적룡의 손에 닿았다. 그리고 마주잡은 두 손에 힘이 들어갔다. 호흡이 서로 느껴질 정도로 가까운 거리에 서서 휘륜과 구적룡은 서로를 마주 보고 있었다.

구적룡은 꼭두각시로 만들었던 선발대원들을 원래 상태로 돌려놓았으며 헌원세가주의 기억을 조작해 서창마전에 서 있었던 사건의 일부를 머리에서 지워버렸다. 하지만 천수대사는 실패했다. 휘륜은 그 점이 무척 의외라고 생각했다. 수십 년을 불도에 정진해온 고승이라 그렇다며 구적룡은 핑계를 댔다. 어쨌든 구적룡의 일련의 행동은 휘륜의 호감을 사기 위한 노력의 일환이기도 했다. 그들 일행은 폐허가 된 서창마전을 뒤로 한 채 아무 일도 없었다는 듯이 청성산으로 돌아왔다.

*　　*　　*

동방천추의 장례식이 조촐하게 치러졌다. 서창마전 소탕전은 성공적이라는 평가를 받았다. 동방천추의 죽음은 많은 걸 바꿔놓았다. 동방천추 대신 구적룡이라는 신성의 이름이 정도련를 떠들썩하게 만들었다. 이 모두가 조작된 기억을 철석같이 믿고 있는 헌원세가주의 활약 덕분이었다.

그는 마치 그것이 제 유일한 사명이자 임무라도 되는 양 어느 자리에서나 구적룡의 이름부터 언급했다. 함께 대동했던 무사들까지 증언 대열에 참여하자 다들 그의 무공이 어느 정도로 상승했는지에 관심을 가지게 되었다. 진실을 알고 있는 천수대사만이 입을 꾹 다물고 혼자서 끙끙 앓을 뿐이었다.

"심상치 않은 호응이야. 구적룡이 하급무사로 신화적인 성공가도를 달린 과거 일까지 과장되어 그를 추종하는 무리들이 급격하게 늘어나고 있는 실정인가 봐. 거기다 동방천추와 달리 그는 각문파의 하급무사들과 거리낌 없이 어울리며 심지어 초면인데도 주석을 마다하지 않으니 인기가 하늘을 찌르고도 남을 지경이다. 이대로 둬도 문제없는 거 맞냐?"

옥불의 말에 휘륜은 피식 웃고 말았다.

"왜 련주인 너보다 더 호감을 사고 존경을 받으니 샘이 나느냐?"

"거 무슨 말 같지도 않은 말을."

입으로 부정하고 있으나 그런 마음도 솔직히 아예 없지는 않았다. 무극검왕도 불편함을 호소했다.

"주군께서 미리 이르셨기에 망정이지 하마터면 깜빡 속을 뻔했습니다. 미리 알고 있는데도 불구하고 그가 대마령이라는 사실을 잊어버릴 정도입니다. 그가 과거와 별다를 것 없이 친밀하게 대할 땐 소름이 끼칠 지경입니다. 이거 정말 못 견딜 일이로군요."

무극검왕이 막 그 말을 끝냈을 때 문을 박차고 안으로 들어온 사람이 있었다. 만취한 구적룡이었다. 구적룡은 자신보다 한 뼘이나 더 큰 호굉과 어깨동무를 하고 있었는데 어깨 높이가 맞지 않아 질질 끌려오는 것처럼 보였다.

"여어 다들 여기 있었군. 푸하하하. 술이 이처럼 좋은 줄 알았다면 진작부터 마실 걸 그랬어. 온갖 시름이 다 가시고 세상이 이처럼 아름답게 보이게 만드니 이야말로 묘약이 아니고 무엇이겠는가."

구적룡은 취해 있었고 그런 구적룡을 부축하고 있는 호굉은 설마 그가 문을 발로 차며 들어올 줄 예상 못한 일이라 어쩔 줄 몰라 하며 당황하고 있었다.

휘륜이 호굉에게 물었다.

"얼마나 마신 거냐?"

"다섯 독을 혼자 비웠습니다."

주귀가 달라붙어도 사람의 몸으로 그만큼의 술을 마실 순 없었다. 그 전에 인사불성이 되어 뻗어버리는 게 당연했다. 튀어나온 배가 동산만 했다.

"가서 재워라."

"네 알겠습니다. 그럼 물러가겠습니다."

호굉이 인사를 하고 구적룡을 끌어내려 하자 구적룡이 한 손을 저으며 한사코 나가지 않으려고 버텼다. 그러더니 급기야 호굉의 힘을 이겨내고 남은 빈자리에 가서 앉는 것이었다.

"좀 더 놀다가 가야지. 무슨 얘기 하고 있었어? 나도 끼워줘."

초점이 흐려진 눈으로 세 사람을 번갈아보던 구적룡은 무슨 생각을 했는지 갑자기 소리 내어 웃기 시작했다.

"푸하하하하. 그러고 보니 너희들 내 험담하고 있었구나. 그렇지? 딱 걸렸어. 사람이 그러면 안 돼. 꺽. 그럼 벌받는다. 나처럼 멋진 사람이 어디 있다고 니들 그러면 안 돼."

구적룡의 고개가 점차 아래로 내려오더니 탁자를 소리나게 쿵 찧고는 그대로 멈췄다. 그 뒤로 잠잠해진 구적룡은 코를 골면서 곯아 떨어졌다.

호꽹이 구적룡을 안아 밖으로 사라지고 나서야 옥불은 불편한 심경을 털어놓았다.

"이거 언제까지 이 불편한 관계를 유지해야 하는 거냐? 대체 무슨 생각으로 대마령과 손을 잡았는지 모르겠군."

이미 당시의 상황을 모두 전해 들은 터라 일면 이해가 갔지만 그럼에도 이런 불만을 토해낼 수밖에 없는 자신이 한심했는지 옥불은 연신 한숨을 토해냈다.

무극검왕은 휘륜을 보며 물었다.

"정말 믿어도 되는 것입니까?"

"모르겠다. 지금으로서는 달리 방법이 없을 뿐. 우선 약조했으니 지켜봐야지."

"호꽹에게는 안 알려도 될까요?"

"모르는 편이 나아."

"손자 놈들이 적룡이 이전과 달리 저와 련주님, 주군께 말을 함부로 하니 그게 화가 났던가 봅니다. 그런데도 제가 두 아이를 오히려 제지하니깐 이상하게 생각하는 눈치였습니다."

"그럴 테지. 어디 그것뿐이겠어."

옥불이 참견하고 나섰다.

"말도 마라. 장례식이 끝나고 소집된 지도부 회의에 난입해 아주 난리법석을 떨고 갔다."

휘륜이 관심을 가졌다.

"뭐라 하던데?"

"마교를 지금 치자고 하더군. 겁쟁이들처럼 산에 숨어 목숨 부지하면 천하가 저절로 안정이 되느냐고 큰소리치더군."

휘륜은 피식 웃고 말았다.

"바른 소리를 했군."

"자신이 선봉에 설 테니 당장 중원으로 밀고 가자고 하더라."

"그럴 때가 되긴 했지."

"너도 같은 생각이냐?"

"지금이 적기라면 적기지. 적룡과 내가 함께 있으니 증지산이 설사 앞을 막는다고 해도 물리칠 수 있다. 두 대마령이 우리처럼 손을 잡았을 리 만무하니 두려울 적은 없지."

"그럼 추진해볼까?"

"그래. 지도부를 다시 소집해서 하나씩 점검해봐. 나도 여기에만 있을 수 있는 건 아니라서 언제 떠나게 될지 장담 못하고 그렇다면 함께 있는 동안 추진하는 편이 낫겠지."

"갈 땐 구적룡과 함께 동행하겠군."

"그렇지. 어딜 가든 데리고 다녀야지."

* * *

이튿날이었다. 청성산 중턱에 전망 좋고 평평한 바위 위에 여러 사람이 모여 앉아 있었다. 약 서른 명 정도가 모여 있는데 무리는 한 사람을 가운데 두고 한담을 나누고 있었다.

"하늘이 왜 저리 붉으냐고 물었나?"

"네 구대협. 근래의 괴사가 다들 저것 때문이라고 하지 않습니까? 구대협은 어찌 생각하십니까? 강호에서 나도는 말에 구대협에 동의하십니까?"

"맞네. 제대로 본 것이지."

모처럼 따뜻한 햇살을 받으며 편히 둘러앉은 청년들은 정도련 소속의 각문파 제자들이었다. 주로 약관을 갓 넘긴 청년들이 대다수였고 그보다 서너 살 더 많은 이도 더러 섞여 있었다. 구적룡이 햇볕을 쪼이려 바위에 걸터앉자 어느새 청년 기재들이 주변에 모여들었다.

구적룡에 대한 정도련 내 소문은 호의적인 정도를 넘어서 전대미문의 신화적인 인물로 포장되고 있었다. 물론 그의 능력만 비추어 본다면 거기에 합당할지 모르지만 성품이나 인격이 그처럼 과장되어 나도는 이유는 구적룡의 의도가 일정 부분 작용한 탓이었다. 거기엔 헌원세가주의 헌신적이고 열정적인 공헌이 지대했다.

구적룡의 아무것도 아닌 눈길과 손짓 하나에도 청년 무

사들은 눈을 떼지 못했고 심지어 감탄하는 이도 적잖았다. 그런 청년들의 마음을 알아차린 구적룡은 한껏 고무되어 짐짓 품위 있게 행동하느라 애쓰고 있었다.

"실은 저 띠처럼 퍼져 있는 붉은색 하늘은 온 세상에 퍼진 마령의 기운일세."

"마령이라니요? 그것이 무엇입니까?"

"마공, 마왕, 마교 할 때 그 마일세."

청년들은 웅성거렸다. 남문세가의 제자 하나가 근심이 깃든 얼굴로 말했다.

"그럼 큰일이지 않습니까?"

"그리 걱정할 일은 아니야."

"그건 왜 그렇습니까?"

"마란 실상 우리 인간들과 늘 함께 해오던 것이야. 인간이 느끼는 모든 충동과 심상의 변화는 마의 개입이 있었지. 이 마라는 것은 독이기도 하지만 약이기도 해. 저 붉은 색 마령은 인간의 잠재된 힘을 깨워 주지 않았나? 마령의 자극이 가져온 긍정적인 면이지. 대신 곧 부정적인 면도 드러날 걸세."

"그게 무업니까?"

"사람이 화가 나면 화를 밖으로 표출하기도 하지만 안으로 삭히기도 하지. 슬픔을 느껴도 울음을 참는 것처럼 감정을 제어하는 훈련이 되어 있어. 개인차가 있긴 하지만 이 감정의 제어를 잘하면 잘할수록 훌륭한 사람이라 하지. 그런데 마령의 자극이 점차 인간들의 감정제어를 짐승의 수준으로 끌어내리게 될 거야. 일부 극소수의 사람들을 제외하곤 모두가 감정 제어를 할 수 없게 되는 때가 온다는 거지."

"그럼 세상이 엉망이 되겠군요."

"그 이상이지. 배가 고프면 남의 것을 훔치고 뺏어 먹고 화가 난다는 이유만으로 살인을 할 수도 있어. 불만이 있으면 즉각적으로 풀어야 하기 때문에 스승과 제자, 사형과 사제간의 예법과 위계가 무너질 것이고 사람은 누구도 믿을 수 없는 불신의 늪에 빠져 허우적대게 되겠지. 자신을 보호해 줄 수 있는 강자에게 굴복하여 학대받고 멸시받아도 족하며 살아야 할지도 모르지. 충동에 휩쓸려 큰일을 저지르고 나서 후회한들 무엇 할 것이며 그 괴로움은 여전하니 스스로 자책해 목숨을 끊는 사람도 늘어나겠지."

"믿기 힘든 말입니다."

"두고 보면 알걸세. 내 말이 맞는지 틀린지."

"그럼 그런 때가 오면 어찌해야 합니까? 괴로움을 피할 방법은 있습니까?"

"마음이 강하게 단련되어 있는 사람은 마령의 자극에서 자유로울 수 있어. 좋은 긍정적인 영향만 받고 부정적인 영향은 스스로 제거하는 것이 가능하지. 하지만 그 정도로 마음을 잘 다스리는 사람이라고 해봐야 만 명 중 하나도 안 될 걸세."

이어 구적룡은 마령의 자극으로 생긴 힘을 활용해 잠재력을 끌어내는 방법을 설명하기도 했고 무공에 대한 강론을 펼치기도 했다. 청년들이 궁금한 걸 물으면 그에게서 해답이 나왔다. 아무리 어려운 문제라도 그에게는 너무도 간단하고 단순한 문제인 것 같았다. 청년들을 남겨두고 자기 거처로 돌아가던 길에 구적룡은 무극검왕과 함께 있는 휘륜과 마주쳤다.

"안 그래도 널 찾아 가려고 했는데 잘 됐군. 아까부터 날 지켜보고 있더니 왜 갑자기 자리를 피한 겐가?"

친밀한 친구 대하듯 하는 구적룡이 휘륜도 적응이 안 되는 건 마찬가지였다.

그가 한말처럼 구적룡이 청년들에게 마령에 대해 설명할 때만 해도 지켜보고 있었다.

"네가 한 말이 사실이냐?"

"뭐가? 무얼 묻는지 모르지만 내 말은 거의 진실이지. 꼭 필요한 경우가 아니면 나는 거짓을 말하지 않거든."

"저 붉은 하늘이 마령 때문이라는 해괴한 말을 이르는 것이다."

"너도 대충 짐작했던 일 아닌가? 저건 증지산의 작품이야. 그의 의도는 명백하지. 자신의 손을 더럽히지 않고 세상을 극도로 혼란스럽게 하겠다. 아주 기가 막힌 묘책이지. 자멸하는 인간을 보며 그는 우월감을 느끼면서 행복해 하겠지."

"그를 잘 아는 것처럼 말하는군."

"우리는 서로를 잘 알지. 다만 현재의 상태만 모를 뿐. 자, 여기서 이럴게 아니라 자리를 옮겨서 좀 더 심도 깊은 대화를 나눠보도록 하자고. 너와 결정해야 할 일이 많을 것 같거든. 어때 술은 좀 마시는 편인가?"

확실히 구적룡은 술맛에 깊이 빠진 것 같았다. 그는 술을 원래 좋아하던 사람이다. 그런 그를 숙주로 삼은 탓인지 대마령은 부쩍 술타령을 자주했다.

휘륜은 별로 내키지 않았지만 그가 이끄는 대로 따라 갈 수밖에 없었다. 계획에는 없었지만 함께 동행하게 된 무극검왕까지 포함해서 세 사람은 도관 뒤쪽의 깊은 동혈 쪽으로 자리를 이동했다. 구적룡은 동굴 깊숙한 곳으로 들어가 익숙한 손놀림으로 땅을 파내고 독을 꺼냈다.

"여기가 내 새로운 보물창고지."

정도련이 청성산으로 들어오면서 함께 따라 들어온 상인들이 여럿 있었다. 그들은 주로 정파의 전통적인 사업체인 표국을 운영하던 속가제자들이었는데 표국이 망하면서 어쩔 수 없이 정도련과 운명을 같이하고 있었다. 그중에는 중원 전역의 특산주를 유통하던 상인도 있었다. 그는 정도련이 청성산에 자리 잡자 산 곳곳의 동굴에 구덩이를 파고 창고에 보관하고 있던 술독을 옮겨와 묻었다. 지금 청성산 곳곳엔 갖가지 술들이 묻혀 있는 셈이었는데 구적룡의 꾐에 넘어가 그 장소를 모두 털어놓고 만 것이다.

동굴 입구로 술독을 옮겨온 구적룡은 흐뭇한 시선으로 바라보며 자랑을 늘어놨다.

"술이 기가 막혀. 주향이 향긋하고 목을 적시며 넘어갈 땐 화끈하지만 뒷맛이 톡 쏘는 것이 일품이지."

봉해놓은 독을 열고 향기를 맡아보던 구적룡의 입가에 흐뭇해하는 미소가 가득 퍼졌다.

"어떤가? 냄새 죽이지?"

무극검왕은 어이없어 했다. 눈앞에 저 천진한 표정을 짓고 있는 청년이 정말 대마령인지조차 이제 잘 실감이 나지 않을 지경이었다. 무극검왕과 휘륜이 자기 앞에 높인 술독을 바라보고만 있자 구적룡이 재촉했다.

"자, 자, 구경만 하지 말고 쭉 들이키게. 어서 마시라니깐."

세 사람은 그때부터 안주도 없이 술을 독채로 들고 마시기 시작했다.

꿀꺽 꿀꺽

"크으. 바로 이거야."

입가를 한 손으로 쓱 문질러 닦으며 구적룡은 잠시 눈을 감고 전신으로 퍼져나가는 술기운을 느꼈다.

"다른 대마령들은 이런 술맛도 모르지 싶은데. 결국은 내가 승리자인 셈이지."

"그렇게 좋나?"

휘륜의 너무 진지한 질문에 구적룡은 소리 내 웃고 말았다.

"푸하하하. 너는 술맛을 잘 모르는군. 그 표정만 봐도 알겠어. 크크크."

한참을 낄낄거리며 혼자 웃던 구적룡의 표정이 언제 그랬나 싶게 돌변했다. 한층 진지해진 얼굴로 목소리까지 나직하게 깔고 말했다.

"술도 있고 하니 이제 본격적으로 얘기를 해볼까? 내 생각인데 우선 마교부터 털었으면 좋겠어."

휘륜도 옥불에게 그런 견해를 밝힌바 있었다. 그렇지만 시침 뚝 떼고 물었다.

"이유는?"

"마교는 내가 알기에 현존하는 가장 큰 조직체야. 완전체를 이룬 대마령은 이번에도 보았다시피 마음먹기에 따라 어마어마한 일을 해낼 수 있지. 이건 시작에 불과하다."

"너는 못하나?"

"이미 보지 않았나? 너와 싸우다 지쳐 다리까지 떨어대는 추잡한 꼴을. 내 한계는 명확하다. 그렇지만 대마신체를 차지한 대마령은 다르다."

"혹시 걱정하는 부분이라도 있나?"

"있다. 만약 내가 증지산이었다면 마교 전체를 마군으로 만들었을 것이다."

"마군?"

"영혼 없는 군대지."

"너도 꼭두각시 정도는 만들 수 있잖아?"

"그거와 차원이 다르다. 마군은 마령을 이식해서 만든다. 너도 금마궁에서 보았다시피 그 안에는 수를 헤아릴 수 없이 많은 마령들이 갇혀 있었다. 그놈들이 모조리 밖으로 튀쳐나왔지. 그놈들은 자기 힘으로 인간을 지배하고 장악할 능력은 없다. 대마령이 그 틀을 인간의 몸에 만들어주고 강제로 이식할 경우 꽤 성가신 존재가 될 수 있다."

듣기만 해도 무서운 얘기가 아닐 수 없었다.

"마령 중에는 대마령에 비할 순 없지만 꽤 강력한 놈들이 많다. 그놈들 중 일부를 잡아다 마졸들에게 이식하면 꽤 무서운 위력을 발휘한다."

"그런데 왜 증지산은 그러질 않은 거지?"

"마군을 안 만들었다고 장담할 순 없지. 확인된 건 아니니까. 만약 마군을 하나도 안 만들었다면 그 연유는 나도 모르겠다. 뭔지 모르지만 내가 모르는 특별한 상황이 발생했거나 다른 계획을 세웠다고 볼 뿐 그게 구체적으로 무언지 짐작은 안 가. 마교놈들은 오랜 세월 마성을 가진 채 살아왔다. 마군을 만들기 적합한 대상이지. 그런 놈들이 그토록 많이, 한 곳에 모여 있다는 것 자체가 끔찍한 일이다. 속히 제거해야 한다. 최소한 마교를 무너뜨리고 그놈들을 흩어버려야 한다."

"마군이라."

"한둘 정도야 별게 아니지. 모이면 무서워진다. 최상급 마령을 이식한 마군이 백 명이 넘어가면 나는 뒤도 돌아보지 않고 도주할 것이다."

구적룡이 괜히 호들갑을 떨고 있는 건 아니었다. 그는 마군이 많아지면 승산이 없다고 생각하고 있음이 틀림없었다.

"그리고 네게 당부할 말이 하나 있다. 네가 원영신을 이뤘다는 사실은 비밀에 부치는 게 좋다. 그런 표현은 가급적 하지 마라. 금마궁에서 지령신녀와 네가 함께 있는 걸 목격한 대마령은 나뿐이다. 나도 그걸 보고 단지 추측했을 뿐 네가 원영신을 완성했으리란 확신은 못 가졌다. 너에 대해 비교적 소상하게 알고 있는 증지산도 마찬가지다. 네가 금마궁에 들어갔다 나온걸 보면 흥미로워하겠지만 자신이 완전체를 이룬 이상 그다지 대수롭지 않게 여길 거란 말이지. 심지어 네가 원영신을 완성한 걸 숨긴다면 널 적대하지 않을 가능성도 있다. 그런 점에서 보자면 나를 가장 먼저 만난 건 네게 행운이라 할 수 있지."

휘륜의 고개가 절로 끄덕여지고 있었다. 말하는 중에도 구적룡은 끊임없이 술을 들이켰다. 그와 달리 두 사람은 구적룡의 말을 주로 듣는 입장이었고 간간히 질문을 했다.

마교 괴멸과 나머지 두 대마령에 대한 대책이 무르익어 갈수록 술 안의 독은 빠르게 비어 갔다. 시간은 흘러 주변이 깜깜해졌을 때까지도 구적룡은 말을 이어갔으며 손 안에 쥔 술독을 땅에 내려놓지 않았다.

* * *

합비에서 날아온 한 장의 첩지와 밀봉된 서찰은 정도련에 있던 몇 사람에게는 청천벽력이나 다름없었다.

밀봉된 서찰은 휘륜에게 보내는 것이었다. 첩지엔 휘륜의 소재를 확인하여 서찰을 전해달라는 내용이 전부였다.

밀봉된 서찰을 펼쳐 읽은 휘륜의 안색이 파리해졌다. 꽤 큰 충격을 받은 눈치였다. 내용을 몰라 궁금해 하던 사람들은 그가 무슨 말인가를 해주길 바랐다.

휘륜의 손에서 서찰이 힘없이 떨어지는 걸 가장 먼저 낚아챈 사람은 옥불이었다. 옥불에게서 무극검왕에게로 다시 구적룡에게로 서찰이 차례로 이동했다. 실내엔 현재 네 사람뿐이었다.

무극검왕과 옥불도 당면한 현실을 수긍하기 시작했고 대마령인 구적룡을 한시적인 맹우로 인정하기로 했다. 아직 껄끄러운 건 마찬가지였지만 마교에 대한 개략적인 작전 수립을 위해 구적룡과 논의를 마다하지 않았다. 그런데 한 장의 서찰을 읽은 순간 모두 같은 생각을 했다. 긴 시간을 들여 머리를 짜냈던 일이 모조리 수포로 돌아갔다는 사실이다.

서찰의 내용을 훑어본 구적룡은 고개를 절레절레 흔들며 뇌까렸다.

"최악이로군."

휘륜은 지금 아무런 생각도 할 수 없었다. 아직 파악하지 못한 마지막 대마령이 합비에 나타났다는 사실도 경악할 만한 일이었지만 휘륜과 악연으로 얽혀 있는 악초림이라는 부분에서 충격을 받은 것이다.

무극검왕은 휘륜의 안색을 살피며 조심스럽게 물었다.

"주군, 어쩌실 겁니까?"

옥불은 그저 눈을 지그시 감고 한숨만 연달아 토해내고 있을 뿐 달리 의견을 내놓을 생각도 못 했다. 그렇지만 구적룡은 달랐다.

"어쩌긴 뭘 어째. 무시해. 그게 상책이다. 지금 우리가 우선적으로 해야 할 일은 마교를 괴멸시키는 것이다. 그것만 생각해라. 빌어먹을. 결국 마지막 대마신체를 차지해 버렸군. 하필 악초림, 그 애송이라니."

 구적룡도 악초림의 얼굴을 안다. 그리고 지금 휘륜이 지금 뭘 걱정하고 있는지도 짐작하고 있었다. 구적룡은 이 순간 휘륜이 세상에서 가장 사랑하는 여자, 우문설리의 얼굴을 또렷하게 떠올리고 있었다.

 "젠장. 하필이면 그놈이라니. 꼬여도 더럽게 꼬였군."

 하루 중 대부분의 시간을 술에 취해 살고 있는 구적룡은 지금도 옆에 끼고 있는 술독을 들어 올려 주둥이를 붙이고 기울였다.

 구적룡은 불길한 직감을 떨쳐내지 못했다. 하지만 휘륜은 모두의 예상을 깨고 의외의 결정을 내렸다.

 "예정대로…… 우리는 악양으로 간다. 합비는…… 그 다음이다."

제10장
대마령, 대마령에게서 도망치다

옥불이 휘륜을 따로 불러 청성산 정상으로 향했다. 청성산 꼭대기에 도달한 옥불은 끝없이 펼쳐진 산자락을 바라보며 찬탄을 금치 못했다. 두 팔을 벌리며 크게 숨을 들이켠 옥불은 미소 지으며 휘륜의 어깨를 툭 쳤다.
"어떠냐? 이런 풍광을 본지 오래되지 않았어?"
생각해보니 그랬다. 과거 검황일 때의 휘륜은 사람들이 많이 모여 사는 대도시보다는 이런 험산준령에 머문 때가 더 많았다.
대자연의 위용에 압도된 두 사람은 한동안 먼 곳에 시선을 둔 채 말을 잊었다. 각자의 감상에 젖어 시간이 흐르는 것도 잊어버렸다.

옥불이 여기로 휘륜을 이끈 목적을 털어놨다.

"지금 우리가 제대로 길을 가고 있는지 의심스럽다. 적룡 말이다. 나는 아무리 좋은 쪽으로 생각해봐도 믿음이 안 간다. 상대는 이러니저러니 해도 어차피 우리들과 다른 존재야."

휘륜도 별로 반박하고 싶지 않았다.

"나도 안다. 나 또한 그다지 신뢰하는 건 아니야. 그건 서로가 마찬가지라고 봐야지."

"저놈 역시 너와 결국 갈라서야 한다는 걸 알거고 장담하는데 너보다 먼저 배신을 할 거야."

"그럴지도 모르지."

"아무리 생각해도 너무 위험한 도박이야. 언젠가는 네 목숨을 노리는 적이 될 놈을 곁에 둔다는 사실이."

"잘 방비해야지. 허튼수작을 못 부리도록 철저하게 대비하면 된다."

"그리고 합비로 정말 먼저 안가도 되겠냐? 순서를 바꿔도 별 상관없을 것 같은데."

"이미 결정한 일이야."

"결정이야 사정에 따라 번복해도 되는 것이고 네가 지나치게 서두르는 것 같아 나는 그게 오히려 불안해. 마교는 현재 두 곳에 전력을 집중한 채 별 움직임이 없다. 그냥 두면 자기들끼리 싸울 지도 모르는 일이고. 차라리 구적룡만 데리고 합비로 가서 악초림을 먼저 제거하는 편이 낫지 않을까?"

그것도 생각 안 해본 건 아니었다.

"아직 악초림은 나란 존재에 대해 그다지 경각심을 갖고 있지 않아. 설사 대면한다 할지라도 내가 진면목을 드러내기 전까지는 안중에도 두지 않겠지. 내 실체를 알게 되면 그때부터 나는 약점이 생긴다. 그놈은 내 약점을 누구보다 잘 알고 있다. 합비에서 마주치는 건 좋은 생각이 아니다. 그를 거기서 끌어내야 한다."

"반대로 합비에 있는 사람들을 끌어내는 건 어떨까?"

휘륜은 머뭇거렸다. 과연 그게 성공할 수 있을까에 대한 의구심이 들었기 때문이다.

"악초림의 눈을 피해 합비의 전력을 모조리 빼내오는 건 거의 불가능한 일이야."

"그래서 생각해 본 게 있는데 구적룡을 이용해 악초림의 관심을 그쪽으로 묶어두면 가능하지 않을까? 완전체가 아니라지만 같은 대마령이니 쉽게 당하진 않을 거라고 보는데. 냉정하게 말해서 설사 차이가 많이 나 제압당한다 하더라도 시간만 끌어주면 우리로서는 아쉬울 게 없고."

해볼 만한 시도였다. 문제는 과연 구적룡이 이 계획을 순순히 따라줄 것인가에 대한 확신이 서지 않는다는 점이었다. 휘륜은 고민을 이어가다가 옥불의 계획대로 해보기로 했다.

"구적룡이 나서준다면 성공 가능성은 매우 높다. 한 번 해보자."

평소와 다르게 휘륜이 먼저 술 한잔하자는 제안을 한 것에 대해서 구적룡은 별로 의심을 하지 않는 눈치였다. 그는 우선 술에 관련된 얘기만 나와도 눈빛부터 달라졌다. 술을 묻어둔 동굴 앞에는 술상까지 준비해놓은 상태였다. 그걸 본 구적룡은 그제야 휘륜을 수상쩍은 눈길로 바라봤다.

닭백숙과 오리구이, 여러 가지 산채가 푸짐하게 차려진 상 앞에 구적룡은 쪼그려 앉으며 입을 열었다.

"웬일이래. 네가 이렇게 나오니 왠지 불안해지는데."

휘륜은 동굴 안에 가서 술독 두 개를 들고 나왔고 각자의 앞에 하나씩 놓고 바닥에 털썩 주저앉았다. 그러고는 자기가 먼저 독채로 들고 마시기 시작했다.

"크, 쓰군."

닭다리를 쥐고 살점을 뜯어먹는 휘륜의 모습을 보고나서야 구적룡도 술을 들이키기 시작했다.

"캬, 이유야 어쨌든 술이 있으니 좋긴 하구나. 이 좋은 술들을 모두 버려두고 떠나야 한다는 게 마음 아프군."

"수레에 싣고 가져가면 되지."

"오 그거 좋은 생각이군. 여행을 하면서 마시는 술은 또

나름의 운치가 있지 않겠어? 푸하하하."

휘륜은 슬슬 오늘의 주석을 마련한 목적을 흘리기 시작했다. 지나가는 말로 툭 한마디를 던져놓았다.

"악초림이나 증지산을 상대하면 어느 정도 버틸 수 있을 것 같아?"

구적룡은 별로 대수롭지 않게 여기며 대답했다.

"단독으로?"

"혼자선 아무래도 좀 무리겠지?"

"나 혼자서는 아예 덤비질 않지. 난 그렇게 어리석지 않아."

"그래도 만약 그런 상황이 닥친다면 도망갈 수는 있겠지?"

"글쎄다. 운이 좀 따른다면 도주도 가능하겠지만 악착같이 따라붙는다면 그것도 장담 못하지. 크. 술맛 떨어지게 꼭 그렇게 속 뒤집는 말을 해야겠냐."

"네게 부탁이 있다."

"부탁? 호오 그러니깐 이 술자리가 그것 때문에 마련된 거였군. 해봐. 들어보고 나서 술 한잔의 가치가 있겠다 싶으면 들어주고 아니면 못 들은 걸로 하고."

"네가 악초림을 만나줘야겠어."

구적룡은 잠시 휘륜의 말뜻을 이해하지 못했다.

"날더러 악초림을 만나라고? 나 혼자? 왜?"

"네가 시간을 좀 끌어줘."

그제야 구적룡은 휘륜이 뭔 생각을 하는지 짐작했다.

"크크. 그러니깐 내가 시간을 버는 동안 너는 합비에 있는 네 지인들을 안전한 곳으로 대피시키겠다는 거로군. 내가 제대로 짚은 건가?"

"맞다."

구적룡은 휘륜을 노려봤다. 그러더니 한숨을 푹 내쉬며 술독의 술을 입 안으로 콸콸 쏟아 부었다. 거의 절반쯤 비우고 나서야 술독을 내려놓은 구적룡은 상기된 얼굴로 휘륜을 바라봤다.

"제대로 묘책을 짜내긴 했다만 나로선 너무 큰 도박인걸. 내가 봤을 때 그놈이 합비를 떠나지 않는 건 전적으로 설리 때문이다. 차라리 설리를 그 인간에게 안겨줘 버리지 그러냐? 그럼 그놈은 한동안 세상만사 잊고 세상이 어찌 돌아가든 신경 안 쓸 것 같은데. 아, 농담이다, 농담. 농담 한 마디 했다고 죽일 듯 노려보는 건 너무 하잖아."

"아무래도 무리한 부탁이었나 보군."

"네 입장에선 얼마든지 할 수 있는 부탁이지. 나도 이해해. 완전체를 이룬 악초림이 설리에게 집착하는 것만 봐도 알 거야. 그는 나보다 더 인간적이지. 악초림이란 인간이 가지고 있던 기억과 습성, 애환을 그대로 물려받았으니. 둘은 서로 분리할 수 없는 상태지. 완전체가 아닌 나조차도 술을 마시지 않으면 괴로울 때가 이처럼 많은데 오죽하겠어. 다 이해한다. 그렇지만 이해하는 것과 수용하는 것은 엄연히 다른 문제다."

"거절이로군."

"그렇게 딱 잘라 말하면 섭섭하지. 우선 고민 좀 해보자. 악초림이 나와 진지한 대화를 나눌 의향이 있는지조차 아직은 확신이 안서는 상태고. 에 또 그놈이 마군을 만들어뒀느냐 아니냐도 무척 중요하지. 만약 마군이 없다면 좀 손해를 보더라도 탈출은 가능하리라 본다."

쉽사리 결정을 못 내리고 고민을 거듭하던 구적룡은 갑자기 화를 벌컥 냈다.

"생각할수록 화가 나네. 내가 왜 이런 위험을 감수해야 하지? 네게는 중요한 사람들일지 모르지만 나는 아냐. 너는 그들을 위해 목숨을 걸어도 전혀 안 이상하겠지만 적어도 나는 아냐. 아니라고."

"정말 아냐?"

"아니 물론 구해내면 나도 좋지. 모르는 사람들도 아니고 내게도 무척 잘해준 사람들이고. 아 머리 아파."

그는 구적룡과 자신을 동일시했다가 분리시켰다, 반복하고 있었다.

"네가 거절하면 원안대로 간다. 네가 명심해야 할 일이 하나 있다. 합비에서 나는 이 상태로 악초림과 부딪힐 경우

약점을 안고 싸워야 한다. 그래선 제대로 싸울 수조차 없다. 그 뿐이다."

"좋다. 내가 모험을 해보지."

"승낙한 건가?"

"한 가지 묻자. 너는 나를 신뢰하느냐?"

휘륜은 피식 웃었다.

"알잖아. 내가 널 믿지 않는다는걸."

"아니 그건 아는데 최소한 다른 대마령보다는 너를 선택하리라는 걸 믿느냐고?"

"다른 대마령과 나를 두고 저울질할 수 있다는 뜻이냐?"

"그럴 수도 있잖아. 왜? 그건 생각해보지 않았나?"

"그들이 널 살려두지 않을 거란 걸 알면서도?"

"너도 그런 점에서는 마찬가지 아닐까?"

"나와는 최소한 이렇게 대화가 되잖아."

구적룡은 고개를 숙이고 키득거렸다.

"크크크. 그건 그렇군."

술을 더 마시고 싶다는 구적룡을 남겨두고 휘륜은 동굴 앞을 떠났다.

휘륜은 옥불과 무극검왕에게 가서 구적룡이 자신의 제안을 승낙했다는 사실을 알리고 계획을 다시 수정하라고 알렸다.

옥불이 지휘부를 소집하는 걸 보다가 휘륜은 자기 거처

로 돌아왔다. 침상에 누워 생각에 잠긴 휘륜의 머릿속엔 온갖 걱정과 망상이 떠올랐다 사라졌다. 그러다 구적룡이 여러번 언급한 마군에 생각이 미쳤다.

'인간의 내부에 도사리고 있는 마성을 자극해 잠재력을 극대화할 수 있다는 사실도 새로운데 마령을 인간의 몸 안에 이식해 사용할 수 있다니. 적은 한가지의 이기를 더 가진 셈이로구나. 내게도 아직은 숨겨놓은 비장의 수가 있다.'

마왕들에게서 건네받은 마왕의 불타는 심장은 현재 휘륜의 몸 안 어딘가에 도사리고 있었다.

'그것이 어떤 식으로 작용하는지 내게 어떤 도움이 될지, 아는 바가 전혀 없다. 또한 어떻게 발동하는지조차 나는 모른다. 그 위력 또한 미지수다. 확실하지도 않은 수단에 희망을 걸 순 없지.'

그렇지만 엉뚱한 상상은 계속되고 있었다.

'대마령이 사람들의 잠재력을 끌어내 줄 수 있다면 나도 가능한건 아닐까?'

금방 고개를 저어버릴 정도로 얼토당토않은 기대였지만 쉽사리 지워버리기 아쉬웠다.

'연구해볼 만한 가치가 있겠어.'

이른 새벽 해가 뜨기도 전에 정도련 전체 전력이 짐을 싸고 악양으로 진군을 시작했다. 강호의 운명을 결정지을 역사적인 대장정의 서막이 오른 것이다. 기마대를 선두로 동원할 수 있는 마차란 마차는 모조리 끌어내 식량과 병장기를 실었다. 말이 부족하면 소와 당나귀라도 모조리 동원했다. 걷는 인원을 최소화하기 위해서 가는 도중에도 각지에서 말을 구해 보충하기로 했다.

진군은 순조로웠다. 앞을 막아서는 적은 하나도 없었다. 현재 정도련의 진군을 막아설 적이라고 해봐야 마교뿐이니 당연한 일이긴 했다. 한편 휘륜과 구적룡은 계획대로 정도련의 진군과 별도로 먼저 합비로 떠났다. 정도련의 전력이 악양 근방에 당도할 때쯤 휘륜과 구적룡은 합비의 아군을 이끌고 합류하기로 했다.

* * *

합비의 상황은 휘륜의 걱정과 달리 다들 무사했다. 탈 없이 안전을 확보한 지인들과 재회하니 반갑기 그지없었다. 악초림이 대마령이라는 사실이 드러난 순간 재빨리 대처했기 때문에 피해가 없었다. 합비 곳곳에 분산해 바깥출입을 최소화한 덕분이기도 했다.

천선루를 통해 접선을 해야 할 만큼 비밀엄수도 철저했다.

어르신들을 만나 상의를 마친 휘륜은 자신의 계획을 알렸다. 구적룡이 대마령이라는 사실은 모두를 경악하게 만들었다. 특히 태공악과 다시 마주한 구적룡의 반응이 인상적이었다.

"네가 나를 받아들였다면 이런 입장은 아니었겠지. 대마신체는 다시없을 축복이거늘 그걸 제 발로 차버리다니 후회되지 않나? 어차피 한 번 살다 가는 인생, 절대자로 살아보는 것이 더 좋지 아니한가?"

둘러앉은 사람들은 아직 새파란 구적룡이 마검 태공악에게 반말을 지껄여대는 모습이 기가 찼지만 참견하진 않았다.

구적룡이 자신을 그토록 괴롭혔던 대마령이라니 태공악은 묘한 감상에 젖었다.

"그때도 말했지만 나는 특별한 삶을 원치 않는다. 나는 지금이 내 생애 가장 평안하고 즐겁다."

"아쉽군. 내가 만약 너를 강제로라도 차지해 버렸다면 어땠을까, 후회가 되기도 한다. 대마신체였기에 그럴 수 없어서 늦췄던 것이 이처럼 큰 후회를 남길 줄 어찌 알았겠는가."

"그런 걸 두고 운명이라고 하지. 그나저나 나는 너를 천하에 다시없을 악질로 보았는데 개과천선이라도 했느냐? 남을 위해 자신을 희생한다는 건 도저히 불가능한 존재로 여겼거늘 어찌 이런 큰 용단을 내렸지?"

태공악이 다소 거슬리는 말을 해도 구적룡은 별반 불쾌해하지 않았다.

"나도 모르지. 어느 것이 참된 내 모습인지조차 이젠 잊어버렸는걸. 네 말마따나 내가 너였어도 거절했을 거란 생각은 드는군. 인간으로 잠시 살아보니 그 마음이 이해는 가. 크크크."

사람들은 눈앞에 있는 사람이 대마령이라는 사실이 도무지 믿겨지지 않았다. 휘륜은 다시 한 번 확인했다.

"스승님이 설리를 데리고 있다 하셨습니까?"

막부가 얼른 대답했다.

"그런데 아무도 위치를 모른다."

"그래도 비상연락을 취할 방도는 있을 것 아닙니까?"

이번엔 휘륜의 조부인 휘야겸이 대답했다.

"악초림이 원하는 게 설리라는 사실이 명백해졌으니 우리 중 한 사람이라도 그 위치를 알고 있으면 숨겨도 소용이 없을 거라 여겼다. 최악의 사태에 대비하느라 그리 조치했다."

다들 고개를 젓고 있는 모습을 확인하고 나니 휘륜도 난감했다. 휘륜의 스승인 단목철이 스스로 찾아오기 전까지는 두 사람이 어디에 몸을 숨겼는지 알아낼 방도가 없었다. 그렇다고 그가 찾아올 때까지 무작정 기다리고 있을 수도 없었다. 그때 구상화의 한 마디가 절망하고 있던 휘륜을 구원해줬다.

"이런 일이 있을 줄 알고 그놈이 내게 그리 신신당부했나 보군. 네 사부가 이런 부분만 보면 나보다 낫구나. 천선루 지붕에 깃발을 달아 우리 상태를 알려달라고 했다. 그러면서 세 가지 색의 깃발을 내손에 쥐어주더구나. 흰색 깃발은 우리들에게 별일이 없지만 해결도 안 된 현재 상태를 이르는 것이고 붉은 색 깃발은 악초림의 마수가 뻗치기 시작했으니 조심하라는 뜻이고 나머지 청색 깃발은 현재의 상황이 해결되었거나 네가 왔을 때 달라달라고 했다."

다들 감탄을 연발했다.

"그리고 혹 내 신변에 위험이 닥쳐 더 이상 소식을 알리지 못할 상황이라면 붉은색 깃발을 찢어서 달아두라고 했다. 그 뒤에 새로운 깃발이 달려도 그것이 악초림의 함정이라고 여기고 풍문에 의지해 스스로 판단하겠다고 했다."

참으로 용의주도한 계책이 아닐 수 없었다. 단목철은 악초림이 스승을 강제로 제압해 이용할 수도 있다는 사실까지 염두에 둔 것이다. 스승의 철두철미함은 익히 알고 있는 휘륜이었지만 막상 이런 순간에 다시 대하게 되니 마음이 뿌듯하기까지 했다.

'역시 스승님이시구나.'

그리고 둘러앉은 사람들의 면면을 다시 한 번 눈에 담았다. 전전대 검황을 필두로, 마교사상 최강이라 불리는 마검 태공악과 밀종의 종주이자 사파의 영원한 전설인 고해 노완동, 검계 북파의 검주인 휘야겸은 모두가 무림에 나가면 최고라 자부할 수 있는 사람들이었다.

'무공도 무공이지만 긴 세월을 살아오면서 터득한 깊은 지혜야말로 이분들을 더 빛나게 해주고 있지 않은가. 만약 내가 대마령처럼 이분들의 잠재된 역량을 더 일깨워줄 수 있다면 대마령들이 설사 마군을 조직했다 하더라도 대응하기 어렵지 않을 텐데.'

잠시 엉뚱한 상상을 펼치고 있던 휘륜은 구적룡의 한마디에 현실로 급하게 돌아왔다.

"네 사부와 설리의 안전이 확인되는 순간 악초림에게로 가면 되겠군. 악초림이 지금 왕부에 있다고 했든가? 보나마나 왕좌를 차지하고 왕이라도 된 양 으스대고 있겠군."

구적룡의 얼굴이 부러움에 물든 걸 보고 휘륜이 한마디 했다.

"네가 만약 끝까지 약속을 지켜준다면 네게도 그런 삶을 보장해주지."

"야야야, 관둬라 관둬. 자력으로 얻고 누리지 네게 손을 내밀진 않는다. 그리고 잊지 마라. 우리 계약은 한시적이고 그 기한은 내가 결정한다. 네가 짐작하고 있듯 나는 언제든 널 배신할 수 있다."

구적룡이 이런 말을 사천에서 할 때와 이곳 합비에서 할 때가 느낌이 달랐다. 두 사람의 공조가 절실한 때에, 하필이면 그처럼 의미심장한 말을 남겼다는 점에서 휘륜은 께름칙했다.

일사천리로 순조롭게 일이 진행되고 있었다. 바꿔 단 깃발을 보고 휘륜의 스승인 단목철은 천선루로 와 조심스럽게 접촉을 시도했다. 깃발을 확인하고 왔음에도 그는 혹시 함정일지 모른다고 여겨 여간 조심하는 게 아니었다.

휘륜을 대면하고 나서야 경계심을 지웠을 정도로 단목철은 철저했다.

밀종과 검계의 검사들을 동원해 은밀하고 신속하게 합비에서 출행하는 상단을 물색했다. 자신들이 감사받고 있을지 모른다는 전제하에 움직였고 몇 겹의 안전장치를 하며 적의 감시망을 속이기 위해 애썼다. 상단에 섞여 한 사람씩 빠져나가는 계획은 막부가 제안했다.

악초림이 합비 전역에 펼쳐놓은 감시망에 걸려들지 않고 충돌 없이 빠져나가기에 이보다 더 좋은 방법도 없어 보였다.

휘륜을 제외한 전원이 합비를 빠져나가기 위해 이동을 시작한 순간 구적룡이 떠났다. 같은 대마령이지만 완전체를 완성한 자와 그렇지 못한 자로 구별되면서 현격한 차이가 발생했다. 휘륜은 만일의 사태에 대비해 구적룡과 일정한 간격을 두고 뒤따랐다. 휘륜은 단지 시간만 벌려고 하는 게 아니었다. 구적룡이 위험에 처한다면 차라리 이참에 그와 힘을 합해 악초림을 처단해버릴 요량이었다. 만약 별 일 없이 지나간다면 굳이 악초림과 지금 이 순간에 충돌할 이유는 없었다. 지인들을 안전한 곳까지 피신시키는 것이 최우선이었다. 그런 뒤 시간을 두고 악초림은 차근차근 압박하면 되는 것이다.

왕부 문 앞에서 구적룡은 처음으로 걸음을 멈췄다. 대담한 그도 이 순간에는 긴장하는 빛이 역력했다.

'후우. 이 안에 악초림이 있단 말이지?'

잠시 숨을 고른 구적룡은 뒤를 한 차례 바라보고는 굳게 닫힌 문을 훌쩍 뛰어넘어 왕부 안으로 침입했다.

구적룡이 뭔가 잘못됐다고 느끼기 시작한 것은 왕부 깊숙한 곳에 도달한 후부터였다. 주변을 엄밀하게 감싸며 조여 오는 압박은 대단했다. 세상에 나온 이후 휘륜을 상대할 때 말고는 단 한 번도 느껴본 적 없는 강력한 기운은 한두 개가 아니었다. 구적룡은 불길함의 정체가 무언지 꿰뚫었다.

'이건 최악이다. 마군이야, 마군이 아니고는 이처럼 강력한 기운을 뿜어낼 자들이 없다. 한 두 명이 아니다. 그렇다는 건 악초림은 이미 준비를 끝내 놓은 상태란 뜻이다. 돌아가야 한다. 이대로 들어갔다가는 빠져나오지 못하고 개죽음을 당한다.'

구적룡의 발걸음이 못 박힌 듯 멈춘 순간, 주변에서 한꺼번에 나타난 사람들이 보였다. 그들 중에 하나가 싸늘한 음성을 발했다.

"그대로 가시던 길 가십시오. 돌아갈 길은 없습니다. 주군께선 지금쯤 소식을 듣고 기다리고 계실 겁니다."

"마령들이냐?"

"짐작하셨으면 현명한 선택을 하리라 믿습니다."

구적룡의 얼굴이 붉게 상기되었다. 속으로 연신 욕설을 내뱉고 있었지만 적어도 겉으로는 태연한 신색을 유지해 보려고 노력하고 있었다.

"내가 너희들 따위가 두려워 왔던 걸음을 되돌리리라 보았느냐? 악초림이 있는 곳으로 나를 안내해라."

"대단하시군요. 대마신체도 아닌 자를 차지하고서 어디서 그런 배짱이 나오는지 모르겠습니다. 역시 저희와는 차원이 다른 분이시군요."

명백한 조롱이었다. 마령은 특정한 대마령을 따르지 않는다. 그런 마령을 제 고유한 종으로 삼으려면 반드시 특정한 과정을 거쳐야 한다. 현재 자신을 둘러싸고 있는 마령들은 악초림에 의해 새롭게 태어난 상태였다.

대마령에게 마령 하나를 제압하는 일은 제 입에 고인 침을 삼키는 일만큼 쉬운 일이다. 둘 사이엔 좁힐 수 없는 차원의 벽이 존재한다. 그렇지만 대마령에 의해 인간에게 이식된 마령은 결코 만만한 게 아니었다. 대마령에 의해 능력이 최대로 증폭된 상태기 때문에 이전과 동일하게 봤다가는 큰코다칠 수 있었다. 그런 마군들이 최소 십여 명 이상이 주변을 포위하고 있다는 사실이 구적룡은 여간 부담스러운 게 아니었다.

마령의 조롱하는 말에도 구적룡은 반응하지 않았다. 단지 선두에 선 한 놈의 뒤를 묵묵히 따라갔을 따름이었다. 그리고 그가 안내되어 간 곳은 얼마 전까지 보국왕의 침전으로 사용되고 있던 승룡전이었다. 거대한 전각 주변에는 왕부의 군졸과 무장 따위는 보이지 않았다. 그 자리를 대신 차지한 마군들만 보일 따름이었다. 눈대중으로 구적룡은 그들의 수를 가늠해 보았다.

'현재까지 열일곱 명, 대체 얼마나 만든 거냐? 어쩌면 중지산보다 이놈이 더 위험할 수도 있겠군.'

승룡전의 최심처에 당도할 때까지 구적룡이 본 마군의 수는 정확하게 스무 명이 넘었다.

'최소 서른 명 이상은 만들었겠어. 내가 미쳤지. 이런 곳을 아무런 대책 없이 들어올 생각을 했다니.'

멀찍이 따라오던 휘륜이 어느 순간부터 전혀 기척도 느

껴지지 않는다는 사실을 구적룡은 깨달았다. 그도 느낀 것이다. 이곳은 발을 들인 순간부터 자의로 빠져나가기 쉽지 않다는 것을.

두 사람이 처음으로 마주했다. 승룡전의 대전 태사의에 몸을 묻은 채 자신을 빤히 바라보고 있는 악초림을 구적룡은 담담한 눈길로 바라봤다. 악초림이 갑자기 흥겨운 듯 느릿하게 손뼉을 치기 시작했다.

짝짝짝짝.

그러더니 건물이 무너져라 큰 소리로 웃었다. 대전에는 두 사람 뿐이었다. 구적룡은 불쾌감을 감추지 못했다. 어느 정도 각오했지만 막상 면전에서 모멸감을 느끼니 참기 힘들었다. 구적룡은 이를 갈아붙이며 외쳤다.

"네놈은 뭐가 그리 좋아서 입이 찢어져라 웃고 있는 것이냐! 사랑하는 여자에게 고백했다가 외면 받은 불쌍한 청춘이 대마신체를 가지니 세상만사가 즐겁기만 하더냐."

자신의 인생에서 가장 치욕스러운 오점을 입에 올리는 구적룡을 노려보는 악초림은 특별히 화를 내거나 하지는 않았다. 오히려 악초림은 현재의 상황을 무척 흥미로워하고 있었다.

"어찌 된 일인지 얘기해봐. 대마신체가 분명 셋일 텐데 왜 아직까지 그러고 돌아다니지? 그리고 대마신체를 못 찾앉으면 죽은 듯 숨어 있을 것이지 무슨 배짱으로 나를 찾아 온 것이냐? 안 그래도 한 명씩 찾아내기 귀찮았는데 제 발로 죽여 달라고 찾아 왔으니 이를 어찌 반응해야 좋을지 모르겠군. 정신이 홱 돈 놈을 차지하기라도 한 것이냐? 푸하하하."

구적룡은 인간이 약 올라 죽는 일이 어쩌면 가능할지 모르겠단 생각을 했다. 그 정도로 심적 내상이 컸다. 아무리 자신이 악초림의 과거를 물고 늘어져도 그가 승자란 사실에는 변함이 없었다. 다 가진 악초림을 부러워해도 시원치 않은 구적룡이 아무리 약을 올려봤자 효과는 미미했다.

"마군까지 준비했더군."

악초림은 빙긋 웃었다.

"기본이지."

"증지산이 어디 있는지 아나?"

"모른다. 별로 알고 싶지도 않다. 언젠가 한 번쯤은 만나게 되겠지. 서두를 필요가 없어. 서로가 부담스럽고 신경 쓰이는 건 마찬가지일터. 기다리면 먼저 안달이 난 쪽에서 움직이는 법이지."

"태평이로군."

저벅 저벅

두 사람의 거리가 고작 오 장쯤 되는 거리까지 가까워지자 악초림은 구적룡을 제지했다.

"거기에서 멈춰. 더 다가오면 죽고 싶은 걸로 간주하겠다."

"크크크. 그래도 겁은 나나보군."

"대마신체가 아니라 할지라도 어쨌든 나와 같은 대마령이니 예의상 경계는 해줘야지. 자, 말해 봐. 대체 무슨 목적으로 날 찾아올 생각을 한 거지?"

"마지막 대마신체가 누군지 아나?"

"그걸 알고 있단 말인가? 그걸 알면서도 이러고 다니는 걸 보면 혹시…… 증지산이 먼저 찾아내 수작이라도 부렸나?"

"호 상상력이 아주 풍부하시군. 그랬다면 차라리 이처럼 억울하진 않았을 것이다."

"그럼?"

"마지막 남은 대마신체가 나를 받아들이길 거절했다."

"호 꽤 강단이 있는 친구를 만났군. 그래서?"

여기서 구적룡은 살짝 망설였지만 이내 마음을 굳혔다.

"지령신녀가 그놈을 데려다 정화시켜 버렸다."

"지령신녀라고? 지령신녀가 현신했나?"

"흥미로운가 보군."

"지령신녀가 아무 때나 출현하는 건 아니니깐. 역시 대마령 셋이 동시에 세상에 나오니 천신과 마왕들이 안달이 난 게로군. 큼지막한 걸 준비했군. 그래 봤자 방법이 없는 건 마찬가지겠지만."

"천만에! 현세에 원영신을 이룬 사람이 있다."

높은 곳에 앉아 거드름 피우며 아래쪽을 내려다보고 있던 악초림이 처음으로 자리에서 벌떡 일어섰다. 제 실태를 깨달았는지 금방 태사의에 착석하긴 했지만 꽤 충격이 컸던 모양이다.

"원영신을 완성한 사람이 있다고? 그게 가능한 것이었다니 꽤 놀라운 이야기로군."

"그가 누구인지는 나만 알고 있는 사실이지. 그리고 더 큰 비밀도 있지. 어때, 이만하면 거래를 할 만하지 않은가?"

"거래라고? 그러니깐 지금 그 알량한 정보 몇 개를 발설하는 조건으로 나와 거래를 하겠다는 거로군. 뭐 좋아. 거래 조건을 말해봐."

"어차피 나는 이제 대마신체가 없어 완전체를 이룰 수 없다. 너의 적수가 못된다. 별 위협이 안 되는 나를 굳이 수고하면서까지 제거할 필요는 없겠지? 내 안전을 보장해주기만 하면 나는 네 편에 서서, 동료로서 싸워 주겠다. 물론 덤으로 내가 알고 있는 사실은 모조리 다 가르쳐주지. 이건 그야말로 덤일 뿐이야."

"맞아. 네 말대로 꽤 솔깃한 거래조건이야. 그런데 말이지. 나는 종이 필요할 뿐 동료 따위는 필요가 없어. 충성을 맹세하고 개처럼 길 각오가 돼 있다면 생각해 보지."

"나는 너와 같은 대마령이다. 그런 나를 종으로 부리겠다는 것이냐?"

"아직도 자신이 대단한 존재라고 생각하다니 참으로 안타깝군. 너는 현실을 좀 제대로 알 필요가 있겠어. 여기서 살아 돌아가기 싫은가보군. 하긴 그 정도는 각오하고 들어왔겠지. 너는 거래 운운할 게 아니라 살려달라고 애원하는 편이 현명했다. 내가 혹 자비를 베풀어 살려주길 바라야지. 안 그래?"

바로 그때 대전 안으로 하나씩 마군들이 들어오는 모습이 구적룡의 눈에 포착되었다. 구적룡은 지금 상황이 매우 급박하다는 사실을 깨달았다.

'저놈은 지금 진심이다. 나를 이참에 아예 죽여 버릴 생각이야. 어떻게 하지? 머리를 짜내라.'

이제 구적룡은 휘륜과 했던 약속 따위를 염두에 둘 상황이 아니었다. 지금 그의 머릿속엔 묘수를 짜내 살아남아야 한다는 생각으로 가득 찼다.

"잠깐, 잠깐만 내 말은 아직 다 끝난 게 아니다."

"흥미를 잃었다. 시답잖은 소리는 더 이상 듣고 싶지 않다."

"설리, 설리에 관한 얘기다."

포위망을 좁혀오던 마군들의 움직임이 일시에 멈췄다.

구적룡이 설리를 외치는 순간 악초림의 손이 번쩍 올라갔기 때문이다. 마군의 움직임을 일시 중단시킨 악초림은 살기를 담은 눈으로 구적룡을 노려봤다.

"네 입에서 이런 순간 왜 그녀의 이름이 흘러나오는지 모르겠군. 나를 납득시키지 못하면 맹세코 너는 이 자리에서 죽는다."

구적룡은 이제 머리를 굴릴 여유조차 없었다. 자신이 아는 모든 사실을 털어놓고 그에게 충성을 맹세해서라도 구차하게나마 연명하는 길 밖에 없었다.

'휘륜, 미안하구나. 너와 나의 거래는 여기서 끝내야겠군. 애초 무리한 계획을 짠 것도 너였으니 날 원망하지 마라. 이건 전적으로 네 탓이니깐.'

마음을 굳힌 구적룡은 천천히 제가 알고 있는 사실을 털어놓기 시작했다.

"지금쯤 설리를 포함해 합비에 있는 밀종과 검계의 전력 모두가 합비를 벗어났을 것이다."

악초림은 손가락 하나를 살짝 퉁겼다. 마군 중 몇 명이 별도의 지시도 받지 않고 대전에서 귀신처럼 사라졌다. 악초림은 침착했다.

"계속 해봐."

"어쩔 수 없었다. 완전체를 이루지 못한 나로선 원영신을 이길 수 없었다."

"그와 싸웠는데 졌다는 소리로군. 그래서 목숨을 구걸해서 살아남았나? 나와 중지산을 처리할 때까지 손을 잡기로 하고?"

악초림은 설명을 다 듣지 않고도 거기까지 짚어내고 있었다. 구적룡은 순순히 인정했다.

"네가 나였어도 마찬가지였을걸."

"그런데 왜 혼자서 온 거지? 설마 너 혼자 힘으로 내게서 벗어날 수 있다 자신한 건가?"

"마군이 이렇게 많을 줄 예상 못했다."

"원영신이 누구지?"

"그걸 말해주면 나를 살려준다고 약속해 다오. 그러기 전에는 말 못한다."

"나는 네가 살 길을 이미 일러 주었다. 내게 충성을 맹세하고 개처럼 꼬리를 흔든다면 살려주마. 그 전에 먼저 원영신이 누군지 말해 봐."

구적룡은 머뭇거렸지만 자신이 이보다 더한 비밀을 간직하고 있다 해도 거래 조건으로 내세울 수 없다는 사실을 깨달았다. 그가 시키는 대로 순순히 따르고 처분을 기다리는 수밖에 없었다. 구차하고 비참했지만 살고자 하는 욕망은 그보다 강렬했다.

"휘륜, 휘륜이 원영신을 이룬 장본인이다."

악초림의 변할 것 같지 않던 얼굴이 일그러졌다. 허공을 향해 악초림의 손이 뻗었다. 바로 그 순간 구적룡은 저항조차 해보지 못하고 거대한 힘에 제압당한 채 버둥거렸다. 구적룡은 제 목을 두 손으로 움켜쥐고 허공으로 떠오르고 있었는데 고통스러워하고 있었다.

"컥컥, 나를 살려다오. 나는 네 적수가 못된다. 너의 위엄과 영광을 탐내지도 않는다. 저런 마군들보다는 훨씬 더 유용한 종이 될 수 있다. 사, 살려다오, 제발."

악초림의 눈에서 시뻘건 화광이 솟구치는 것 같았다. 붉게 물든 눈으로 악초림은 구적룡을 쏘아보았다.

허공에 대롱대롱 매달린 채 고통스러워하던 구적룡은 그 순간에도 살기 위해 안간힘을 쓰고 있었다.

"휘륜은 이 근방에 있다. 나를 따라 왕부 안으로 들어오는 것까지 확인했다."

악초림의 눈이 뒤집혔다.

"그놈을 잡아 내 앞으로 끌고 오라."

대전 안에 있던 마군들이 모조리 밖으로 뛰어나갔다. 악초림은 구적룡을 허공에 매단 채 대전 밖으로 천천히 걸어나갔다.

"휘륜, 너와의 악연을 이제 끝낼 때가 왔다. 그때의 치욕을 아직까지 잊지 않고 있다. 네 앞에서 나는 한없이 나약하고 비참함을 느꼈지. 이제 네가 느껴볼 차례다. 흐흐흐."

악초림의 중얼거리는 소리를 구적룡이 똑똑히 들었다.

대전 밖으로 나온 구적룡은 하늘을 잠시 올려다보았다. 합비의 하늘 역시 붉은 기운이 스며있기는 마찬가지였다.

"내 앞을 막는 놈들은 모조리, 모조리 제거할 것이다."

바로 그때 악초림이 미처 생각지 못한 돌발 상황이 발생했다. 허공에 매달려 버둥대던 구적룡의 몸이 축 늘어지는가 싶더니 그의 몸에서 흑색 기류가 빠져나와 허공을 잠시 맴돌다가 왕부의 한 곳을 목표로 번개 같은 속도로 쏘아진 것이다. 악초림이 뒤를 돌아봤을 땐 이미 흑색 기류가 먼 곳까지 도달한 뒤였다.

"이, 이 찢어죽일 놈이 감히!"

그러나 그땐 이미 늦어도 한참 늦은 뒤였다. 악초림의 신형이 암흑기류를 뒤늦게 추적했지만 자취를 놓쳐버린 뒤였다. 왕부의 고루거각들이 즐비한 곳으로 날아간 악초림은 사방을 재빨리 살펴보았다. 신경을 곤두세우고 집중을 해봐도 특별한 기운은 느껴지지 않았다.

"그래도 대마령이라 이거지? 그러나 넌 나를 한참 무르게 보았다. 왕부에 있는 개미 새끼 한 마리까지 모조리 죽이는 한이 있어도 네놈을 이대로 놓치지 않는다. 나를 기만하고서 살기를 바라지 마라. 휘륜 네놈도 마찬가지야. 두 놈이 손을 잡고 나를 처치하려고 했었단 말이지? 크하하하하하. 세상 모든 사람들이 알도록 해주마. 나 악초림이 이 세상의 유일무이한 절대자임을 깨닫게 해주겠다."

너무도 강력해 가늠하기조차 어려운 마성이 악초림의 전신을 휘감고 하늘 높이 솟구쳤다. 붉은 하늘이 더 붉어진 것 같았다.

〈다음 권에서 계속〉

DREAMBOOKS★

DREAMBOOKS

DREAMBOOKS★

DREAMBOOKS